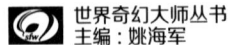
世界奇幻大师丛书
主编：姚海军

THE SHADOW YEAR

暗影之年

［美］杰弗里·福特 —— 著

虞北冥 —— 译

四川科学技术出版社

The Shadow Year by Jeffrey Ford
Copyright: © 2008 by Jeffrey Ford
Published by agreement with Baror International,Inc.,
Armonk,New York,U.S.A. through The Grayhawk Agency Ltd
2020 SCIENCE FICTION WORLD LTD.
All rights reserved.

图书在版编目(CIP)数据

暗影之年 / [美]杰弗里·福特著;虞北冥 译
-- 成都:四川科学技术出版社,2020.4
(世界奇幻大师丛书 / 姚海军 主编)
书名原文: The Shadow Year
ISBN 978-7-5364-9780-1

Ⅰ.①暗… Ⅱ.①杰…②虞… Ⅲ.①长篇小说 - 美国 - 现代 Ⅳ.①I712.45

中国版本图书馆 CIP 数据核字(2020)第 052498 号
图进字:21-2020-227

世界奇幻大师丛书

暗 影 之 年

出 品 人	程佳月
丛书主编	姚海军
著 者	[美]杰弗里·福特
译 者	虞北冥
责任编辑	宋 齐
特邀编辑	李克勤 梁 爽
封面绘画	刘军威
封面设计	李 鑫
版面设计	李 鑫
责任出版	欧晓春
出版发行	四川科学技术出版社
	四川省成都市槐树街2号出版大厦 邮政编码:610012
成品尺寸	160mm×228mm
印 张	17.125
字 数	230千
插 页	2
印 刷	四川南方印务有限公司
版 次	2020年9月成都第一版
印 次	2020年9月成都第一次印刷
定 价	44.00元

ISBN 978-7-5364-9780-1

目录

第一章 眼 睛

八月最后几天，前庭的榆树叶子发黄、打蜷，纷纷枯落在了草坪上。那天下午，我坐在路边，等着索福提先生从柳树街拐角处冒出来时发出的凄切铃声。那一声声"叮"，会宣告冰淇淋的到来，也会让人心头隐隐懊悔。我双手各抓起一片落叶，握紧，接着慢慢松开。树叶的碎屑从指缝间窸窸窣窣落下，掉到了脚边。如果我在这种情境下待上一整年，兴许能看得懂洒落的碎屑预兆了何事的终结。不过现在，我只是在等着"眼睛"。

那天清早，天空一片蔚蓝。我穿过树林，途经了几道城镇外的铁轨。第三条铁轨像是一条蛇，它嘶嘶作响，仿佛在等着那些落脚不慎的倒霉蛋。接下来，沿着一条贴着厂房、对面是各种杂货铺子背面的小路，我在每个露天的垃圾桶、废物篓里和堆着破烂无人问津的街角翻翻捡捡，寻找着旧玻璃瓶。最后，我提着三个苏打水瓶和一个半加仑的牛奶瓶子走进一家小卖店，在那里退掉它们，拿着一枚二十五分币出了门。

这个活动，索福提先生已经搞了一整个夏天：每次消费至少二十五美分后，他就会给你一张卡。卡正面画着一辆卡车，车厢侧面的漫画人物看起来像个华夫饼干脸的冰淇淋小人，卡的背面是拼图。和另外七张不同的卡拼在一起后，你组出的图案，就是卡牌正面那个让人恨不得咬上一口的冰淇淋人，只是大上了八倍。我已经攒齐了它的蓝翻领、红领结、露着纯白色的微笑的嘴巴，还有螺旋向上、充当尖尖脑袋的香草冰淇淋，但我没有它的眼睛。

凑齐整套卡，你就能换来一个特制索福提冰淇淋，它就像是塑料餐盘里的康尼岛——四坨敦实的螺旋形奶油垫底，淋上巧克力酱，再加上咸奶油糖、棉花软糖、坚果、彩色碎糖粒、葡萄干、M&M巧克力豆、椰丝、香蕉，最顶上还点缀着一颗樱桃。特制索福提是非卖品，想品尝到它的滋味，就只有拿卡去换——至少梅尔先生是这么说的。至于梅尔先生，这些年来，人们已经习惯了直接叫他"索福提先生"。

梅尔先生总是想表现出一副很开心的样子，不过我觉得，他每天都得戴着同一顶纸船帽，应该不会很痛快。除了帽子，他的蓝领结、白衬衫和白裤子也一成不变。他长了张面容扭曲的马脸，有时候蜂拥而来的小孩子们买得太快，有的漏了零钱没给，他的脸就会变得越发长，而且下半截就跟慢慢融化了似的——见过被人丢在路边的圣代是什么样子吧。他的耳朵后面长着几撮头发，让他的脑袋如同安了圈篱笆。还有他的那副眼镜，带着裂纹的镜片让人联想起品相不太好的钻石。他喊我妹妹玛丽，还有其他姑娘"甜心"，那声音就像是直接从他冰柜里发出来的一样。

这个夏天刚开始那几天的一个下午，我哥吉姆跟我说："你想看看索福提住哪么？"我骑着车跟他去了哈蒙德路，路过鞋店、初中、我们的卢尔德圣母[①]像。半个点后，他停在了一座小房子前。我到他身边停下，而他指着那房子，说："瞧瞧这垃圾堆。"

我看到索福提的冰激凌车停在建筑一旁。这座爬满了常春藤的平房跟别人家的车库差不多大，陈旧的外墙上有一道道泛白的斑纹，门廊也年久失修。屋里没开灯。我觉得这挺怪的，因为这会儿太阳落到了树后面，黄昏已深。

"这么黑漆漆的，他真在里面吗？"我问我哥。

吉姆耸耸肩，跨坐到车上，绕着我骑了两圈，然后冲上了大街。他扭过头，冲房子扯着嗓子喊道："变态索福提！"吉姆这个混账，知道我们回家时天会彻

---

① 天主教对圣母玛利亚的别称。据称她1858年在法国卢尔德显灵。

2

底暗下来，我要是跟不上他就会迷路，反而更加拼命地踩着脚蹬。

为了赢得索福提的奖品，我们整个夏天都没买"甜蜜使者"和"小屋吧"①的甜品。到了七月末，这片街区几乎每个小孩都凑了快两套拼图，但没人拿到过眼睛。我听家住学校操场另一边的提姆·苏利文说，一群小孩终于受够了这感觉，有天他们径直冲向索福提的冰淇淋车，翻过连着后视镜的驾驶舱车门，钻了进去，一边嚷嚷着"给我眼睛，把他妈的眼睛给我"。等到索福提先生起身绕到车前去赶人，提姆的兄弟比尔，就从顾客窗口那边翻进车内，打开冰柜，把意大利刨冰一个个抛给等在外边的同伙。

混乱中，索福提弄丢了他的眼镜，帽子倒是依旧好好地戴着。"一群小畜生！"他一边尖叫，一边追赶在驾驶室和车厢里窜来窜去的小孩。到最后，梅尔抓起两把卡片，把它们洒向大街。"那场面，就像是见了狗屎的苍蝇。"提姆说道。等孩子们总算意识到被丢出来的卡堆里一张眼睛都没有时，索福提早就关掉电铃，开着冰淇淋车转过了街角。

对于眼睛这事，我有自己的想法，所以在夏末的那天，我会坐在路边默默地等，我觉得索福提是想用那冰淇淋吊住我们的胃口，直到夏天最后的光阴，也就是开学前的最后几天，才把眼睛放出来，让某个幸运儿拿到手。接下来，他就会暂停业务，直到来年春末再重新运营。我有种强烈的预感，那天我会碰到些大事情。事情的确发生了，不过和冰淇淋八竿子打不着。我当时坐在路边，直到太阳落山，而我妈喊着要我回去吃饭。索福提先生始终没有出现，不过从结果来看，我们都得到了眼睛。

---

① "甜蜜使者"和"小屋吧"均为美国冰淇淋品牌。

第二章　那儿会有小丑吗？

我妈的画画功力可比她的厨艺强多了。她画过一张我爸的肖像画，我特喜欢——深红色的背景，还有那凝望远方的神情——但对她泡在番茄汤里的意粉，我实在没法恭维。

她站在厨房的火炉前，炉上架着一口锅。她的一只手提着奶油雪利酒，另一只手上夹着香烟，烟头的灰有足足四分之三英寸①长。她转过身望向我，说了声"去洗手"。我走向大厅另一边的卫生间，眼角余光瞥见那截烟灰落进了汤里。打开卫生间门的当儿，我听到她嘀咕着"你能不能……"，接着便是搅动那橙色烂泥的咕嘟声。

从盥洗室里出来，我妈派了任务给我，她要我冲好奶粉，准备饭后分给家里的孩子们。每顿晚餐后，桌上三大杯这种白色液体都是必不可少的。不幸的是，我们还记得真正的牛奶什么味道。而这几杯东西呢，不但喝起来一股子泡菜味，看上去则像白垩水，上头还漂着泡。好在只要别跟妈抱怨那味道究竟多么黑暗，她就不会强逼你把它们灌下去。

我们家餐厅的墙面由镶板铺成，在我看来，板子的纹理里暗藏了一张张尖叫的脸。晚餐开始，我们各自落座。吉姆坐在我的对面，妹妹玛丽坐我身边，妈妈的位置在桌子一端，房间敞开的窗户下头。她的面前没有摆放餐盘，

① 1 英寸 = 2.54 厘米。

5

取而代之的是烟灰缸和葡萄酒。

"这肋排可真够黏糊的。"吉姆说着往餐盘里舀了一大勺人造黄油。那些橙色的玩意儿冷下来以后,得不断地加油才行。

"闭嘴吃饭。"妈妈说。

玛丽什么话也没讲。看她默默点头那样儿,我知道她肯定是米奇。

"索福提今天还是没来。"我说。

我哥瞅了我一眼,失望地摇摇头。"他大概要在路边等到积起雪来。"他对妈妈说。

妈妈沉默地笑了笑,向着他挥挥手,"你得有信心,"她说,"生活这个烂婊子,且长着呢。"

说完,她嘬了口烟呡了点酒。吉姆和我都知道接下来她又要说点什么。

"等事情好起来了,"她说,"我们就去好好度个假。"

"百慕大怎么样?"吉姆说。

在酒精和烟雾中的妈妈犹豫了一下,不太确定她儿子是不是在讽刺,不过,吉姆装正经的本事挺厉害。

"我就是这么考虑的。"她说。我们都知道百慕大,因为差不多每隔一周,她醉得差不多了,都会提起这事。百慕大甚至已经被我们当成了一个梗。有时候吉姆要我帮他忙,我问他打算怎么回报,他就会说,"没问题,回头我带你去百慕大。"

她说那里的水清澈得像水晶,能看到水下几百码处蝠鲼群扇动鱼鳍的模样。她说那里的沙滩是纯净的白,而棕榈树在和风中摇曳,还能闻见野花的芬芳。我们会睡在海滩边的吊床上,大嚼刚用砍刀劈开的菠萝,去潟湖里游泳,在遍布鹦鹉螺壳、鲨鱼牙,还有很早很早以前就被大卸八块的船骸的岸边冲澡。

和以往一样,那天晚上她又把百慕大的事情絮絮叨叨、巨细靡遗地重复了一遍。吉姆半眯着眼睛,半张着嘴,已经半入梦乡。

"会有小丑吗?"玛丽用米奇的音调问。

"当然。"妈妈说。

"几个呢?"玛丽问。

"八个。"

玛丽点点头,重新陷入了米奇的状态。

等到话题从百慕大移开,已经到了洗碗时间。妈妈捞出了锅里剩下的意粉,准备留给我爸回家吃。她把意粉包进蜡纸,放在灶台中央保温。锅里的其他东西,就交给我们家的狗乔治去解决。那之后,我妈就叼着烟,喝着酒洗完了盘子。吉姆负责擦干那些餐具,而我把它们放回了各自的位置。玛丽也没闲着,她在一旁数盘子,数了有大概几十次。

我们家的车库五年前被改造成了公寓间,我奶奶和爷爷如今住在里面。车库和我们的房子只有一门之隔。我们敲了敲门,听到奶奶大声招呼我们进去。

爷爷拿出他的曼陀铃,演奏了几个新曲:"苹果花盛开时"、"告诉我回家的路"和"晚安爱琳"。他演奏的当儿,奶奶在木砧板上切着白菜。我妈陷进了摇椅,随着节奏不断摇晃,一边喝酒唱歌。那个双弦乐器的曲调配着我妈的歌声,令人倍感舒适。

公寓的厨房区里有张小桌,玛丽坐在那儿,用拉雷多机①搓着卷烟。我爸妈不愿买成品的烟草,而是更乐意使用这种机器。你垫好纸,放上蓬松的烟丝,然后拉动机器旁一根小杆子,再往边上一扳,事情就那么成了。不过说起来容易做起来难,你的力道得恰到好处,这样烟丝才不会从做好的卷烟里往外掉。

爸妈刚搞到拉雷多机的时候,玛丽就在一旁看着他们折腾。她几乎立刻就掌握了这台机器的用法,每次放在白纸上的烟丝数量都不多不少,拉动杆子的力道也恰到好处。很快,她就成了使用拉雷多机的专家,你可以说她就是个

---

① 一种便捷的雪茄制作模具。

会走路的卷烟厂,爷爷甚至干脆叫她 R.J.雷诺①。不过,爷爷其实不抽雷诺,他更喜欢抽"好彩",喝"大老爹"威士忌。这还真是个挺合适的组合。

吉姆和我看着电视,音量调到了最低。屏幕上的黑白画面里,迪克·范·戴克②摇摇晃晃、步履蹒跚的动作,和"贫民窟"以及"我会在所有老地方见你"的节拍非常吻合。可是呢,就算爷爷和我妈没在那儿弹琴唱歌,我们也不会调高音量,因为爷爷非常非常讨厌迪克·范·戴克,认为他是世上最烦人的家伙。

---

① R.J.雷诺(Rickard Joshua Reynolds,1850－1918),美国雷诺烟草公司创始人。
② 迪克·范·戴克(Dick Van Dyke,1925－　　),美国喜剧演员、歌手、舞蹈家。

第三章　暗影之年

　　我的房间尽管黑，却成天都很暖和。这会儿，夏末的清风穿过窗纱，徐徐吹入室内。一道进来的，还有朦胧的月光。它照在干净的地板上，像是打了块补丁。我能听到隔壁法利家的小水池过滤器正咔嗒咔嗒地工作，还有乔治的爪子敲打楼下厨房油毡的响声。

　　吉姆的卧室在过道对面，玛丽则睡楼下。她这会儿肯定躺在被窝里背乘法表。我也能想象出我妈待在玛丽边上的房间里，亮着台灯，张嘴闭眼，胸口搁着一本打开的福尔摩斯探案集。那书又大又厚，红色封皮，书脊上印着那个名侦探的侧影。奶奶和爷爷的房间呢，则是一片黑暗，只有梳妆台上圣母形状的小圣水瓶还在反射着月光。

　　我回忆着自己在关灯前看的书——皮尔诺·希尔的又一个冒险故事。这一次，主角遇上的滔天洪水比得上诺亚洪水，希尔住的破旧木屋被扯离地基，他和其他的住户以房为船，在淹没世界的巨大海洋里展开了新的历险。

　　希尔系列书籍很神奇，因为它们每一本的作者名字都不一样，有时候出版商也各不相同，但只消读上几页，你就知道那些故事肯定出自同一人之手。问题是怎么才能从林林总总的书堆里把它们找出来，因为它们是根据作者的姓氏来摆放的。要不是玛丽，我永远也找不出它们。

　　我有时候会给她读书上的故事，到底哪一本向来没有定数，这取决于我当时在看哪本。我们习惯坐在后院角落篱笆旁,连翘灌木丛的阴影里。有天,在那些黄色花朵的包围中,我读了才拿到手的《希尔冒险记:群星在上》,作者玛丽·霍顿。书的每章都配有插画,读完故事后,我把书交给了玛丽,让她看看那些画。她翻看了一番,接着把书贴在脸上嗅嗅,说了句"烟斗味道"。那段时间,我爸确实在抽烟斗,所以我们知道那是股什么样的气味。我从玛丽手上接过书,也凑近闻了闻。她是对的,不过那股烟草味和爸爸抽的有些不同,它更强烈、更悠远,如果用抽象的方式来形容,我会说它是马匹和发霉羊毛毯子之间的十字架。

我每次去市中心图书馆,玛丽都会陪我同行。大多数时候,她从头到尾一句话也不说,但在退了《群星在上》几个礼拜后的一天,我正在成人和儿童书籍区之间光照不足的四个大书架上挑挑拣拣时,她走过来拽了拽我的衬衫。我转过身,她递给我一本书:《大冰屋》,作者邓肯·梅恩。

"烟斗味道。"她说。

我翻开书的第一章,读道:"皮尔诺·希尔恐高,望着在头顶盘旋的齐柏林飞艇,他完全记不起自己为什么会同意参与这趟旅行。"啊,又一本作者迥异的皮尔诺·希尔小说。我举起书,闻闻纸页,点点头。

我希望皮尔诺·希尔那天晚上能一直陪着我坠入梦乡,但他的形象很快就变得比纸张还要薄,而前几个晚上让我辗转反侧、难以入眠的主题又阴森森地冒了出来:死亡。同住这片街区的人里,有个叫泰迪·顿登的家伙,他比我小两岁,比玛丽大两岁。晚春的一天,有个司机在蒙托克公路上酒驾,冲上人行道,撞飞了倒霉的泰迪。泰迪的哥哥说,他被抛到了三十英尺①的高空。我一直试着想象人飞到两个篮球架那么高的地方会是怎样的画面。后来,我们去为他守夜。牧师说他已经获得了安宁,但看面相不是那么回事。躺在棺材里的泰迪肤色蜡黄,面容臃肿,嘴角微微下垂,似乎有所不满。

那个夏天,泰迪一直从下葬处回来纠缠着我。吉姆跟我讲过一个恐怖故

---

① 1英尺=30.48厘米。

事,我禁不住想象泰迪也会突然苏醒,死命地抓挠棺材板盖。和乔治夜出散步时,我很害怕他的灵魂会站在街上等着我。我会在路灯下停下脚步,仔细聆听,与此同时,心中的恐惧不断增长,直到我不住地颤抖,最后飞也似的逃回家。沐浴残阳的后院、学校背后阴暗的树林、入夜后卧室的角落,似乎都有泰迪·顿登影影绰绰的身形,他是那么的妒忌,那么的愤怒。

那天晚上,就在我胡思乱想时,乔治爬上楼梯,轻轻推开卧室门,站到了我的身边。他用那张毛脸瞅了我一会儿,决定跳上床。这个笨蛋可能只是一只小雪纳瑞,但看他无所畏惧的模样,我心中的恐惧也平息了不少。慢慢地,我打起了瞌睡。我梦见自己在一座烈焰燃烧的岛屿上乘着热浪不断向前,接下来的事情,我记不太清了,直到我突然从非常高的地方坠落。我惊醒过来后,听到了爸爸回家的声音。先是屋子前门小心地关上,接着,他走进厨房。乔治也听到了。他站起身,跳下床。

我决定下楼去跟爸打个招呼。上次见到他还是在上个礼拜天。为了维持住咱们家的账单,他同时接了三份工:大清早的去当兼职机工;然后主职,当切割工;到了晚上,还得去兼职百货商店的看门人。每天太阳还没升起,他都早早地走出家门,直到午夜才回来。工作日,我只能通过沙发垫子和浴室毛巾上残存的那丝机油味来感受他的存在,就仿佛在寻觅鬼魂的踪迹。

冰箱门打开又关闭的响声传来,接着,水龙头也被拧上了。我知道,爸现在一定坐在餐厅里吃意粉,一边借着厨房的灯光读报纸。我听到了纸张的翻页声,还有叉子碰撞餐盘的叮当重响。就在这时候,那件事发生了。只听屋外传来女人的厉声尖叫,那声音尖得几乎能撕开天际,让暗影之年从中溜走。我战栗着闭上眼,深深地埋进被窝。

第四章　贼

第二天早上下楼,我发现通往奶奶和爷爷住所的门开着。探头进去,我看到玛丽坐在厨房区的桌子上吃玉米片,就是昨晚上她用来搓卷烟的那一张。爷爷和往常一样,坐在她边上,面前摊着张赛马表格。他在表格边缘处用铅笔匆匆记着数字,嘀咕着马匹的血统、骑师的名字、重量、速度、赛道种类,用"麦金算法"——这是他给自己算法起的名字——推敲着每个参赛者的胜率。他每次在这个算式里多加一个参数,玛丽都会点点头。

听到有人从楼下大厅旁的卫生间里走出,我转过身。是我妈。她穿着绿松石色的衣服,上面有颗巨大的星星,看起来就像彩色的玻璃窗。我向她走去,她来了一个拥抱,还亲了亲我的额头。那香水味可真够重的,简直像搽了香粉。我们走进厨房,她用奶粉给我冲了碗麦片粥。这次的味道还凑合,因为她不反对我往里头撒糖。我在客厅找了个位置,她端着杯咖啡也坐了下来。阳光穿过她身后的窗户照进室内。她点着一根烟,把烟灰缸拖到面前。

"礼拜五是放假的最后一天。"她说,"好好休息。周一就得回学校了。"

我点点头。

"当心那些陌生人。"她继续说道,"早上邻居给我打了电话,说有贼。康拉德太太昨天半夜正在换睡衣,转过身突然看到玻璃上印着一张脸。"

"她叫出声了吗?"

"屎都吓出来了。比尔那时候在楼下看电视,他立马跳起来冲到了门外,不过那人已经不见。"

吉姆出现在客厅里。"你觉得他们看到她的裸体了吗?"

"也算她自作自受。"妈妈飞快地点点头,"我这话别跟别人提。"

"我听到了她的尖叫。"我说。

"不管那人到底是谁,他肯定用爷爷放在后院的旧梯子爬上了康拉德家二楼窗户。所以你们今天都给我把眼睛睁大点。"

"也就是说,他进了咱家后院。"

妈妈吸了口烟,点点头。"我是这么想的。"

她出门上班前,给我们安排了今天的活——遛狗、清扫各自房间、修剪后草坪。吻过我们后,她又去了奶奶和爷爷那边跟玛丽道别。接着,她的车子消失在车道上。这时候吉姆走到前窗旁,站在我身边。

"一个贼。"他微笑着说,"咱们可得好好调查调查。"

半个钟头以后,吉米、玛丽、我还有弗兰克·康拉德,围坐在了连翘树旁。

"那小偷是不是看到你妈的裸体了?"吉姆问弗兰克。

弗兰克的发型跟《三个臭皮匠》里的克利差不多。他用肥胖、起皱的手指挠挠了脑袋。"我猜是。"他不太愿意承认。

"自作自受。"吉姆说。

"你什么意思?"弗兰克问他。

"想想你妈的屁股。"吉姆大笑起来。

弗兰克沉默了一阵。"好吧。"他点点头。

玛丽掏出一根拉雷多烟,点着。每次她搓卷烟,都会自己偷拿个一两根。没人想得到玛丽也会做这种事。从这个角度来说,她也挺狡猾的。要是我抽的话,吉姆肯定会告发我。但对玛丽,他只是说:"你要是抽烟,个子会长不高的。"而玛丽会抽上一口,用呆板的语调说,"你能不能……"

吉姆摆出一副老板的派头,简单地说道:"我来当侦探,而你们可以作为我的助手。"他指着我说,"你负责把所有东西都统统记下来。我回头给你笔记本,别想偷懒耍滑头。"

"好吧。"我说。

"玛丽,你就好好算数。还有,别再来米奇那一套了。"

"我正在算。"她点点头,用米奇的语调说道。

我们笑了起来,但她没有。

"弗兰克,你就待我边上。不管我跟你说什么,你都照做。"

见弗兰克表示了同意,吉姆又说,我们要做的第一件事是寻找线索。

"你妈妈看到那贼长什么样了没?"我问道。

"她说从没见过那样的人,看起来跟鬼魂一样。"

"也许是吸血鬼。"我说。

"怎么可能是吸血鬼。"吉姆说,"就是个变态罢了。我们既然要干,那就好好干,得用科学的眼光来看待整个事情,而科学上是没有吸血鬼这种玩意儿的。"

我们做的第一件事是去犯罪现场调查。我们在康拉德家二楼卧室窗台下面,挨着我家的那侧,找到了一个清晰的脚印。那脚很大,比我们中的任何一人都要大得多,构成印子的圆圈和线条中心,还有一个图案。

"瞧见没?"吉姆蹲下身,指着那里。

"运动鞋留下来的。"我说。

"嗯。"他说。

"我觉得是科迪斯①。"弗兰克说。

"你从这个脚印里,能看出些什么?"吉姆问他。

"能看出些什么?"弗兰克反问。

"你瞧,它那么大,肯定不是小孩子留下来的,而成年人里穿运动鞋的又不多。所以那人大概是个二十岁左右的家伙。我们最好把这个脚印保存下来交

———
① 美国运动品牌,创建于1916年。

给警方，如果他们要来调查的话。"

"你爸报警没？"我问。

"没呢。他说要是逮到了那婊子养的，要把他一枪崩了。"

我们花了一个半钟头小心翼翼地掘松周围的土，用铲子铲起了带着脚印的那块泥。接着，我们敲开奶奶的房门，问她有没有盒子。她给我们一个粉红色的圆帽盒，盒盖上印着贵宾犬和埃菲尔铁塔。

吉姆把盒子慎重递给弗兰克。"拿稳了，把它想象成硝化甘油。"随后，我们走进院子，把盒子放进了栅栏后面的小工具房。准确来说，弗兰克把盒子搁在了木架上的几瓶杀虫剂旁边。与此同时，玛丽在一旁数道："一。"

第五章　上帝作证

坐在客厅的餐桌旁,我们几个人解决了奶奶给我们做的午餐。她的三明治里不管夹什么,黄油总是很多。有时候,比方说那天,就只是简单的黄油和糖夹心,外加大麦汤。另外一些日子,她还会给我们做巧克力布丁——就是那种顶上一寸黑漆漆的布丁——不过大多数时候的饭后甜点是手指饼。

奶奶满头硬挺的灰发,像是乔治的毛。她戴着大双光眼镜,太阳穴上棕色的痣仿佛被压扁的葡萄干。矮小的身材,黯淡的皮肤、皱纹和上唇角柔软的黑色胡须总让我觉得她其实是古代哪个母系氏族的女族长。站着放屁时,她喜欢把左腿往后踢,一边念叨:"打他的裤子,衣服和外套是我的①。"另外,每天起床她都要念上一段玫瑰经,而下午附近的老太太们聚过来在他们房间用茶杯喝葡萄酒时,她常常拿出一幅纸牌,用来占卜未来。

那个夏天每顿午饭后的黄油三明治时间,奶奶都会给我们讲故事。那些故事来自她这一生的各个片段。她跟我们讲了她在白石镇度过的童年、她在地方报纸当编辑的爸爸、靠马拉的消防车,莫伊沙·皮皮克——那是她这辈子见过的最奇怪的人,一顿早饭得吃掉十二个生鸡蛋;克莱门特·切利梅特——一头瀑布般的金发,却爱上了看不见他英俊相貌的盲女;还有流浪汉梅尔·哈代·法蒂,总是弹着竖琴,唱一曲"该死的公鸡"。这些事情有大有小,但全都没

①出自弗兰克·布什的喜剧剧本《希伯来玻璃工》。弗兰克·布什是19世纪美国著名戏剧作家。

有逃出当地名人奶奶尼·歌特·希尔的眼睛。

"一个夜访者。"把粉红盒子里的脚印那事告诉奶奶后,她这么对我们说,"以前维克斯先生住在白石镇,他是我们的邻居,他女儿萝怪胎和我一个年级。"

"萝怪胎?"吉姆说完和我一道笑了起来。玛丽的视线从刚刚舀起的麦片上移开,想知道我们究竟在笑什么。

奶奶微笑着点点头。"那是个怪女孩儿。她把所有时间都用在了看镜子上。倒不是说她爱慕虚荣,她其实是在找东西。她妈妈对我妈妈说,那姑娘常常做噩梦,梦到自己吞下顶针,然后半夜惊醒,脸憋成蓝色。"

"所以那不是她真名。"吉姆说。

"上帝作证。"奶奶继续道,"她父亲每天搭火车去城里上班,回来时赶最后一班在白石镇停靠的车,到镇上差不多得半夜。然后,这个醉醺醺的家伙会从车站蹒跚走回家。据说维克斯先生在酒吧喝高以后,就是个只知道傻笑,根本不在乎世界有多操蛋的白痴。但他要是回了家,就会揍老婆,嘴里脏话连篇。

"万圣节前后的一个晚上,他在白石镇站下了车。风很冷,车站空空荡荡的,只有他一人。他拾级而下,向车站外的马路走去。就在这时,维克斯先生听到脑后传来了剧烈的呜呜呜呜呜声,仿佛呼啸的风。他转过身,发现对面的火车平台上,有个巨大的鬼魂赫然在目。那东西高达八尺,在风中荡漾。

"他吓得半死,一路尖叫着冲回了家。第二天是周六,他把火车站闹鬼的事情说给了我爸爸听,不过我爸爸只把它当作了一个笑话。没有人相信维克斯先生的说辞,毕竟大家都知道他是个酒鬼。但维克斯先生依旧想说服别人,他到处发誓说亲眼见到了鬼。

"第二周周五去城里时,维克斯跟乘坐同一列火车的拉维利亚先生——他的一位邻居说,那个鬼魂周一到周四,一直在车站徘徊不去,还不断呼喊他的名字。描述这些遭遇时,维克斯不住地颤抖着,话也讲不利索。拉维利亚先生说维克斯到了崩溃的边缘。但在火车抵站、即将下车时,维克斯凑到拉维利亚身边,说他有个对付那个幽魂的办法。当时才早上八点,不过根据拉维利亚先生的描述,他已经从维克斯呼出的气里闻到了酒精的味道。

"当天晚上,维克斯又乘坐了那班最晚的列车。白石镇的火车站台空荡依旧,而他回头望去,只见鬼魂正呻吟着他的名字,向他飘来。可是那一天,维克斯在城里买了一把手枪。这就是他的办法。他从夹克里掏出武器,连开四枪,而鬼魂应声倒在了站台上。"

"鬼魂怎么能被杀死?"吉姆问。

"它有八英尺高。"玛丽说。

"那不是鬼魂。"奶奶说,"那是他裹着床单,踩着高跷的妻子。她想吓唬自己的丈夫,让他早点回家,少酗酒。但她却被他杀了。"

"维克斯因为杀人而被捕了吗?"我问。

"没有。"奶奶说,"发现鬼魂其实是妻子后,他痛哭了起来。警方随后的调查认为他这是正当防卫,没有罪责。后来,维克斯放弃他的房产和萝怪胎,在镇子外芦苇荡附近的野地里找个山洞隐居了起来。我也不太清楚为什么后来他被人叫作贝迪利亚,反正时不时有小孩子闯进山洞尖叫'贝迪利亚,我们来偷东西了!'等维克斯一出来,就撒腿狂奔。至于萝怪胎,她去了孤儿院,我从此再也没见过。"

"那维克斯先生后来呢?"吉姆问。

"在一个寒冷的冬天,有人发现他倒在了洞里,冻得硬邦邦的。第二年春天,他被葬在了芦苇荡。"

第六章　阴沟山

　　午饭过后,我们给乔治系上皮带,带着他从后院出了门。玛丽没和我们走一道,因为她决定和她的两个"朋友"待在一起。莎莉·奥马利和桑迪·格雷厄姆都是她幻想出来的,后者据说就住在她卧室的壁橱里。她时不时会把两人幻想出来,自己扮演米奇,和他们一道去地下室里的学校上学。

　　吉姆有个设想,他认为我们可以让乔治去追踪那个变态。只要让他在梯子边上嗅嗅,记住那股气味,接下来我们只要跟着他走就好了。弗兰克·康拉德在后院加入进来,和我们一道去了工具房。那梯子就倚在工具房墙上。但乔治一副慵懒的模样,似乎对梯子没什么兴趣,于是我对吉姆说:"你得让他精神起来。"让乔治打起精神的办法其实简单得很,你只要把脚抬到他嘴边就行。时间一久,他就会生气。只见吉姆抬起脚,在乔治嘴边缓缓打转。"乔——治——"他轻声唱道。终于,小雪纳瑞受不了他的逗弄,大叫起来,一副要把吉姆撕成碎片的架势。当然,他从来不会真的下嘴。

　　活跃起来的乔治终于凑到梯子边闻了几下,照那儿撒了泡尿,算是做好了追迹的准备。我们跟着他走出后院,路过奶奶的小公寓和几丛开成粉红色的合欢树,到了屋子前面。

　　东湖小学坐落在道路的拐角处,那是栋单层的红砖建筑,它呈中空的方形,中央有个小天井。右手边的那块地方是给学前班的儿童准备的,你能看到

21

攀爬架、秋千、跷跷板、沙盒和一个旋转木马，那玩意儿要是转得太快，能把坐在上头的人给甩飞出去。学校的体育馆在建筑左侧，那个砖块垒起的超大房间没有窗户，比低矮的主建筑要高出一大截。

学校正前方有条环形车道，中间的草坪修剪得十分低矮。车道和小停车场以西是两块铺着沥青的篮球场。继续往前，便到了巨大的棒球场，有些大风天你还能看到边线附近的沙尘打着旋升上天空。球场边，带刺铁丝网高耸，这是为了防止小孩攀爬出去落进陷坑似的阴沟水渠。不过，很久以前就有人拿链锯在网上开了个口子，只要你身材够小，就能通过那道缝隙。初秋时分，铁丝网外的野草和灌木一派金黄，成了蟋蟀们的王国。

学校后面的草地更加宽广。

这片烈日灼烧过的草坪被三条沥青自行车道分割成了几块，尽头是一片开发区，但往东，你能看到的只有植被繁茂的树林：橡树和松树一直生长到邻镇，往南则挨着铁路。林中溪流众多，还有许多我们了如指掌的小径。往林子里走四分之一英里①有个小湖，据说它深不见底。

那天，乔治领着我们到了森林边一座叫阴沟山的小丘旁。从我们站着的那侧，能看到黑色的排水管向着森林伸出。有时候管道口会淌出涓涓细流，不过今天完全是干的。

吉姆走到直径三英尺的水管开口处，倾过身喊道："你好"。只听他的声音回荡在延伸至学校地下的排水管中。与此同时，乔治在支撑着出水口的水泥桩上撒了泡尿。

"这里标个 X 记号。"吉姆转身对弗兰克说，"你最好爬进去找找，看那个小偷有没躲藏在地下。"

弗兰克挠挠脑袋，望着那黑洞。

"你是我的好助手吗？"吉姆问。

"是啊。"弗兰克说，"但他要是真在里面呢？"

---

① 1 英里 = 1609.344 米。

"在他反抗之前,你先声明自己是来实行公民逮捕权①的。"

弗兰克想了一会儿。

"别那么做。"我说。

吉姆瞪了我一眼,随后把手搭上弗兰克肩头,"他可是看到了你妈妈的屁股。"

弗兰克点点头,走到管道口弯腰跪下,向着黑暗爬出几步,又停了下来。吉姆抬起脚,用鞋尖轻轻推了推他。"等你找到他,你就会成为英雄。他们会把你的照片印上报纸。"听到这些话,弗兰克又往前爬去,几秒后消失在了视野中。

"如果他迷路了呢?"我说。

"只要跟镇子上的人说下,让他们一起放水,他就会被冲到棒球场外的出水口。"吉姆说。

每隔几分钟,我们都倚在排水管上大喊弗兰克的名字,而他高声作答。没多久,我们就听不清他说的是什么了。他的音量越来越小,越来越小,最后我们喊了几遍,都没能听到任何答复。

"你说他那边怎么样了?"我问。

"兴许让那变态反过来逮住了。"吉姆露出了担心的神色,"他可能困在了里头。"

"我该跑回家去叫警察吗?"

"别。"吉姆阻止道,"你去操场那边的自行车道上找阴井盖,朝井盖上的小口喊话,然后耳朵贴上去听。叫他回来。"

我往回全力冲刺,翻过阴沟山,穿过草地,找到了那个阴井盖。我趴在地上凑到小口旁。

"嘿!"喊完,我侧过头,耳朵贴上井盖。

弗兰克的回答很清楚,不过带上了金属的共振声,好像变成了机器人。"怎

---

① 在一些国家,公民有权逮捕现行犯,但需要将犯罪者立即交给警方或其他执法机构。

么了?"他喊道,"我在呢。"看样子没出什么状况。

"出来吧。"我喊道,"吉姆说回去。"

"这里还挺好的。"他说。

那一刻,我眼前浮现出了他家的房子、她妹妹莉莉的凸眼珠、她妈妈那张地包天的嘴和马一样的牙齿、乱糟糟的红发,还有他爸爸从那副顺风耳里掏出的耳屎。"你一定得出来。"我说。

半分钟过去了。我猜他没有听到我的话,继续深入了黑暗。但最后他喊道,"好吧。"接着是,"嘿,我找到了一些东西。"

走下山坡时,吉姆正坐在排水管口看杂志,乔治待在他脚边望着他。"乔治从那棵倒下的树旁找到的。"他指向树林,"那里还有些破啤酒罐和烟头。"

我走到他旁边,视线越过他肩头落在了杂志上。书页因为雨淋而发褶,封面还溅了许多泥点。吉姆翻到他在看的那一页,示意我也看看。那是一个红头发的女人,她穿着黑色的丝袜、高跟鞋、高顶礼帽和拉开的夹克,除此之外就没了。

"这奶子可真是大。"吉姆说。

"裸体啊。"我咕哝道。

吉姆举起杂志,嘴巴凑到她岔开的两腿之间,阴道外的红色阴毛上。"你好"他喊道。

我们都笑了。

我忘了告诉他我已经和弗兰克取得了联系,相反,我们把注意力放在了杂志上。某个金发美女趴在钢琴凳上的长图占去了杂志中间的三张折页。

"是的,长官。"吉姆说着,朝她的屁股连续敬了四个礼。然后我们翻过页,目不转睛瞪起了另一张裸女图。

后来,在我轻拍乔治,鼓励他的发现时,弗兰克在排水管里爬行的声音传了出来。吉姆站起身,与我一道望着管口。先从黑暗中冒出的是他的鞋子,接着是他的屁股,最后,弗兰克返回了阳光之下,他直起腰,面露微笑。

"你的报告?"吉姆问他。

"那是个安静的好地方。"弗兰克说。

吉姆摇摇头。"别的呢?"

弗兰克伸出手,给吉姆看他找到的东西。那是个绿色的塑料小兵,一手提着机关枪,一手握着手榴弹。我凑过去细看,发现他没有戴头盔。对一个士兵来说,这事可不太常见。此外,他的双肩都披挂着弹链,露着龇牙咧嘴的神情。

吉姆从弗兰克手上拿过小人,看了一秒钟,"洛克军士。"他给塑料兵起了个名字,然后把它放进了自己的裤袋。

弗兰克皱起眉头,"还给我。"他向前迈出一步,威胁似的握紧了拳头。

"我先问你,"吉姆说,"那个贼看到的你妈妈的屁股……"

"别再提我妈的屁股了。"弗兰克又迈出一步。

"……和这个像么?"吉姆翻开杂志,展示出中间的折页。

看到它,弗兰克顿时泄了气。他举起双手捂住眼睛。"哦,天。"说着,他透过指缝望着那图片。

"哦,对了。"吉姆撕下了屁股所在的第三张折页,把它递给了弗兰克。"这是你在下水道里勇敢表现的奖励。"

弗兰克颤抖着接过被撕下的书页,直勾勾地望着图。然后,他抬起头,说:"让我看看那本杂志。"

"不行。"吉姆说,"这是重要物证。你拿去的话,会把指纹印在上头的。"他把书卷起夹在腋下。毫无疑问,这个动作是吉姆从曼吉尼先生地方学来的。他每天晚上回家时,都会这么带上一份报纸。

我们又花了个把钟头在学校附近和树林里寻找线索,然而乔治追丢了气味,所以我们最后决定回家。弗兰克恨不得走几步就把那张图掏出来瞅瞅。我们在格里姆太太家门口抛下了他,他就那么傻站着,好像手上捧的是真正的肉体而不是一张光滑的纸。

第七章　破　镇

到了家门口,吉姆让我先进去瞧瞧情况。我妈离下班还有两个钟头,奶奶和爷爷则好端端地待在他们的房间里。我没见着玛丽,不过她在不在都无所谓。

我们走进吉姆的房间,他撬起那块松动的地板,把杂志藏在里面。然后,他走到自己桌前。"这个,"他拿着一本封面黑白两色相间的练习簿转过身,"把调查日志写在上面。"他把那本簿子给了我。"把迄今为止的所有事情都记下来。"

我接过本子点点头。

"你打算把那玩具兵怎么办?"我问他。

吉姆从裤袋里摸出玩具兵,搁在掌心。"你猜。"他说。

"破镇?"

"完全正确。"

我跟着他离开房间,下了楼梯,经过客厅,来到一楼的走廊里。走廊两侧是几间卧室,尽头有一扇木门。吉姆推开那门,与我一道走下咯吱作响的木台阶,进入了散发着霉味的昏暗地下室。

除了一盏拉绳开关的电灯,地下室剩下的光源都来自四个小天窗。我们脚下的地板是粗糙的水泥,周围墙壁也是如此。去一楼的台阶把这里从中间一分为二,在台阶后面的那块地方,挂着窗帘布,它们能从这一头拉倒那一头。六根四英尺粗的金属柱并排立在地下室中央,支撑着天花板。

地下室总是冬暖夏凉。现在,在黯淡的光线之中,我嗅着到了一股独特的气味。那是由我妈妈的油画颜料、松节油,还有墙角闪闪发亮的圣诞节饰物的金箔气味混合而成的。地下室埋藏着许许多多老旧、损坏,以及遭到遗忘的宝藏。它们或陈列于架子,或沿墙根堆放,已经被薄薄的落灰、细碎的水泥屑,还有挂着蛛卵的蛛网所覆盖。

爷爷笨重的木工台子被损坏的夹钳、装着生锈螺栓与钉子的咖啡罐、刨子、锉子、扳手,以及封装了黄色液体和水泡的水平仪挤得满满当当。这堆乱糟糟的东西数量之多,给了人一种浩荡如海的错觉。而海洋的中央,是一件从中国舶来的破烂。那条小船由牛角所雕,加上了用纤细的小动物骨骼和羊皮纸组成的风帆。而船上的小人直接在牛角中雕刻而出,他带着蓑帽,单手掌舵。

爷爷曾经跟着商船走遍世界,他告诉我,那是他在新加坡买的。卖这件东西的女人有个水晶球,爷爷从球里看到了一个又蹦又唱的小姑娘。那是我的妈妈。但那时候,距离她出生还有好几年呢。

地下室的后墙上安了根水管,它通到房子外,跟镇里的下水道相连。几幅油画斜斜地倚靠在水管上,都是我妈的画作,其中有《乞力马扎罗之雪》;也有她的自画像:她站在黑暗走廊里,怀抱婴儿时的我;还有贝阿德植物园里怒放的鲜花和卡普翠桥①上的风景。她的画用色隐忍,如同雾中风景,需要细细品味。

楼梯右手边扶手下面的大书柜里,我爸的书塞得满满当当。尽是些数学书和用过的笔记本,里头的每一寸都被不同数字和奇怪的符号占满了。望着这些年来他拿铅笔写下的字,我总觉得他想找到一条能解释所有公式的公式。书架上还有一系列地摊杂志,它们的封面上总有一段画了圈的文字,说什么爆炸性的新闻、揭露了某些早已去世的名流的秘密之类。但我有次从书架上抽出这么一本书看了半天，什么花头也看不出来。

从地下室中间到楼梯右边的这部分空间，被一张旧课桌占了，课桌旁摆着木椅，地上还有放书的地方。借助着这些东西，玛丽幻想出了一个学校，让她的另一个人格米奇在这里读书。我偶尔会打开走廊大门听她扮演多个角色：包括了哈克马老师、她的同学莎莉·奥马利、桑迪·格雷厄姆，当然，还有米奇——总是知道所有答案的米奇。

地下室还有一个运行起来嗡嗡作响的燃油炉，它投下的阴影里摆了一张小台子，上面搁着终傅圣事盒。那个宗教器具纯手工打造，有几个柜门，顶上立着黄铜十字架。我们不清楚到底是什么样的"圣事"，不过吉姆说"肯定他妈的神圣到家了"，他还说如果你打开柜门，圣灵就会冒出来把你勒死，让死因看上去就像咬舌自尽。

地下室唯一的照明灯泡悬挂在楼梯左手边，它的正下方便是吉姆的创作，破镇。我爸曾经打算给我们装一列电动火车，他买了四个木支架，还有他所能找见的最大的一块胶合板，打算把板子当作桌子让火车在上面运行。但就在那时，我们家遭遇了经济问题，所以好长一段时间里，那胶合板就这么静静地横在地下室里落灰，上头什么东西都没有。直到后来有一天，吉姆带着一堆五花八门垃圾回了家。那天是垃圾回收日，但吉姆出门送报纸的时间比垃圾工人来镇上更早，他一路送着报纸，一路搜罗了许多咖啡罐、旧鞋盒、破家具、糖果盒、纽扣、纸杯、棒冰棍子、空瓶以及其他形形色色的垃圾。靠着这些原材料，他开始建造我们家和附近地区的微缩模型。随着他这里修修，那里补补，整个工程变得越来越大。

破镇最初的部分是吉姆画下的道路（他用了蓝灰色涂料）。那条道路从哈蒙德路伸出，到学校门口转弯。他拿一个鞋盒代表教学楼，在上面挖出了一些窗口，又在楼外添置了旗杆、环形车道、篮球场和操场，学校正门上方，还有他拿白板笔写下的"浪费时间之地"几字。胶合板剩下的地方，都被漆成了代表草地的绿色,只有一个地方例外:林中的小湖。那是快椭圆形的蓝色区块,撒在上面的银粉闪闪发光。

我留吉姆在地下室里独自考虑怎么建造他的小世界,自己回到楼上,记下了迄今为止所遭遇的一切。

第八章　死者漂浮

　　我坐在卧室书桌前，面前是摊开的笔记本。我握着铅笔，望向窗外，努力回忆和那个贼有关的事情。我想起了旧梯子、脚印——它被保存在粉红色的帽盒里，倒像是土做的蛋糕——嗯，我可以从康拉德太太的屁股，或者她的尖叫开始。

　　可实际上，我还是不知道该从哪里落笔。是的，我从六岁开始就迷上了读书和写字，可它们和做记录不是一码事。不过就在这时，传来了法利家后纱门嘎吱打开又重重地关上的声音。我站起身，看到法利先生穿着泳裤站在那里，一手拿着威士忌，一手抓着毛巾。他臃肿虚胖，肤色白中带黄，脖子似乎无法承受脑袋的重量，耷拉着头，好像在寻找落进了草地的什么东西。

　　法利家的池子只有标准儿童池大小，换言之，比你随手挖出来的那种要大，但深度超不过三英尺，长宽最多八英尺。我看着法利先生把他的酒摆上野餐桌，毛巾搭在池边的樱桃树树枝上，脱下拖鞋，小心翼翼地走进玻璃般的水里。

　　荡开的波纹中，他细细检查着水池，水池过滤器尽管全天运转，但依然可能没能清理掉那些落水的昆虫。他用脚趾勾起沉在水底、已经发黑的樱桃树叶，丢回院子。这之后，他慢慢坐下，让池水逐渐漫过他的大肚子、下垂的胸部，浑圆的双肩，直到剩下脑袋。接着，他双腿往后稍稍用力，向前俯身，双手往侧旁伸出，继而两腿蹬直。就这样，他的脸也浸泡在了水中，水面只剩下了他的后背，还有他呼出的白色气泡。

他就那么漂浮了好一会儿，逐渐到了池中央。接着，仿佛死亡终于来临，他的手缓缓下沉，身体松垮垮地半蜷起来，就像大油锅里的面团。法利先生这漂浮的姿势，和死人真是太像了。我有些好奇他是不是睁着眼睛，接受氯水那股火辣辣的痛，还是阖上了双眼，沉浸在内心世界的更深处。

我重新在桌前坐下，但写下的不是今天的调查内容，而是法利先生。在描写了他走进泳池，又虚构了他溺水的过程后，另外两件事浮现在了我的脑海中。第一件事，和他离家出走的大儿子格雷戈里有关。格雷戈里小的时候法利先生是太空工程的工程师，他想勾起儿子对天文和科学的兴趣，然而格雷戈里却想当个艺术家。法利先生不认可他儿子的选择，两人自然起了冲突。格雷戈里在彻底离家出走、从此不再回来之前，曾在后院花园拿熟石膏筑了一个巨蛋。经过了几个月的雨淋日晒，那东西变成了绿色。而到了宇航员们终于登上月球的第二天，法利先生抡着大锤，把巨蛋砸成了碎片。

第二件事发生时，我和爸爸正在门前的绿地上耙树叶，法利家的大门突然咣当一下推开，法利先生站在台阶上，他几乎没穿衣服，一手端着酒杯。我和爸爸不约而同地停下了手中的活。只见法利先生摇摇晃晃地走下台阶，每走一步，步伐都比刚刚更加不稳，终于，他腿一软，双膝跪在了草地上。但这个姿势没能维持多久，他很快就向前彻底扑倒，来了个狗啃泥。神奇的是，尽管动作那么大，甚至整个人趴在了地上，那杯酒却始终被他高举过顶，一滴也没撒出来。他最后的造型像极了一个过河时想让手枪保持干燥的人。见到这一切，我爹低头瞅了我一眼，嘀咕了句"厉害"。

我放下铅笔，合上练习簿，感到一阵满足。吉姆有破镇，玛丽有她幻想出来的世界，妈妈有酒，爸爸有工作，奶奶有卡牌，爷爷有曼陀林。而我呢，相比记录脚印或者康拉德太太的尖叫，更愿意在簿子封面和封底之间的小小空间里，通过书写邻居们的故事，创造我自己的破镇。

　　我走进地下室,打算把这个决定告诉吉姆,却发现他正在灯光下高举着玩具兵,士兵的眼睛被涂成了两个白色的圆圈,拿着机关枪和手榴弹的手已经被掰断,换成了两根长针。长针从士兵胳膊的断口处突兀地伸出,看起来毛骨悚然。

　　"看看这个,它能在黑暗中发光。"吉姆把玩具兵放在隔开了我们家和康拉德家的墙边,俯身在破镇上方,伸手够到了灯泡的拉绳。咔嗒一声后,地下室陷入了一片黑暗。

　　"他的眼睛。"吉姆说。我转过头。这个手工打造的小镇已经笼罩在了一片黑暗之中,但两个白圈在其中发着幽幽的冷光。这幅景象仿佛噩梦,我不由自主地打了个寒战。

　　吉姆静静地欣赏着他的作品。后来,我告诉了他我打算怎么利用那笔记本。我猜他会因为我不遵守命令而暴跳如雷。

　　"干得不错,"但他说的是,"所有人都是嫌犯。"

第九章　他行走于大地之上

　　周六下午，我坐在连翘树树荫下，把笔记本上的内容读给玛丽听。那天，我清早就骑着自行车满大街晃悠，看看哪些邻居能作为嫌疑人写进笔记。我碰上的人里包括了"巨人"哈灵顿夫人和米切尔·埃里克松。哈灵顿夫人的绰号来自她惊人的腰围，米切尔·埃里克松则是个每逢学校集会和假日都会拿手风琴演奏一曲"西班牙夫人"的家伙，我的生日宴会也不例外。

　　从法利先生开始，我把所有事情一点不落地报给了玛丽。我的语速轻快，仿佛在讲皮尔诺·希尔的又一则冒险故事。玛丽是个好听众，她安安静静地坐着，时不时点点头。她陪着爷爷，看他计算赌马胜率时也是这样。每次点头，都等于在告诉我，她听懂了那些句子，理解了我想表达的意思。得知哈灵顿的丈夫，就是那个个子矮小，脑袋像土豆的人辞世后，她没有露出多少悲伤的表情。听到米切尔在人们稀稀拉拉的掌声中微笑鞠躬的段落时，她也没有大笑。点头，就是代表着她记下了我努力的成果，而这正是我所希望的。

　　我讲完故事，合上了笔记本。她沉默地坐了一会儿，最后看着我，说："我要带着哈灵顿夫人去那里。"

　　就在这时，妈妈喊了我们的名字。那天是周末，爸爸下班比平时早，又到了全家老小去拜访劳拉姑妈的时间。我们挤进白色的比斯坎①里，吉姆和我占

---

　　① 雪佛兰的一种车型，1958–1972 年之间生产。

35

了后座,玛丽待在我们中间。我爸摇下驾驶室车窗,把夹着烟的手伸到车外的阳光中。我一周没见着爸爸了,他看起来很疲惫。他调了调后视镜的角度,在镜子看着我们,说了句"都上车了",然后点着了引擎。

圣安塞姆在长岛北岸,从我们家过去得开上一个钟头的车。一般来说,我们坐车时都一脸严肃,不过我爸碰上好心情,会跟我们讲讲他小时候的事。我们最喜欢的角色无疑是"飞马",那是匹上了年纪的,背上有伤的耕马,他一身脏兮兮的白,脾气暴躁,和兄弟一直被饲养在阿米蒂维尔,从没配过种。

那家医院可不是个现代化的地方,它里头漆成了白色,能隐隐约约闻到一股屎尿的臭味。圣安塞姆医院就是个林间小石城,童话里才有的地方:巨大的花岗岩台阶、橡木门、彩绘玻璃,还有阴暗、蜿蜒、回荡着若有若无的脚步声的走廊。医院中央,一片矮小的杨木中间,摆了张弯曲的水泥凳,凳子旁边的喷泉是石雕鹈鹕。那鹈鹕的喙部扎进了自己胸膛,泉水就是从伤口流出来的。不过要说最奇怪的,还是那里的人。我是说,除了病人和年迈、驼背、一把白胡子的哈斯比斯医生外,剩下的人全是修女。

我从没见过那么多修女待在一个地方。她们一袭黑袍,黑头纱紧贴脸庞,如果从暗处向你走来,你眼睛又来不及适应,就会看到漂在半空的脸。再加上她们走起路来寂静无声,难得露出笑容,我总觉得这个地方虽然没闹鬼,但却在闹上帝。我禁不住想象姑妈像睡美人那样被囚禁在这里,只有在周六才能得到拯救。

跟往常一样,爸妈不准我们陪着他们一起去探望劳拉姑妈。他们要吉姆管一下他的弟妹,又给了我们每人二十五美分好去买苏打水。我们知道,如果沿着那条弯弯曲曲、没准最后通向地牢的台阶走上一阵,可以找到一间摆着苏打水机、两张桌子和几把椅子的小厅。我们以前总是去那里喝上一杯,然后坐在喷泉边的石椅上看两小时鹈鹕流血。不过那天苏打水下肚后,吉姆把我们带到了医院小食堂的后面,指着阴暗的后墙。我这才发现,那边有扇我从没留心过的小门。

"你觉得那边有什么?"吉姆向那里走去。

"地狱。"玛丽说。

吉姆转动门把,把门往后猛地打开,然后跳到一旁。玛丽和我离开石凳走到他身后。那是一排往下的石阶,周围石墙耸立,仿佛咽喉。楼梯旁没有灯,但楼梯底闪烁着模糊的光。吉姆转身瞥了我们一眼。"跟我来,这是命令。"

我们在长长的楼梯底找到了一个小房间。这里天花板低矮,水泥地板,一排排长凳延伸至黑暗之中。房间前面,通向楼梯的房门不远处,安了张小祭坛,祭坛上方挂着的镶金框的油画。房间里只有一盏灯,昏暗的灯光照亮了那幅画。画中的基督和圣母坐在林中池塘边,面带微笑。圣母海蓝色长袍质感仿佛实物,他们的头发,还有背景里的叶子,似乎真的在微风中摇曳。

"咱们回去吧。"我说。

玛丽抬腿向楼梯走去,我也转过了神。

"等等,"吉姆说,"看看这个,简直了。"

就在这时,身后传来了踩踏木头的沉闷声响。我吓了一大跳,连吉姆也满脸惊惶。

"很漂亮的画,不是么?"一个柔和的女声说道。接着,黑暗中走出了一个黑袍黑纱的修女。她那么年轻,又那么漂亮,我想说话,却张口结舌。她微笑着经过我们身边,爬上祭坛,举起一只苍白而纤细的手,"不过,你们可千万别错失了这幅画想传达的讯息。"

"你们看到了吗?"她指向画。

我们点点头,顺着她指的方向朝玛利亚和耶稣身后的树林望去。

"你们看到了什么?"

吉姆凑近了一些,几秒后说道:"眼睛和笑。"

"树林里有人。"我说着,真的看出了人的轮廓。

"黑色的身影,在林子里偷看。"修女说,"他是谁呀?"

"魔鬼。"玛丽说。

"聪明的姑娘。"修女说,"那是撒旦。你们看出这场景有多么像伊甸园了吗?没错,画家的意思是,正如亚当和夏娃当年那样,救世主和他的母亲也受到了死亡的诱惑。其实这方面,人人都一样。"

"他为什么要躲起来?"吉姆问。

"他在观察,等待着发起攻击的合适时机。他聪明得很。"

"但魔鬼不存在,"吉姆说,"我爸这么说的。"

修女露出了甜甜的笑。"哦,魔鬼真的存在,孩子们。我亲眼见过他。如果你们不小心点,就会走进他的陷阱。"

"再见。"玛丽低语。她抓过我的手,推着我向楼梯走去。

"他长什么样?"吉姆问。

我不想留在那儿了,可是我动弹不得。我觉得那修女会勃然大怒,但相反,她脸上的笑容更灿烂了。灿烂到可怕。

玛丽拽着我的胳膊上了楼梯,我们没去食堂停留,而是直接沿路狂奔到了水池边的长椅旁。我们在那儿等了好久,快被叮咚的泉水催眠时,吉姆才姗姗来迟。

"你们这群弱逼,一点儿也靠不住。"他说道。

"玛丽很害怕。"我说,"我得把她带出来。"

"你们怕不是尿裤子了吧。"他摇摇头,"她告诉了我一个秘密。"

"什么?"我说。

"魔鬼四处活动时,怎么找出他来。或者用乔伊修女的话,'当他行走于大地之上时'。"他说着笑了起来。

"她就是魔鬼。"玛丽盯着泉水说。

那天晚上回家,爸妈开了瓶酒。他们伴着留声机里墨迹斑斑①的歌声,在客厅跳舞。我能感觉到一定发生了什么可怕的事情,因为他们没有说话,舞姿里也感受不到一丝欢乐的气氛。

---

① 美国著名爵士乐队。

就在我们上床睡觉前,奶奶从旁门走出,说那个贼又来了。这件事情是住街对面的梅维丝讲的,当时梅维丝的老公丹恩出门丢垃圾,听到他们家葡萄棚子上有声音,于是大声问了句"谁在那里?"当然了,没人回答,但是他看到了对方的身影和眼睛。丹恩以前是飞行员,去过全球各地,喜欢收集各种旧兵器。他跑进屋里,提了把土耳其波形刀出来。那刀子弯弯曲曲的,像是压扁的蛇。梅维丝告诉奶奶,丹恩冲出后门跑向葡萄棚子,但半路摔跤,还刺伤了自己的腿。等他拖着脚一点点走到架子下时,贼早就不见了。

后来,我妈坐进摇椅闭上眼听歌,爸爸和我还有吉姆扳了几次手腕子,又跟玛丽跳了会儿舞。玛丽打着赤脚,脚尖踩在他鞋子上。"该睡觉了。"终于,我妈闭着眼睛对我们发号施令。到了二楼分开走向各自卧室时,吉姆对我说:"他行走于大地之上"。我笑了,但他没有。乔治跟着我进了卧室,他挨着床的后沿,瞬间就睡着了,梦里还踢了我三脚,低低地咆哮了两声。我睡不太着,听着爸妈在楼下低声地交谈,不过听不出他们到底说了什么。

既然睡意全无,我干脆爬起身走到了书桌前。梅维丝和丹恩的事情给了我新的灵感,我得赶在把它们忘到脑后前先记下来。我发现我对丹恩的了解仅限于他拥有的各种东西:豹皮地毯、脱水的头颅、斧子、刀具和很有些年头的手枪。除开这些,就是他那方巾似的假发,他永远不会摘掉那破烂玩意儿。别的方面,我对他一无所知。与他相反,我对梅维丝比较了解。她出生在爱尔兰的科克镇,言谈举止十分高雅。她和理查德·哈里斯同年生,就是哪个唱雨中蛋糕的人。

写完这些东西,楼下已经一片寂静。爸妈都歇息了,可我还是没有一丝困意。这主要是因为白天的事情有点儿吓到我了。我一想到任何与死亡有关的念头,都会觉得愤怒的泰迪·顿登要从哪儿冒出来。为了不让它出现,我跳下床,悄悄走下楼梯到厨房偷了块饼干。就在那时候,我决定去看看破镇。

通向地下室的每一级木台阶都在我脚下发出了痛苦的呻吟,但我爸的鼾声从后面的卧室传来,掩盖了我的动静。走下楼梯,我一点点地往前摸,直到碰到胶合板,这才朝前倾过身去拉电灯开关绳。只见一轮明日突然照亮了午夜的破镇。我有些期待看到镇子里的玩具们正在忙自己的事,可惜啊,他们一定听到我下楼的声音,于是凝固了起来。望着镇子里的那些小玩具,有那么片刻时间,我对自己的渺小也产生了些感悟。

我的视线沿着胶合板向前移动,然后,我看见了那个贼。他就在我们家对面,一条马路之隔的梅维丝和丹恩家后院。准确来说,是那个牙签搭成,挂着绿绒线的葡萄架上面。他的胳膊是两根长针,而凌厉双眼发出的光,能如电筒一般刺破黑暗。

第十章　时间浪费工厂

开学那天热得要死，像回到了盛夏。我们这里有个传统，如果你拿到了新衣服，开学第一天一定要穿出去让别人看看。妈妈用缝纫机给玛丽裁了几件新衣服，而吉姆因为长个子，换上了从格茨百货公司淘来的新衬衫和裤子。他穿不上的那些衣服都丢给了我，此外我还套上了一条全新的工装裤。那玩意儿硬得跟水泥似的，恨不得五十磅①重。我在学校里穿着它，禁不住地汗流浃背，去图书馆、食堂和操场时脚步艰难得形同僵尸。那股新麻布的气味，让我觉得自己就是个干粗活累活的工人。

升到七年级的吉姆转去了哈蒙德路初级中学，那地方得搭巴士过去。玛丽和我依旧待在街道转角的时间浪费工厂里。我们都不是好学生。我把大部分的课堂时间都用在了昏睡和白日梦上。玛丽应该读四年级，可她却被送进了特殊班X，那里都是些说不清到底天才还是智障的家伙。每次碰上问题儿童，他们都会把人送进X班。其他班级都有编号，只有玛丽这个用了简略的字母，就像是电视广告里的X牌一样。路过的时候，我常常会朝那个班级瞅上两眼。里面有好些举止怪异的家伙，他们或啜泣，或自言自语。而玛丽呢，永远笔直地坐着，聚精会神地听老师讲课，时不时地点点头。她真正的老师可不是幻想出来的哈克马先生，而是洛克希尔太太，我们管她叫"石头脑袋"。洛克希

---

① 1磅≈0.45千克。

尔太太是个寻常人，搞不清玛丽身上米奇的那一面到底怎么回事。但我相信玛丽真的很聪明，因为吉姆就是这么说的。

说起来，他们曾经把吉姆送进过心理辅导室，还给妈妈打了电话，要她来看吉姆的测试。他们给了吉姆几张墨迹斑斑的纸，问他能从里面看出什么。"我看到一只蜘蛛在咬女人的嘴唇。"他说，"这张上面则是条生病的，只有三条腿的狗，它在吃草。"接着，他们给了吉姆一块木头和一堆销子。木头上打了各种形状的孔洞，销子也形状各异。他们要吉姆把销子插到对应的洞里，而吉姆一个也没搞对。妈妈看不下去，捆了下他后脑，然后他就和妈妈一道笑了起来。还有六年级整个学年，不管什么考试，吉姆签下的名字都是乔·曼尼哥特斯，那是五年级社会学教科书里一个墨西哥男孩的名字。但他就算再胡搞也没留级，这给我带来了一些希望，我想自己有朝一日也能离开东湖小学。

我六年级的老师是可怕的克拉普先生。上帝作证——奶奶是这么发誓的吧——那是他的真名①。克拉普先生个子矮小，鼻子尖削，板寸理得又平又整，你甚至可以停架直升机上去。吉姆六年级的时候也归克拉普先生管教，他说那老头常常尖叫。我妈认为克拉普先生有"拿破仑综合征②"。"你知道的，"她说，"那个矮个子的将军。"开学第一天，克拉普先生就再三向我们声明，说他"不会容忍任何不合规矩的事。"这话重复第三次时，我身边的提姆·苏利文嘀咕了一句"他宁愿跪下来"③。

克拉普先生有双招风耳，他听到了这句话。提姆不但被他拉到了教室前面罚站，还得跟每个人大声地重复那段子。那一天，我们学到了重要的一课，就是不管见到的事情有多么搞笑，该板着脸，就得板着脸。

说实话，每天去上学的几个钟头我都如负重压，就好像学校也穿上了那条

---

① 克拉普(Krapp)和狗屎(Crap)同音。

② 一种病理假说，该理论认为身材有缺陷的人会因为自卑而产生强烈的补偿心理，力图在许多方面表现得胜于常人。

③ 不容忍的英文是 not stand for，也有不站立的意思。

新工装裤。当然了,我也不是第一天上学,早就习惯了这种环境。上学头一周只发生了一件大事:那天下午放学,我在回家路上被威尔·欣克利给堵了。那家伙喉结外凸,一头卷发,喜欢打架。欣克利故意找我的茬,我想避开,可还没闹明白怎么回事呢,一群小孩就把我们围在了中间,而欣克利冲了过来。接下来就是嘈杂的声音和旋转的面孔,我头晕目眩,连招架之力都没有。玛丽和我同行,她大哭了起来。我在学校里不受欢迎,没有朋友愿意站出来帮我一把,相反,看到我被揍,每个人都在高声喝彩。

在欢呼中挨下数不清的拳头后,我试着逃出围观者的包围圈,却被推回到了场地中央。欣克利朝我脑袋侧边来了那么一下,我的眼前顿时一片昏花。终于,我想起了电视里的镜头,握紧拳头,前臂护在面孔前,而欣克利开始绕着我打转。我想努力跟上他的速度,可一转眼,他又扑了上来。坚硬的指关节砸在了我的嘴唇上,我倒是没觉得多疼,可那屈辱的感觉,让我的泪水在眼眶里打起了转。

就在欣克利又一次向我接近时,吉姆推开人群,走到了他身后。只见吉姆扯得欣克利转过了身,随即一手掐住了他的脖子。转眼间,吉姆就把他掀翻,然后骑在他身上照着脸出了一拳又一拳。等到吉姆起身,欣克利的鼻子已经流了一摊血,看起来气息奄奄。至于其他的小孩,早就作鸟兽散了。吉姆拿起我的包,递了过来。

"你真是个软蛋。"他说。

"你怎么……"我颤抖得厉害,话都说不全。

"玛丽跑回家跟我说的。"

"你把他杀了?"

他耸耸肩。

从结果来看,欣克利没死成。那天晚上,他妈妈打了个电话来我家,说吉姆是个危险分子,但玛丽和我早就把事情的来龙去脉告诉了我妈。我记得她是这么告诉听筒另一头的欣克利夫人的:"你瞧,你也明白,玩火就可能被火烫伤。"挂断电话,她又比了个中指,这才告诫我们以后别跟人打架,还说服了吉姆让他去跟欣克利道歉。"好的。"吉姆说。不过后来我问他是不是真打算道歉,他说:"当然了,我要带他去百慕大。"

第十一章　他寒冷的气息

这个学期过得虎头蛇尾，因为那个偷窥狂又出现了两次。海斯家的小女儿玛西，有天夜里坐在马桶上，发现有人在偷看。曼森家的小孩亨利，就那个三天两头跟人吹牛要当总统的家伙，说他在自家黑漆漆的车库里见到了一个模糊的身影。当时他去丢晚饭后的空牛奶瓶，注意到有人蹲在汽车后面。

他后来对我和吉姆说："他跑得飞快，我没看到长相，不过他的气息冷冰冰的。"

"他的气息冷冰冰的？解释一下。"吉姆说。

"就是闻起来有点儿凉。"

"和你的不一样？"

亨利点点头。

那天晚上，吉姆在地下室里用针和纸片做了些小小的红旗，把它们插在破镇所有小偷出现过的地点。做完这些，他退开一步对我说："我在《警网擒凶》里看到过这种做法，它应该能揭露罪犯的行动规律。"

"你看出些什么来了？"

"所有地点都在咱们街区，"他说，"别的还没有头绪。"

很显然，关心那个小偷或者变态狂的人不止我们，因为有别人通报了警方。周四下午，有个警察来我们街区挨家挨户地敲门，问有没有见过可疑的人在夜间出没,或者听到后院传来过奇怪的声响。警察敲开我们家门以后,奶奶接待了他。奶奶对这条街上发生的事情总是了如指掌,她告诉了警察好多事情。我们躲在厨房里偷听了个饱,了解了许多先前不知道的事,比方说法利先生在他的泳池底发现了一坨人粪,似乎是有谁蹲在池边拉进去的。

警察问完了话,准备离开,这时吉姆从藏身处走了出来,告诉他我们采集了一个可能属于那贼的脚印。警察对我们笑了笑,朝奶奶使了个眼色,但还是表示愿意看看。我们带他到了工具棚,递过鞋盒。他示意我打开盖子,我照做了。接着,警察俯过身,看着里面。

"干得好,伙计们。"警察说。

他离开时捎上了鞋盒。但那天晚上我带着乔治出门散步,看到了那个印着埃菲尔铁塔和贵宾犬的粉红色鞋盒。它丢在曼吉尼家路边的露天垃圾桶里。我走近看了看,发现脚印已经被完全毁了。

我决定不把这件事告诉吉姆。

也是那天晚上,和乔治走在路上,我终于真切地感觉到了秋意。我们在满月照耀下溜达到了东湖学校门口,这时突然起了大风。阴沟山后的树林哗哗作响,听得出有不少树叶被扯离了树枝,在黑暗中飞翔。与此同时,温度降了下来。我注意到蟋蟀不再鸣叫,甚至闻到了一丝万圣节的味道。

沿街往家走的半路上,一个沉默了整个夏天的风铃发出了叮当的铃声。我望着天上的星星,思绪飘散开去,在路边坐下。乔治挨着我,也坐了下来。我想起那天在学校,我们被带去食堂看了场教学电影《漫漫上学路》。电影里尽是些熊孩子,他们在铁路边玩,结果被火车碾得比纸还薄,还有些碰了输电轨触电身亡。电影里讲这些故事的,似乎是《留给比弗》里扮演爸爸的那人,他说有个小屁孩觉得爬到火车车厢顶跑来跑去很有意思,但车辆恰好正在启动。"哎呀,约翰从车厢间掉下去,被几吨重的钢铁给碾死了。等到你变得跟薄饼一样平,事情就没那么有趣了。"他说。接下来的一幕,是某个小孩拿弹弓去打一列驶过的火车,镜头一转,我看到乘客舱里有个小姑娘捂着眼睛,鲜血正从她的指缝间往下淌。车窗外,景色正不断变换。"射得真准,牛仔。"克雷弗先生①说。

电影结束后,我们被叫到走廊里排成一列蹲下。所有人都低着脑袋,双手护住后脑躲在墙根。"手指交叉护住后脑,能有效减少碎石造成的伤害。"校长克莱瑞一边说,一边轻轻抚摸着自己的喉结。听他的意思,要是俄国佬朝我们的镇子丢了枚核弹,这动作能救我们一命。

不过妈妈说,要是空袭警报真的拉响了,我们一定要尽快回家。她和爸爸已经准备了应对的方案。警报声一旦响起,他们就会拿铲子锹土,盖住地下室的几个小天窗,然后把所有床垫都拖到一楼垫好,免得辐射渗透进地下室。他们还在地下室里塞了一大堆罐装食物和瓶装水,每瓶水里都加了一滴防腐剂以保证它们不会变味。不过后来粮食储备逐渐减少,只剩下一盒火腿和一瓶已经发绿了的水。想到这里,我站起身牵着乔治回家,一边做起了另一个白日梦:为了避开原子弹带来的伤害,就像《迷离时空》②里演的那样,我们把自己缩小,躲进了破镇。

我和乔治走进家门,看到厨房台子上摆着一个空酒瓶,而我妈陷在了沙发里。她手上夹的那根烟,灰烬都差不多和烟本身等长了。后来吉姆在妈妈的手下面摆了个烟灰缸,那其实是个大贝壳,我们去年在沙滩上找着的。接着,吉姆轻轻地拍了下妈妈的手腕,只见那截灰色的烟灰落下,完完整整地躺在了贝壳里。

我往妈妈脑袋后面塞了个枕头,而吉姆扶着她的肩膀,帮她换了个更舒服的姿势。玛丽取来《福尔摩斯探案集》以后,吉姆翻开书,找到了妈妈最喜欢的"巴斯克维尔的猎犬"章节,轻轻搁在她胸口,就像那是只巨蛾。

我们打开边门,去跟奶奶和爷爷说晚安。

"你妈妈呢?"爷爷问。

---

① 即上文提及的电影《留给比弗》(1957年的家庭喜剧)里父亲的名字。

② 首播于1957年的幻想题材连续剧。

"她不省人事着呢①。"吉姆说。

奶奶的嘴唇翕动着。我知道这代表了她想骗人，把真相搪塞过去。第一次注意到这点还是在去年夏天。那个下午，一群老太太聚在奶奶的小公寓里，而她解读着卡牌占卜出来的内容。住在街对面柯德米尔家旁边的老寡妇蕾丝特乔抽到了黑桃 A。我看到奶奶先是嘴唇嗫动，接着马上把那张牌从桌上收起，说了句"发错了"。那个瞬间，小房间里突然鸦雀无声，过了一会儿，就像有人摁了开关，大家又重新叽叽喳喳了起来。

---

① 不省人事的英语是 out cold，而 cold 也有寒冷之意。

第十二章　永远不要吃桃叶

开学后第一个周六的上午,我拿着滤锅跟在爷爷身后进了后院。院里的果树已经成熟,到了采摘的时候。爷爷每摘下一个果实,都会先拿在手中轻轻地摩挲,好像那是个受精的鸡蛋,薄薄的外壳之下孕育着生命的萌芽。

我们从一棵树,换到另一棵树。"永远别把桃树叶塞进嘴里。"他对我说,"那东西有毒。"到了黄苹果树下,他又说:"这个品种的树种已经买不到了,它们叫作'冠阳'。我从一个老傻瓜那儿买下它们的时候,他说世界上只剩下半打冠阳了,我们一定要照顾好它,要是最后的这几棵也死了,那这物种就彻底灭绝了。"爷爷从枝头摘下一个小小的、畸形的苹果,在衬衫上擦了擦递给我。"咬一口看看。"他说。那石头般丑陋的果实居然蕴藏了这样甜美的滋味,真是难以置信。

我们继续走向梅子树。"我听说你这周跟人打架了。"爷爷对我说。

我点点头。

"要我教你两招不?"

我想了一想。"算了。"我说,"我不喜欢打架。"

爷爷哈哈大笑,电视天线上的乌鸦被他吓得飞了起来。我有些尴尬,但他摸了摸我的脑袋。"行啊。"说完,他的笑容温和了一些。

爷爷在"水渠"跑马场干了好些年,退休以后,他对树产生了兴趣,特别是那些会结果子的。他在我们家四分之一英亩大的地里种了各种各样的树——一棵桃树、一棵李树、三棵苹果树、一棵樱桃树、一棵纯观赏的海棠,还有些叫烟树的小灌木,据说它们能赶走蚊子——又花了夏天这个几个月的光阴去照料它们:喷洒杀虫剂、掘松泥土、扶正幼苗、裁去枯枝。我没见过他读农书或者从别的什么途径学习,他退休不到一个礼拜,就直接捣鼓起了这些树。

奶奶给我们看过一些陈旧、发黄的剪报,那是爷爷在牙买加竞技场打拳时候留下来的。她还给翻出过几张照片。照片里的爷爷站在船甲板上,穿着潜水服,戴着金属潜水头盔,头盔上开了个玻璃小窗。有次我阖着眼装睡听我爸妈聊天,才知道爷爷以前进过精神病院,接受了电休克疗法。这和他十五岁时干出来的事可能有不少关系。当时他妈妈让他去街角买块面包,他去了,只是买完面包后谎报年龄当了一条商船的水手,直到三年后才回家。我问爷爷他妈妈什么反应,他的回答是:"我的屎都被她揍出来了。"

爷爷胸肌发达,肩膀宽阔。就算到了退休的年纪,我也没办法用两只手就围住他的二头肌。每隔一段时间,他就会要我们看看他的文身。他可以颤动肌肉来让那些蓝线描绘的图案动起来:他的左前臂上是个裸女;胸前有只雄鹰;一只半龙半狗的怪物盘踞在他的后背,那怪物毛发纠结,眼如灯笼,口吐烈焰。那是他在爪哇岛让土著用鲸鱼骨针刺出来的。他告诉我和吉姆,那条龙狗叫作"深渊",能替他警戒身后的敌人。

种树可能是爷爷的兴趣,可他的真爱绝对是马匹。他天天翻来覆去地研究《每日电讯报》赛马版面,就好像那是张圣谕。等他完事,报纸的边缘肯定写满了马匹和骑手的名字、日程、投注数目、简单的算数和一些看起来像是中文的神秘字符。我不知道他到底怎么算的,但他投注的赛手赢面还真挺高。我记得他有次搭车去马场,回来时候开了辆新汽车。还有次,他狠狠赚了一大笔,钱多到带着我们全家去尼亚加拉大瀑布度了个假。爷爷还有个铁哥们,叫比尔·法罗,是个书呆子,他差不多每天都会去巴比伦看他。

第十三章　巴拉巴拉先生

那个周六下午,我爸刚下班回家,就招呼几个孩子进客厅坐下。他和妈妈坐在大理石咖啡桌后面的沙发上,跟我们面对面。他们开口前,我绞尽脑汁地回忆着这几周我们是不是惹过麻烦。

除了快被大家忘记的欣克利事件,我能想起来的就只有差不多开学前一个礼拜,吉姆和我用旧衣服——准确来说是破体恤和裤子——做了个人偶。我们往里头塞进了报纸,最后用别针加以固定。人偶的脑袋取自一个体内填着锯末的发霉大象玩具,它好像是谁在撒玛利亚医院展会上得奖赢来的,反正从我记事之日起就一直躺在地下室里。我们摘下它的脑袋,清掉锯末,在脖子上打了个领结,最后把它固定在体恤的领子上。这个人偶很粗劣,不过还算凑合,再说了,夜里谁也看不清。我们把它从地下室的一个小天窗里推到了外面的后院里,没让任何人看到。

我们给这个软趴趴的象人起名叫作巴拉巴拉先生,还拿长长的渔线从胳肢窝那里绕着胸口缠了一圈。我们把它放在街道的这一边,然后把钓鱼线布到了街道的另一边,从一座空房子门口的篱笆底下穿过,就是郝勒威一家去年才刚刚搬出那栋。我们很清楚,要是直接在自己家门口整这恶作剧,铁定没什么好果子吃,而且我们选择的那栋房子后院南边就是树林,要是有人来追,我们只要沿着小路藏进林子,对方就拿我们彻底没辙了。

那天晚上,我们躲在篱笆后面,终于等到了一辆汽车。它的灯光由远及近,眼看到了篱笆附近,我们立刻扯动了鱼线。人偶被我们歪歪扭扭地拉到了马路中间,黑暗之中,它看起来就像个已经被车撞过的倒霉蛋,还在一阵一阵地抽搐。

刺耳的刹车声中,汽车打了个横,几乎撞上电线杆。听到那刹车声我就知道大事不妙,立刻和吉姆一起向后玩命似的逃去。我们弯着腰,让篱笆隐蔽我们的影踪,到了郝勒威房子的角落才停下脚步,在黑暗中待了片刻。

"要是他们找过来了,跑回去跳过小溪,我在主路的岔道口等你。"吉姆低声说。

我点点头。

从我们站的位置,能清楚地看到那辆汽车。意识到它不属于附近的哪个邻居,我大松了一口气。那车的型号很旧,我出生之前就有了。它打着白漆,车顶圆鼓鼓的,屁股上还有鳍状的装饰,看起来像是杵了两根球门柱。车门嘎吱着打开,一个穿着白色风衣和帽子的人走了出来。由于相距太远,我看不清那人的长相,不过他绕到车侧,瞅了瞅巴拉巴拉先生。他一定看清了那根鱼线,因为他抬起头,直直地望着我们这方向。吉姆拉着我蹲得更低了点,深深地埋进了阴影中。那男人在原地站了很久很久,面孔始终朝着我们。我的心脏狂跳,要不是吉姆的手压在背上,大概早就窜出去了。终于,那人回到了车里点着了发动机。确定他走远了以后,我们捡回巴拉巴拉先生,把它丢进了林子的深处。不过,那件事都已经一个多礼拜了。

爸爸清了清喉咙,我看向吉姆。吉姆坐在玛丽的另一边,他也看了看我。我知道他现在同样满脑子发霉的大象脑袋。

"我们只是想告诉你们,劳拉姑妈和我们在一起的时间不会太久了。"说话时,爸爸盯着我们的脚。他的胳膊肘支在膝盖上,双手不停地揉搓,好像在洗手。

"你是说,她要死了?"吉姆问道。

"她病得很厉害。从某些角度来说,那倒会是一种解脱。"妈妈说。她的眼角泪光闪现。

我们点了点头。我不太清楚在这种情况下点头是否合适,也不明白为什么死亡会变成一件好事。这时候,爸爸说了句:"好了。继续忙你们的吧。"玛丽走到妈妈身边,坐到她的膝盖上。我趁着去厕所撒尿,也离开了那里。

那天下午,我牵着乔治,揣着笔记本在外面走了很久。出门时,我的脑袋里一团乱麻。我能感知到一些模糊的念头,但一旦想厘清那些思绪,它们就开始不断地退避,就像要我徒手去抓浅滩里的游鱼,完全是徒劳无功。我走到了哈蒙德路上,看见毕晓普夫妇正对着雷吉咆哮,那小孩子才十岁就已经皮得不得了了。接着,我路过了东湖小学看门人鲍里斯的身边,他在车道上修着自己的车。我还看到了霍顿家的小子彼得。彼得身材臃肿,反应迟钝,他骑着车从我身边经过就像一座移动的小山。他屁股上的肥肉耷拉下来,完全盖住了车座。

过了哈蒙德路,我继续前进。道路两旁栽着的巨型梧桐,叶子已是棕黄一片。现在,我的左手边有片农田,几头牛在那里嚼着青草。往右看去则是一片工地,建筑工人们正在建起新楼的框架。又走出一英里地,步下一座小山后,我来到了公路旁的树林里,停在一条小溪边。

溪水边躺着一根电线杆,也不知道怎么丢在那里的,看起来很有些年头。背靠着电线杆,我掏出笔记本,把路上的所见所想写了进去:我写下了毕晓普太太四十一岁才生下雷吉的事情;写下了学校里的小孩是怎么愚弄鲍里斯的——他是南斯拉夫人,英语说得不算太好——还有鲍里斯一成不变的回答"小子,你说的全是狗屎";写下了那个奇怪的红脖霍顿。有一次,我听到康拉德说他是个"乱伦的怪胎"。

写完这些东西,我把铅笔夹在笔记本里,拉乔治到了身边,摸着他的脑袋说:"一切都会好起来的。"不过这种自欺欺人没有持续太久,恍惚之中,我看到了一道模糊的人影,俯身在圣安塞姆医院劳拉姑妈的床头。他将她抱起,那一瞬间,暗影包裹住了姑妈,但接着,人影就像泡沫般消失了。

那天晚上,妈妈又一瓶酒喝到半途,终于歇斯底里地爆发了出来。一进入这种状态,她就完全变成了陌生人。我记不清楚她到底在愤怒些什么,只知道房间里的空气都凝固了,我连大气都没法出。在我的想象中,她已经变成了面对着会说话的魔镜的邪恶女王。为冲散这不祥的念头,我唤起了另一段回忆:还是在我小的时候,一个下雪天,妈妈要我和吉姆坐上雪橇,让她拉着去上学。她向前大踏步地跑着,能跑多快就跑多快。银装素裹的世界里,只剩下了她欢笑连连。

我们几个孩子抛下了爸爸,让他独自去承受这狂风暴雨。吉姆溜去地下室躲进了破镇;玛丽立刻进入米奇模式,不断低声念叨着长长的数字,后来去了奶奶和爷爷的公寓;我爬上楼梯,准备打开卧室避难所的门,就在这时听到了一声清脆的咔嗒响。有什么东西落在地上,滑过了厨房的地板。我不知道那是我爸的眼镜还是他的牙齿,也不打算下楼去探个究竟。我知道他一定端坐着,坚忍地等待风暴过去。后来,我决定翻开皮尔诺·希尔的小说,陪着他深入亚马孙丛林,寻找黄金国。

就在我看到希尔脖子上挨了一毒镖陷入昏迷时,有人敲了一下我的房门。玛丽走了进来,她蜷缩在床边,眼巴巴地望着我。

"嘿。"我说,"要我读点笔记里的人和事吗?"

她站起身,点点头。

以骑自行车的小霍顿为结尾,我把最近写进去的东西从头读了一遍。为了消磨时间,我读得很慢,希望她能沉浸在那些故事里,暂时放松紧张的神经。等到读完,我的房间陷入了一片寂静。

"这些故事里,哪个写得最好?"我问她。

"守门人鲍里斯。"她说。

"好了,去睡觉吧。"我告诉她。

第二天早上,妈妈因为宿醉没法带我们去教堂,所以她要几个小孩彼此忏悔,最后用"万福玛利亚"来收尾。我们几个飞快地糊弄了一遍,就聚到桌前去吃早餐。爸爸一边吃,一遍给我们讲了几个他从军时的故事。我严重怀疑昨晚妈妈发的那通脾气让他想起了硝烟弥漫的战场。后来铃声响起,妈妈接了电话。她满面微笑,仿佛昨晚什么也没发生。

等到挂断电话,她告诉了我们那个消息:昨天,我东湖学校的同班同学查理·爱迪生出门玩耍,一直没有回家。到了晚餐时间,他的妈妈隐隐感到了一丝不安。夜幕降临后,见儿子依然没有影踪,他爸爸决定报警。"他不是出了意外,就是被人绑了。"妈妈说。而奶奶颤动着嘴唇,说了句"到午饭的时候,他也许就回来了。"

查理·爱迪生比我还怂。我们从幼儿园开始就是同班。集体照里,他一直是最可怜兮兮的那个。他瘦得皮包骨,纤细的胳膊像是烟斗通条,脖子恨不得只有铅笔粗,脸长得跟动画里的汤米龟差不多。他戴着的眼镜大得过分,让人怀疑是从哪个成年人地方偷来的。一提到这人,我的脑海里总会冒出他伸出树枝般干瘦的手指,把那副大眼镜往鼻梁上推的画面。因为那些更强壮的小孩总拿他当乐子,查理每天都努力保持低调,想在大家面前当个隐形人。我很可怜他,但也很高兴班上还有这么一个人存在。要不是他,那些小混账可能就会把我当作头号消遣对象了。

克伦肖教练是我们的体育课老师,不知道为什么,他永远要插一只手在运动裤的裤袋里。不过我想说的不是他的裤袋。外边要是下雨或者天气太冷,他就会安排我们在体育馆里玩躲避球。克伦肖教练习惯把学生们分成两组,分别站到馆内场地两侧,在不越过中线的情况下拿硬邦邦的红球互砸,被砸中的人就出局。但要是对方设法抓到了球,那出局的人就是你了。

圣诞节前的一天,克伦肖又让我们玩起了躲避球。口哨过后,游戏如同往常那样开始。查理凭着他长期以来练出的隐身能力,居然成了他那半场剩下的最后一人。但他面对的是杰克·哈维德。没人清楚杰克是怎么留在学校里的,因为大家都知道他才五年级,就因为犯事进了局子。杰克的肌肉光滑得像岩石,左腿上还有他用墨水和刺针留下的潦草文身。文身只有两个字:狗屎。见比赛只剩下了最后两个人,克伦肖吹响口哨,宣布规则改变:剩下的最后两人可以在场内任意行动,中线失效了。

发球的是查理,可是杰克向他大步走去,毫不担心被球砸中。查理尽全力丢出球,然而杰克轻松地抬手接过,就好像从枝头摘下苹果那样惬意。这下子,比赛应该就结束了,然而克伦肖并没有吹响哨子。我听到体育馆里的所有人都开始呼喊杰克的名字,而杰克高高举起了球。与此同时,查理不断后退,后背几乎贴上了体育馆的墙。他绝望地抬起手,护住脸。下个瞬间,球就径直砸上了查理的胸口,他肺里的空气一下子被挤出,身子向后倒去,脑袋咣当一下撞上了水泥墙。他的眼镜也向外飞出,落地时碎了一块镜片。后来,救护车赶来学校,医护人员把昏迷不醒的查理架上了车。毫无疑问,那个圣诞节期间,断了肋骨的查理过得不怎么愉快。

爸爸和爷爷开上车,加入了寻找查理的队伍,吉姆和我带上了乔治打算进树林找找。途中,我们见到了许多开着汽车和骑着自行车的人,他们有大人有小孩,全都自发行动起来,寻找着查理。

"他肯定迷了路,不知道该怎么回家。你知道查理这人的。"吉姆说。

我没答话。我正在幻想如果迷路回不了家的人是自己会怎么样,或者更糟糕的,我被捆起来带去了完全陌生的地方,再也见不到我的家人。我越想越怕,要不是现在还是大白天,再加上乔治陪伴在身旁,我早就一溜烟逃回家去了。"可能是那个贼。"我说。

这个时候,我们正走到学校门口。吉姆停下脚步,转过来看着我。"你知道吗?"他说,"你可能是对的。"

"你觉得其他人会不会也这么认为?"

"当然了。"他说。但想起了那个被丢进垃圾箱的鞋盒,我不禁产生了深深的怀疑。

我们没在林子里待多久。那天有些凉飕飕的,树木的叶子都红了。不过,我们之所以不敢过多逗留，根本原因还是怕那个贼不仅仅满足于偷窥。我们才走到溪弯那里就回了头。离开树林后，我们朝下水道里看了眼，又望了望篮球场和水沟，接着沿铁丝网返回了学校。

"我这有三十分，"吉姆说，"你想不想去小卖店买杯苏打？"

第十四章　是你吗？

接下来一个礼拜，社区里到处都是警察，他们询问附近的居民，收集着与查理·爱迪生失踪案有关的线索，想拼凑出他可能的遭遇。这事还登上了晚间新闻，不过电视里黑白的东湖学校显得很陌生，倒像是另外某座小孩子们更愿意去的学校。他们随后还放了失踪者的照片。查理戴着他那副大眼镜，透过屏幕对着我们微笑。我扭过头，不忍回忆发生在他身上的那些事。

看得出来，人们对于失踪的查理，还有他饱受折磨的家庭，同情都发自真心。然而第二周结束时，镇子逐渐恢复了过去的节奏，就仿佛又一股强大的洋流，把我们又推回了原先的轨道。我为此感到难过，却无能为力。即使少了查理，人们还是有各自要干的事。其实，我也没什么不一样。我关注的重点逐渐移到了克拉普先生布置的家庭作业和家里的各种麻烦事上。我估计查理失踪案的调查依旧在继续，只是警方无法再从邻里这儿获得更多有用的消息了。

尽管人们不再提及此事，然而每次看到查理的空桌子和空椅子，我都会感到一阵寒意。查理的妈妈在儿子消失那天就失去了神志。她每天都在附近游荡，不单去别人家后院瞅，还翻镇中心商店街的垃圾桶，要不就沿着交错的铁道蹒跚漫步。她是附近最年轻的妈妈之一，现在却满脸憔悴，蓬头垢面，神情空洞。

每天晚上，她都会在学校的操场和游乐场里走来走去，一边呼唤查理的名字。一天晚上吃过晚饭，妈妈喝了几杯雪利酒，正在前往百慕大的路上，突然抬头看到了窗外路过的爱迪生太太。看样子，她又要去学校里找儿子了。我妈停下了关于百慕大的演讲，起身离开客厅到了门外。吉姆、玛丽和我凑到窗边，看着她在路上拦下了爱迪生太太，和她说了些什么。然后，她靠得更近了一些，展开双手拥抱了那个憔悴而瘦小的女人。她们就这样站了好久，妈妈时不时地轻轻拍打爱迪生太太，直到夜幕终于降临。

因为这段时间天没亮就出门不安全，吉姆不再早起送报纸。我们家还采取了一些预防措施，比如晚上一定要锁好前后门。爸妈也禁止我们独自离开街区，除非有人同行。假如我想去林子里逛逛，就一定得喊上吉姆。不过，他们还是同意我晚上出门遛狗。现在我走在街上，总觉得除了泰迪·顿登，灌木丛后还潜伏着另一个鬼鬼祟祟的东西。

临近九月底，天终于真的冷了下来。有天晚上，我牵着乔治出门向学校走去。那天风不小，枝头的枯叶都被吹走了许多。走过格里姆太太家黑着灯的房子时，我听到有人低声说"是你吗?"我被吓了一大跳，乔治也发出了低低的咆哮。我扭头望向院子，只见枯萎的玫瑰丛中，爱迪生太太正望着我。

"查理，是你么?"她向我伸出手。

我转身就跑，根本不敢答话，还差点尿了裤子。我冲回家，看到妈妈在沙发上睡着了，就去地下室找吉姆。我得跟人说说话，才能缓解心情。吉姆确实在地下室里，他在破镇那颗太阳的照耀下修建雷斯图乔太太家的屋顶。楼梯的另一侧，米奇和桑迪·格雷厄姆、莎莉·奥马利正上着哈克马老师的课。

"怎么了?"吉姆问我。

我的心脏依旧怦怦地跳。我还意识到，吓坏了我的其实不是爱迪生太太。这段时间以来，我们已经习惯了她突然从哪个角落里钻出来。真正让我感到恐惧的部分是她把我当作了查理。我不打算把这事跟吉姆说，好像一说出口，我和那个失踪的男孩之间就会产生某种真正的联系似的。

"我猜那个贼已经不在了。"我说。自从查理失踪后,再也没人报告说他们遭到了偷窥。我的视线移向胶合板上的破镇,找到了那个涂了眼睛,长针当手的玩具兵。他站在哈蒙德路旁霍顿家后面。

"我敢打赌他还在附近。"吉姆说,"这几个礼拜条子多,他暂时消停了而已。"

他说话的时候,我继续扫视着胶合板,破镇总能吸引我的注意力。它那么大,你不可能一眼就看清楚所有细节。我的目光顺着和哈蒙德路相交的柳树街一路前进,直到它拐弯。格里姆太太家就在路口右侧。看到它的时候,我心中一凛。房子的前院里,摆着代表了爱迪生太太的泥人。

"嘿。"我指着那里,"你放过去的?"

"你这么闲,自己去找点事做啊。"他说。

"告诉我,是你放过去的么?"

他听出了我没在开玩笑。

"不是啊。"他说,"咋了?"

"因为我刚刚和乔治出去,就在那个地方碰到了她。"

"大概我昨晚关灯以后她自己走过去的吧。"吉姆说。

"拜托。"我说,"到底是不是你放过去的?"

"我发誓,我没有碰过她。"他说,"我已经一周没动过那些小人了。"

我们看着彼此,地下室突然安静了下来,只有哈克马老师在房间对面说话:"米奇,你的英文考试拿了100分。"

我们又沉默了几秒,然后我喊道:"嘿,玛丽,过来一下。"

现在说话的是莎莉·奥马利。"我下次会努力的。"

吉姆站起身,向楼梯走出一步。"米奇,我们这儿需要你的帮助。"

过了一会儿,玛丽掀开楼梯后面的帘布走到了我们身边。

"先说好,我不是在生你的气,我只是想问下,你碰过破镇里的东西吗?"吉姆微笑着问。

"你能不能……"她用米奇的语调说道。

"是你把爱迪生太太挪到这儿的吗?"我指向那个泥人。

她走到胶合板旁,低头看着小镇。

"嗯?"吉姆轻轻地拍了拍她肩头。

她入神地看着泥人,然后点点头。

第十五章　麦金算法

第二天,我在学校的操场上听到彼得·霍顿对克里斯·哈克特说。昨天晚上有人站在她妈妈卧室的窗口。

"谁啊?"克里斯问,"蝙蝠侠吗?"

彼得努力思考了一会儿,然后笑了,他庞大的身躯不住地摇晃。"不,当然不是。"他说,"妈妈以为她看到了满月,但那其实是一张脸。"

"什么狗屎玩意儿。"克里斯说。

这一次,彼得想了很久,才憋出了一个"嘿。"他伸出和成人差不多大小的手,想去抓克里斯的喉咙。不过哈克特一下就挣脱了,他跑到操场另一边大声喊道:"你妈就是个傻逼!"霍顿追着哈克特跑出几步,突然又停了下来。他可能太胖了跑不动,也可能转头就忘了自己为什么要跑。

听到彼得说的话,我突然想起破镇里代表贼的那个兵人,昨天晚上就是挨着霍顿家后墙摆的。那天下午放学,我回家把这事告诉了吉姆,然后和他一道去找玛丽。刚开始我们不知道她在那儿,后来才看到后院的连翘丛里升起了一股烟雾。穿过撒着落叶的草地,我们坐在了她的两旁。

"你怎么知道该把哪些人放在破镇的哪些位置?"吉姆问道。

玛丽弹了弹烟灰,动作和妈妈一模一样。"麦金算法。"

"那套差点算法?"我问。

"你的数据。"

"什么?"

"你读给我的。"

"你是说我笔记本里的东西?"

她点点头。

"一个全是马的镇子。"吉姆嘀咕。

"这可不是赌马。"我说。

"从数字的角度,它们就是。"玛丽直视前方。

"你怎么计算的? 在你脑子里? 还是纸上?"

"都有。"

玛丽丢下烟蒂,用脚碾灭。我们就这样静静地坐了很久。风拂动周围的灌木,又把橡树的枯叶卷到了一处。我想理解玛丽究竟是怎么处理我告诉她的那些信息的,可是智商限制了我的想象力。

"查理·爱迪生呢?"吉姆问。

"不在了。"玛丽说。

"可他不也应该在板子上吗?"吉姆坚持道。

"我不知道。你没有读过他的故事。"玛丽看着我。

"我也没写过她妈妈啊。"我说。

"我见过她。"玛丽说,"见过她在街上走。见过她和妈咪在一起。"

接下来的十五分钟,我们把关于查理·爱迪生的一切的事情都告诉了玛丽,包括他在学校碰到的糟心事、他自行车的颜色、他棒球帽上的队徽(克利夫兰印第安人队)等等。我们描述的过程中,她时不时地点点头。当我们讲完后,她说了句"现在,再见",起身离开了连翘丛。

吉姆咯咯地笑了起来。"真是运气。"他说,"破镇只有那么大,计算复杂不到哪去。我们得到正确答案的概率很大。"

"我不知道。"

"你觉得她是神奇博士。"吉姆哈哈大笑,好像把我当成了傻瓜。他朝我右臂锤了一拳,起身离开灌木丛。被他打中的地方木了整整五分钟。"你会相信的。"他回头喊道。

我没有作答。我的思绪已经飘回了几年前。那天晚上,爸爸妈妈告诉吉姆和我,世界上没有什么圣诞老人。而那天下午,吉姆还和我还趴在积雪的院子里,透过天窗偷瞄着地下室,从感恩节开始,那里就被锁上了。"我看到了一辆自行车。"吉姆说,"老天啊,好像还有机甲勇士①!"妈妈说圣诞老人是虚构的时候,我只是简单地点了点头,但吉姆的心好像挨了重磅炸弹,被炸得粉碎。他默默地坐在前窗边的摇椅上,看外边片片飘落的雪花,后来双手捂脸,就这样过了好久好久。

我离开灌木丛,走进屋里,开始在沙发垫下摸索,看看今天又没有收获。我找到一枚镍币,于是决定骑车去食品店买两块"巴祖卡"口香糖。反正离妈妈下班和准备晚饭还有一个钟头呢。出门时,太阳正在落山。现在日头一天比一天短,夜晚一天比一天长。我骑着车,一边想应该为万圣节准备点什么。我选了条去食品店后门的近道,沿着费姆斯路前进。我没太留心周遭的事物,直到闻到了一股熟悉的气味才回过神来。

就在我前面几英尺的路边,停着一辆白色的汽车。我觉得自己在哪儿见过它,就是一时半会儿想不起来。经过它侧旁,透过打开的车窗看到坐在驾驶座上的人,我才反应过来。那尾翼、那圆车顶、那弧状的挡风玻璃——毫无疑问,就是那晚被巴拉巴拉先生吓停的汽车。和当时一样,坐在里面的人穿着白色的风衣和风帽。他叼着烟斗,鼻子尖削,眼神锐利,仿佛正在研究着我。

我惊慌失措地下了人行道,拼命蹬脚踏板。身后传来的汽车点火声,让我进一步加快了速度。食品店就在街角,但我没有停下,而是在哈蒙德路右转,沿着柳树街往家骑去。快到家门口,我才放缓速度转身看了看。街道空荡荡的,那人没有跟来。此时天空一片暮色,夜晚几分钟后就要降临。

---

① 1961年生产,风靡一时的线式遥控玩具机器人。

　　我不想告诉吉姆这件事,因为他肯定要耻笑我一番。可是那人看着我的神情实在有些吓人。我花了好些功夫才把他从我脑海里赶出去。后来妈妈回了家,我们吃了晚饭做了作业,又穿过边门听爷爷弹了一阵曼陀铃。几个小时后,我总算把那人给忘了。可是等到我上了床,翻开皮尔诺·希尔的书,继续看他在亚马孙丛林里的冒险时,那人的脸又冒了出来。是烟斗的气味!那股让我在骑车时回过神来的气味,和书页里散发的一模一样!

第十六章　一定是黑橄榄

第二天，爷爷不得不开车去学校接玛丽。她发了高烧，肚子也不舒服。我敢说，东湖学校里有什么不干净的东西。因为那天下午我们班去图书馆的时候，拉里·马奇，就是那个闻起来像坨大便的家伙，突然呕吐在了图书管理员老罗杰斯放在窗边的字典上。拉里被送进了医务室，而鲍里斯推着一桶红色的东西，带着扫帚过来清理了现场。我不知道那些红色的东西是什么，不过在我的想象里，那是磨碎的橡皮擦，能吸收掉孩子们的病。鲍里斯倒了满满两雪铲那东西出来，撒在图书馆里。他在丢掉那本显然报废了的字典时，老罗杰斯突然悲伤地说："一定是黑橄榄。"

图书馆的课程结束，我们刚回到克拉普先生的教室，帕特丽夏·崔普迪诺也吐了起来，费利西亚·巴恩斯紧随其后。鲍里斯带着那桶红色的东西，忙不迭地在学校四处跑来跑去。我们的教室虽然清理了一番，呕吐物的气味却还是萦绕不去。克拉普先生眼神飘忽，呼吸急促，明显也受到了影响。他打开教室所有的窗户，给我们放了一段介绍化石燃料的教学影片。影片里那块煤饼说人话的当儿，他坐到了教室阴暗的后排，掏出手帕，扶着额头。

回到家，我碰到了格伯医生。他正坐在拖到了沙发边的摇椅里。沙发上睡着玛丽，她枕着枕头，盖着毛毯，旁边的地板上，摆了被我们叫作"呕吐桶"的大铁罐。听到有人回家，格伯医生睁开了眼睛。他朝我挥挥手，拿开叼着的烟，一根手指竖在嘴唇前，示意我保持安静。

格伯是镇上的医生。他块头很大，头发又黑又密，宽阔的脸上架着眼镜。我从没见过他不穿黑西装、把黑皮包拎在手里或者放在身边的样子。镇上的孩子们都在他那里打过针、看过口腔、被橡胶锤敲过膝盖、听过心跳，要是我们病得太重没法去医院，他还会来家里诊疗。玛丽出生那会儿瘦小虚弱，妈妈刚把她带回家的头一个月，格伯天天来。他给妈妈开了种特殊的药，还向她保证玛丽一定会活下来。格伯医生不算我们家的稀客，我常常能在清早或者傍晚看到他坐在客厅的摇椅里休息，手里拿着块怀表。

有一回吉姆好像得了阑尾炎，但外面下暴雪，汽车没法开，妈妈就联系了他。格伯医生从他的诊所出来穿过半公里的雪地到了咱们家，却发现吉姆只是闹肚子。他笑着摇摇头，打开边门去找了爷爷。聊了会儿赌马，喝了杯"老爷子"威士忌，又要了根烟以后，他就走了。我从前窗目送着他一步步走进风雪，消失在黑暗之中。

玛丽生病那天他也没待太久。他告诉奶奶镇子上还有十几个小孩等着他去照顾，所有人都一样的症状。等他离开，我坐在沙发边沿，把电视音量调到最低分贝看起了卡通。后来我准备起身出门，那时候玛丽睁开眼睛。她的身体微微颤抖，嘴唇嚅动，嘀咕着什么东西。我从壁橱里取出毛巾，过了下凉水贴在她额头。这时候，她抓住了我的手。

"那个男孩，"她说，"他会出现。我找到了。"她伸出一根手指，指着地板。

"行，"我说，"行。"

她再次陷入昏睡，不过这次似乎舒服了不少。我走进后院，想着这会儿该做点什么。我知道吉姆加入了一个摔跤队，要搭更晚点的巴士回家。看着一只黄色的老蝙蝠扑扇翅膀往樱桃树上撞时，我突然明白了玛丽的意思。

我返回屋内直奔地下室，倾过身拉了灯绳。从哈蒙德路开始，我搜索着整个破镇，寻找代表了查理·爱迪生的那个泥人。圆滚滚的哈灵顿夫人站在她家前院；康拉德先生不在家，他在海耶斯家的后院和海耶斯太太待在一起；曼森先生倒在他家的车道上；门卫鲍里斯在修他的车。我找到了爱迪生太太，她正沿着柳树街往学校走，可是我在哪里也没找到查理。大多数人都在自己家附近活动，但是查理，查理毫无踪迹。

直到快要心灰意冷地关灯离开，我才终于发现了他。沿着通向胶合板另一边的路，越过学校和树林，在那块闪闪发光的蓝色小湖中央躺着的，就是查理的泥人。

奔回一楼，我系好乔治的皮项圈，和他出了门。我们穿过街区，在街角拐弯快步走向学校。下午的时光已然不多，气温正不断下降。自从查理失踪后，我一直不太愿意踏进树林，而且爸妈也不许我一个人进去。但在短短的犹豫后，我还是闪身进了树林。

沿着林子里的主路走了十分钟，我们到了湖边。尽管附近所有父母都告诉他们的孩子这是个无底洞，我却越来越怀疑那只是用来骗我们，不让我们下去游泳或者搭筏子玩漂流的故事。

湖面上飘荡着好些落叶，倒映在水中的树影随着风吹起的涟漪不断晃动。我不确定自己会找到什么，也许是一具漂在水中的尸体吧。可是放眼望去，小湖还是往日的宁静模样。我站在湖畔立了好久，在周遭橡子和枯枝时不时的坠地声中，想象着查理。在我的脑海中，他背贴湖底，睁着眼张着嘴，如同在呼喊。他的手向上伸展，想抓住透过树梢打进水中，照亮他远离梦魇，返回现世道路的最后几缕阳光。后来，眼见黄昏越来越盛，我和乔治终于沿路走出了树林。

那天晚上我从梦中惊醒，控制不住地颤抖起来。屋外刮着大风，屋顶天线晃动，发出刺耳的嘎吱声，倒像是房子痛苦的呻吟。我挣扎着上了趟厕所，又摇摇晃晃地爬回床，陷进了一个又一个狂乱的梦里。在那一幕幕旋转的景象里，我看见了下水管道、湖水、圣安塞姆通往地下的楼梯、泰迪·顿登、查理、他妈妈、白汽车里的人、窗户上苍白的脸，还有皮尔诺·希尔。他追赶着我，跟我交朋友，又背叛了我。突然间，一切都停了下来。听到鸟儿的啁啾，我缓缓睁开眼,看到了窗外的一抹红光,同时意识到额头敷着湿毛巾。爸爸坐在床尾,他向前俯身,闭着眼睛,一只手隔着被子放在我脚踝边。他一定察觉到了我醒了,因为他低声地说了句:"我在这儿呢,好好睡吧。"

高烧消退。到早上九点,我已经感觉好多了,不过我还是请了一天假。玛丽也没去学校。为了照顾我俩,妈妈同样没去上班。那一天就像回到了老时光,那时我们家经济还没遇上问题,妈妈也没开始酗酒。我们和奶奶一道吃了早饭,接着围坐在餐桌旁,打了一个钟头的扑克,玩的是"老处女"和"赌场"。后来,我翻出几个月没碰的塑料玩具兵,把他们拿到窗台上把玩。在清冽而明亮的阳光中,玩具兵们进行了一场伟大的冒险。再后来,我们一起在电视上看了部电影,彼得·洛①在里头扮演了一个喜欢吃酸菜的侦探墨托先生②。与此同时,妈妈在厨房为我们烹煮黄油意粉。

下午三点左右,我躺在沙发上眯起了眼睛。玛丽在厨房里玩拼图,妈妈坐进我身边的沙发打着盹。除了外面的风声,一切都很安静。

我回忆起了四年级时,曾经停了一个半月的课。那时候我妈也没上班,陪我待在家里。那一年,我算是真正明白了什么叫阅读。我天天趴在床上,一本接一本地读书:《伊阿宋和金羊毛》、《金银岛》、《火星编年史》、《夏洛特的网》等等,来者不拒。对我来说,书里的那些人远比东湖学校的同学老师更鲜活。

那段时间,我每天中午都在客厅吃妈妈做的意粉,然后和她一道找一部老电影看。我想我是四年级里唯一一个能认出保罗·穆尼或者莱斯利·霍华德的学生。我喜欢悬疑电影,它们的情节跌宕,张力十足。我最喜欢的是《瘦子》③里的那些演员,我妈呢,当然了,肯定偏爱巴兹尔·雷斯伯恩饰演的福尔摩斯。那段时间,克莱瑞先生威胁说要我留级,但妈妈去学校跟他交涉,说我会通过考试的。后来,我也确实通过了。

---

① 彼得·洛(Peter Lorre, 1904-1964),出生于奥匈帝国的演员,后入美国国籍。

② 1937 年的侦探电影。

③ 1934 年的喜剧/悬疑片,导演 W.S.范戴克,主演威廉·鲍威尔。

那一年,我意识到了我妈和其他学生家长的不同。不论酗酒成什么样,她身上总有些东西能像阳光一样照耀我的心房。我害怕她醉酒后的样子,但无论她变成怎样,只要那束光芒存在,一切就终会被引导回来。每天,这束光芒都会和其他成百上千个故事一道陪我入眠。

我一定在沙发上睡着了,因为吉姆用拇指抬起了我左眼眼皮。"这儿有个死人,医生。"他说。我醒了过来,看到窗外已是黄昏,听到酒瓶在厨房里发出的砰砰的响声。我首先想到的是沉在湖底的查理,我相信他真的在那里。那么,这件事我能告诉谁呢? 谁又会相信我呢?

晚饭过后,妈妈把金斯顿三重奏乐队的碟放在维克多牌唱机上,坐在餐桌旁一边喝酒一边读报。玛丽踩着旱冰鞋,绕着客厅的编织地毯不停转圈。在她的公转轨道内,吉姆正在教授我一些摔跤的动作。

"你们能不能……"妈妈突然说道。然后,她把我们叫了过去。

吉姆和我坐到了妈妈的左右两边。她指着报纸上的一张小照片,"看看这个。"她说。

因为那人没戴帽子,吉姆和我起初没认出来。不过后来,吉姆说了句:"嘿,那是索福提。"

我望着那张长长的,憔悴的脸,仿佛能听到他常挂在嘴上的那句"你要来点儿什么,甜心?"

妈妈说,索福提先生在另一个州遭到了逮捕,罪名是性骚扰儿童。他有段时间被怀疑与查理·爱迪生案有关,但最后清除了这项嫌疑。

"什么是儿童性骚扰?"我问。

"简单来说,那人是个变态。"妈妈说着翻过了那一页。

"他会给一些小孩特制的索福提。"吉姆说。

妈妈举起报纸想抽他,不过吉姆躲得太快了。

"这世界到底他妈的怎么了?"妈妈说着又喝了一口酒。

那晚我毫无睡意。这一方面是因为我白天休息了很久,另一方面则是只要一阖眼，我就满脑子黑暗的念头。我仿佛能看到冠阳树树枝上挂着苹果，那果实很新鲜，然而布满了虫孔。屋外，天线在风中嘎吱作响。屋内，不论皮尔诺·希尔有多么接近黄金国，那股烟味都会阻止我彻底沉浸其中。

我起身走到书桌前，打开抽屉，拿出放在里面的那叠索福提卡。现在，那个香草冰淇淋做的锥子脑袋让我感到一阵害怕，它的笑容也变得阴毒了起来。我把它们统统丢进了垃圾桶，这才爬回床上。但这样一来，我的脑海里只剩下了那张我从来没有得到过的卡——眼睛。我没法办法把它和其他卡片一起丢掉、烧掉。那双眼睛在我的脑海里看着我，蓄积着黑暗。我能做的只有在被子底下蜷缩成一团，等着爸爸回家的声音。

然而我还没等到，就突然听到了一声尖叫——是楼下的玛丽——跟着是乔治的咆哮。我跳下床，冲到门外。吉姆也出来了，他跟着我闯进了玛丽阴暗的房间。玛丽坐在床上，满面惧色。

"怎么了？"吉姆说。

"外面有人。"她说，"窗上有脸。"

乔治呼噜了一声，开始吠叫。

我感觉到背后有人，立刻转过身。是奶奶。她穿着棉睡衣，戴着发网，手上捏了把餐刀。

吉姆牵着乔治去了厨房，"抓住他，乔治。"他说着打开后门。雪纳瑞立刻大声咆哮着快速窜了出去。玛丽、奶奶、吉姆和我安静地等着，看乔治能不能逮到谁。过了一阵子，奶奶要我们保持警惕，自己握紧刀子出了门。几秒钟以后，她回来了，乔治跟在她身后。

"不管那人是谁，已经跑了。"奶奶让我和吉姆回去睡觉，说自己会陪着玛丽直到爸爸回家。至于妈妈，她完全没被外头的动静吵醒。爸妈的卧室就在玛丽边上，经过时，我朝里面瞅了一眼。妈妈躺在床上，她张着嘴，被胸口沉甸甸的《福尔摩斯》压得陷进了床垫。

第十七章　你会感到惊讶的

第二天早上我在厨房倒麦片时,吉姆走了进来。他已经去后院看了一圈,寻找罪犯蛛丝马迹。

"梯子靠着墙。"他说。

"脚印呢?"

他摇摇头。

"你爸今天下班会叫警察。"妈妈在餐厅里大声说道。

吉姆凑了过来,压低嗓门说:"我们得把那家伙逮住。"

我点点头。

吃过早饭,我去了学校。我满脑子忧虑,没想到居然碰上了能让我露出笑容的好事。课间休息时,提姆·苏利文告诉我,他爸爸说,警方决定去那个湖打捞,看能不能找到查理·爱迪生。我简直不敢相信我有这么幸运。就好像有人不但读了我的心,而且还决定为此做些什么。其实查理失踪了这么久,去湖里找也理所当然,可说不上为什么,我就是倍感解脱。

那天下午,克拉普对我们说,警方周六会去湖区"寻找"查理,他们要所有老师通知学生周末不许去林子里玩。我们家庭作业的一部分就是把这事转告爸妈。

"我们从郝勒威家后面进林子。"那天我把这事告诉吉姆以后,他是这么回

73

答的。当时我们待在他的房间里，而他那会儿本该在写作业。"警察会留人在学校，没准还跑到密涅瓦大街上看，不过那些人不会深入树林的。我们得带上双筒望远镜。"

我点点头。

"你能想象出他们把他从湖里拖出来的场面吗？"他盯着地面，好像真的见到了那一幕，"我们得早点起床过去。"

我怀疑自己并不是很想看到查理被人捞起，但我知道我必须去。"如果他们找到了他，那么，他到底是失足落水，还是被人抛尸的呢？"

"你看我长得像谁？夏洛克·福尔摩斯？"吉姆说。

他给我下了命令，要我第二天放学回家后捣鼓一下梯子。"找两个苏打罐子，里面塞上卵石，"他说，"用鱼线分别绑在梯子两头。要是那贼晚上还想用梯子，就把乔治放出去。"

这一整周，我们都在心心念念周六的打捞活动。吉姆给我下过命令的第二天下午，玛丽坐在我边上，看着我把鱼线往梯子上扎。梯子沿院子右手边的篱笆放着，边上就是晾衣绳。玛丽已经清点了第一个罐子里卵石的数目，她不让我去绑第二个罐子，除非两边的石块数目一模一样。

"再放两块。"我觉得装得差不多时，她这么说道。我望着她，而她举起了手，先伸出食指，接着慢慢舒展开拇指。我笑着又丢了两块进去。

"所以说，查理在湖里。"捆扎第二个罐子时，我这么说道。我还没跟她谈过她在破镇算出的结果。

"他会在湖里的。"

"你确定吗？"

"他会在湖里的。"

我骑着自行车出门寻找那些值得写进笔记本的人，路过了巴尔齐塔先生的家。他是个非常安静的老人，我几乎忘了他也住在这个街区。在我七岁那年，他妻子去世，从此以后他就一直独居。我看到他在前院耙着落叶。其他人的房子周围往往是开阔的草坪,但他家被篱笆圈住的院子果树成排,能算是个小果园。虽然老人独自生活,很少外出,但孩子们骑车从他家经过时,他总是微笑着向我们挥手。我还见过他隔着篱笆跟大人们交谈的样子。

有些人年纪大了以后好像不会就这么死,而是永无止境地枯燥下去。巴尔齐塔先生就是这么一个人。我从没在冬天见过他,但来年开春他都会现身,只是比前一年更为干瘪。在那些炎热的夏日,他总是坐在无花果树间的躺椅上小口抿着葡萄酒,腿上还放着一把装在枪套里的手枪。那些窜进他家院子的松鼠,都被他给崩了。如果你大声问他"杀了多少?"他会提溜着死松鼠的尾巴一只只给你看。

一个周日,我爸开车带我出行,刚好路过老人的家,我问他他是怎么看待巴尔齐塔杀松鼠的事情。爸爸耸耸肩,说:"那人二战时跟着军队医疗组,驻扎在欧洲一个很偏远的山区,后来赶上了脑膜炎爆发。那是一种脑部疾病,传染性很强,致死率极高。军队召集志愿者去照顾病人,他去了。他和另外一个家伙被带到了有十五名受感染士兵的房间里。等到疫情过去,他是那个房间里唯一一个活着出来的。"

我试着想象了一番那个房间,它的空气中一定弥漫着垂死之人的气息。

"等你意识到有那么多老家伙住在这镇子里……"爸爸说,"你会感到惊讶的。"

第十八章　把相机递给我

吉姆在柳树街探头前后看了看,确定没人发现后,和我一道冲过街道,躲到郝勒威家车道旁的篱笆后面。随后,我们绕过房子,穿过后院,沿斜坡往下奔去。跳过坡底的溪流,我们就进入了树林。这天是周六,时间还不到早上八点。天空阴云密布,时不时刮起冷风吹动地上的树叶,同时从枝头卷下更多的枯叶。

我们沿着林间蜿蜒的小道朝东湖学校方向出发。吉姆建议我们别走近道,而是穿过那些长了苔藓和低矮灌木的小径。他脖子上挂着爷爷的旧望远镜,我带上了布朗尼照相机。到了湖区附近,吉姆要我保持安静,还说如果被发现了,我们就分头行动,他往铁轨那儿走,我则沿着来时的路后撤。我点点头。从那时开始,我们还把对话的音量降低到了近乎耳语的程度。

我们两次跳过一条像蛇那样拐来扭去的小溪,离开布满苔藓和植物根茎的小丘,来到了坚硬的沙泥地上。到了这里,我们就能看到小湖了。吉姆蹲伏下身,示意我也照做。

"警察已经到了。"他说,"小心。"

我们一点点挪到离湖南岸三十码的地方,蹲在一棵倒地的橡树后面。我的心脏怦怦直跳,双手不住颤抖。吉姆从木桩上探出头,举起望远镜。

"看样子他们才开始。"吉姆说,"一共五人。两个在岸上,三个上了平底船。船上有个小电动机。"

我朝湖上望去,看到船的后面有两根连着手摇式绞盘的绳子,这样一来,小船才好被绳子拖着一点点向前。这时候,我看到湖对岸站着一些邻居。爱迪生先生当然在那儿,他是个长着胡子的高壮秃子,穿着加油站的制服。他低着头,双手叉在胸前。查理失踪以后,我一直没见过她。爱迪生先生的旁边,是他的邻居费利纳先生。剩下几个人我看不清,不过其中一人走到了边上,露出了后面的克拉普先生。他还是平时那身短袖白衬衫和领带,剃着大平头。

"克拉普也在。"我低声说。

吉姆调转望远镜对准人群。"哦天,真的。"

"他来干嘛?"

"他好像在哭。"吉姆说,"对,他在擦眼睛。老兄,我他妈一直以为他就是个混球。"

"是啊。"我说。但是一想到克拉普来了这边还流了眼泪,我就觉得很震惊。

吉姆把望远镜转回了警察那儿。他说那些绳子连着大金属钩,每个钩子都分岔成了四个头。每隔一段时间,警察就会停下船转动绞车看捞到了什么。吉姆给了我一份打捞品的清单:树枝、生锈的自行车把、狐狸或者狗的一部分骨架……等等。我看到小船绕着湖转了一圈,然后重新开始。

"他不在那儿。"吉姆说,"玛丽预言错了。"

我趴在树干上看了一会儿,也觉得见不到查理了。我们已经在那儿枯等了两钟头,我冻得有些发抖。"回家吧。"我压低声音说。

"好吧。"吉姆说,"反正他们也快完事了。"但他依旧望着湖面。这时候,我想起了那个贼。我们这幅偷偷摸摸的模样和他可能挺像。

突然,一个警察喊道:"等等,这里有东西。"我伸长脖子往那里看,只见警察转动手柄,收起绳索。"看起来像是衣服。"他朝岸上的警员们喊道,"等等……"说完,他转得更快了。

有什么东西在小船屁股后边浮出了水面。虽然看不太清,但它似乎是具溺水的尸体,因为它有裤子和衣服。接着,它的脑袋也冒了出来。那灰色的脑袋挺大,前面还有根长鼻子。

"我操。"吉姆说。

"巴拉巴拉先生。"我喃喃道。

"把相机给我。"吉姆说,"我得拍下来。"

咔嚓一声过后,他把相机递还给我,示意我跟着他。我们四肢着地,从树后慢慢爬开。躲进林子深处,有灌木能提供遮掩后,我们拼了命地跑了起来。

回到郝勒威家后面的树林边缘,我们才停下脚步,尽力保持呼吸。

"巴拉巴拉。"吉姆干笑起来。

"你把他丢过去的?"我问。

"怎么可能。"他摇着头,"你还不如说是索福提猥亵了他,然后丢进了湖里。"

"认真点。"

"可能是曼森和他的肥猪姐妹捡到了巴拉巴拉先生,又把他丢了。他们总在林子里晃。"他说,"我们不如去找玛丽,让她预言一下巴拉巴拉先生会怎么样。"

"那查理呢?"我问他。

吉姆从我身边经过,跳到了小溪的另一边。

我紧跟着他,绕过郝勒威家的房子,回到了大街上。

打开家门,发现妈妈没有坐在餐桌旁,我大大地松了一口气。奶奶和爷爷的房间门敞开着,我听到爷爷在大声念叨他的计算公式。不用看,我就知道玛丽待在他身边。吉姆拿着相机和望远镜上了楼,我穿过走廊,去看妈妈是不是还没起。她不在床上,但经过卫生间时我听到了她的干呕声。

我敲了敲门。"妈你还好吗?"我问道。

"没事。我马上就出来。"她说。

第十九章　你需要这本

　　很显然，我们的图书管理员罗杰斯先生，从这个学期刚开始，神志就不正常了。他总在午餐时间——那会儿我们一般在克拉普先生课上苦做数学题——穿着皱巴巴的西装走进棒球场，弯着腰自言自语，好像玩起了遥远的童年时代的游戏。球场的垒处堆积着松软的泥土，就像是平基·斯坦玛奇拿勺子吃的那些棕色粉末，大风一起它们就随之飘扬，在罗杰斯周围飞旋。而老人高兴地拍着手，似乎把大自然的咆哮当作了人群的欢呼。站在黑板前的克拉普先生每次注意到我们望着窗外，都会摇摇头，把窗帘全放下来。

　　那本大字典的报废，好像拔起了罗杰斯先生最后的救命稻草，或者断开了船锚。知道这事儿以后，我爸总说"他丢了魂。"每个礼拜，克拉普先生都会带着我们去图书馆待半个钟头。最近，老人的笑容越来越像夏天的狗，眼神总是飘忽不定。有时候，他会盯着从窗户里照进来的光束，怔怔地待上几分钟，还有些时候，他会变得躁动不安，走到这里又绕到那里，从书架上抽书下来，塞进孩子们手。

　　杰克·哈维德从来就不是个东西，他总在老人身后比下流的手势，引得其他人哈哈大笑（在杰克面前，就算你不想，也得装着笑出来），还故意把书从架子上撞下，留在那儿让老人去捡。书籍对罗杰斯来说是心肝宝贝，它们被如此对待会让他会痛心不已。说实话，因为老罗杰斯爱书如命，我蛮喜欢他的，但他最近的疯癫模样,连我也有些吃不消。

湖底捞人过后的那个周一,我们又去了图书馆。罗杰斯一直待在他的小办公室里,俯身在书桌上,双手挡着脸。哈维德到处跟人造谣,说罗杰斯在偷看《花花公子》。半个钟头过去以后,老人才走出办公室,准备往孩子们选好要借的书上盖戳。但在去办公桌后头坐下之前,他先走到我身后,一手搭着我肩膀,同时伸出另一只手,从我头顶的架子上抽出了一本书。

"你需要这本。"他把书递给我,然后绕到桌后,开始盖戳。

我看了看那本书。平平无奇的塑封封面之下,是一只毫无特色的黑狗,它的脑袋上是行衬线体的小字:巴斯克维尔的猎犬。我本打算问他那句话到底什么意思,可惜没找到机会。而第二天,一条新闻传遍了学校:罗杰斯先生因为精神问题,被解雇了。

从拿上《巴斯克维尔的猎犬》开始,我的感觉就不太妙。就跟偷了妈妈心爱的东西,或者跟拿了我爸的手表、奶奶的发网差不多。这本书仿佛有一种力量,不肯让我轻易地翻开封面。我把它拿回房间,在床垫和弹簧之间藏了几天,时不时拿出来看看封面,轻轻抚摸书页。那段时间,我妈也没在读《福尔摩斯探案全集》,不过那本巨大的红封皮书还是像铁砧那样始终压在床上。妈妈读过的书又多又杂,但最后还是会看回到侦探小说上来。她对侦探小说的热爱体现在很多方面,比方我们家破产前,差不多每个星期天的早上,她都会在五杯咖啡和一打香烟的陪伴下,解决掉《纽约时报》上的填字游戏。

和当上推理小说作家的愿望相比,我妈妈热衷的绘画、吉他和拼贴,只能算是无足轻重的小兴趣。经济压力大得她不得不每天去上班前,妈妈常常在餐桌旁坐一下午,用老式的打字机写小说。我记得她给我读过一些,标题是《海上之物》,故事里有侦探米洛、一条笨狗、盲女,还有精巧的弦乐器。那乐器由不同颜色的玻璃管组成,一只手就能玩。"海上之物"是一个度假胜地的名字,也是故事的发生地。她写故事的时候,总是把《福尔摩斯》放在手边,翻到"巴斯克维尔的猎犬"那章。

想起我妈,那天晚上我突然好奇能不能从《巴斯克维尔的猎犬》里找出些关于她的秘密来。我把皮尔诺·希尔放到一边,从床垫下拿出那本书,熬夜读了前几章。这本书读起来并不困难,我很快被吸引了。我在故事里见到了福尔摩斯和华生。华生的性格很讨我喜欢,不过福尔摩斯是另一回事情。

要我说,那个名侦探其实是个自大狂,或者按我爸的说法,就是那种"觉得太阳是从自己屁眼里升起来的"货色。在我看来,这人介于皮尔诺·希尔和菲尼亚斯·福克①之间,但性格完全是克拉普式的。别人告诉他恶魔犬的传闻时,他说对于那些相信这种神奇生物存在的人而言,那是个有趣的故事。显然,他完全"不信邪"。尽管如此,他是个烟鬼和拉小提琴好手的设定,还是挺有趣的。

_____

① 《环游世界八十天》主角。

第二十章　美　味

秋意渐浓,日头渐短。我们在学校里还能享受到和煦的阳光,回家等上一个钟头,蜂蜜色的光芒就会就会淹没整个世界,不论柳树的枯枝,还是霍顿家报废的庞蒂亚克,一切都会染成金色。但再过个几分钟,金色的潮水就会褪去,而太阳被遥远的星辰取代。它们散发出的阵阵灰暗波浪,仿佛能让每个夜晚的黑暗都持续成一周那么久。

最近的晚风总让我缩进被子,在黑暗中睁着眼不敢入眠。我听到枯叶在草地上翻滚,擦过路面,还轻轻地敲打着我的窗户。我的窗外挂着杰克南瓜灯,透过它三角形的眼睛和咧着的尖牙大嘴,你能看到跳跃的烛光。而倒挂着的风干玉米叶子枯黄,黑蓝色的玉米粒点缀在白色的之间,如同烂牙。路边草地的灯柱和各家各户的门廊栏杆上,吊起了一个个稻草人。他们裹着皱巴巴的格子衬衫——也许上一个穿着它们的,还是那些人过世已久的老祖父——长长的牛仔裤用草绳系在腰间。晚饭过后,天色已经全黑,而我总是这时间出门遛狗。我常常能从那些影影绰绰的身形,或者用线缝合、涂妆绘彩的假人脸上看出查理·爱迪生和泰迪·顿登的模样来。那真的有点儿吓人。

万圣节是我最喜欢的节日,它和圣诞不一样,没有那些让人枯燥的神圣仪式,而且还有免费的糖果可以拿。万圣节带来的兴奋劲儿,会让其他所有问题都靠边闪。一想到那天晚上该做些什么时,贼、查理和学校作业便仿佛不复存在。变成另外一个人！一个你想变成的人！这可真是太棒了。我仿佛已经尝到了粟米糖的甜蜜，那味道浓郁到了让我牙齿发酸。作为万圣节的准备，我拿爸爸给的一块钱买了张骷髅面具。它一股塑料臭味，戴上就让人呼吸不畅、面红耳赤。

我那时候心里只有一个念头，就是这骨头面具真是酷毙了。不过，我潜意识里可能是这样想的：有了面具做伪装，那些人会以为他们看到的真的是皮囊之下的白骨，我必定引来许许多多的目光。我戴上面具给吉姆看，但他的评价是："你这样子打扮，今年是最后一次了。你的年纪也不小了。明年开始，你就得把自己扮成流浪汉。"他说所有年纪稍大的孩子在玩不给糖果就捣乱的游戏前，都会用木炭划花脸蛋，换上破旧的衣物。

玛丽打算扮演骑师威利·舒梅克[1]。有天晚上，她学着吉姆和我的着装，为自己也搞了一套，包括低跟长靴、底端塞进靴子的垮裤、棒球帽、碎布体恤，加上一截当作马鞭的挂帘杆。她从我们面前走过，然后扭头回望，模仿电视里赛马主播的语气，说："他们已经出发了……"我们啪啪啪地为她鼓了鼓掌，但玛丽刚走，吉姆就扬起眉毛，嘀咕道："还把卷心菜挂在了马前头。"

我一直幻想着万圣节那天，我会在月光的照耀下漫步街区，挨家挨户地敲开门，糖果多到圣诞老人的袋子都装不下。然而，就在节日前两天，克拉普先生给我的白日梦泼了冷水。他要班上每个人都写一份报告，万圣节过后交上去。每份报告有五页，我们要在里头介绍地球上不同的国家。克拉普把希腊分配给我的时候，我仿佛看到他朝我的万圣节袋子里丢进了一坨屎。

我应该在那天放学回家后就立刻开始做作业的，但我只是坐在房间里，呆呆地望着窗外。吉姆摔完跤回到家里，走进我的房间时，我依然像僵尸那样坐着。我把报告的事告诉了他。

"如果你现在不写，那万圣节晚上就甭想出门了。"他说，"我告诉你该怎么

---

[1] 威利·舒梅克（Willie Shoemaker, 1931－2003），骑师，到1990年退役，共夺得8833场职业比赛的胜利。

做。明天放了学,你去趟图书馆,从百科全书里找出分类为'G'①的那本,翻到'希腊'的词条,抄下来。字尽量写得大点,但也别大过分,免得被克拉普找麻烦。如果那些字凑不够五页,就往里头添点。举个例子,要是字典上说'希腊人口一百万',你就写'大约一共有一百万希腊人住在希腊,如你所见,这是个很大的数字'。明白了? 就是车轱辘话来回说,用的词越长越好。"

"克拉普警告过我们不许抄袭。"我说。

吉姆翻了个白眼。"他能怎么着? 翻着词典一页页检查?"

第二天下午,我坐在公共图书馆里抄下了G那册中的词条。除了知道希腊人吃山羊奶酪外,我什么都没记住,因为我已经变成了一台抄写机器,只会机械式地往下摘录词和句。我写得越多,精神就越难集中,后来盯着自己那件起了球的毛衣上的纹路,心思飞到了天外。看到窗外暮色渐浓,我才下定决心,就算没赶上晚饭时间也要写完这破玩意儿。抄到第四页,我意识到百科里的词条不够用了,于是开始照着吉姆的办法凑字。报告的最后那页,纯粹是由百科里的五句话扩充而来的。我不知道折腾到了几点,只记得写完后如释重负,发现汗都冒出来了。我卷起那五张纸塞进后兜,合上大绿皮书,把它插回了书架。正准备离开图书馆,我突然记起脱下来的毛衣还丢在桌子上,于是往回走去。有个男人坐在我的位置上,他穿着白色的风衣。我看着他拿起我的毛衣,似乎在嗅它的气味。我的心脏狂跳,傻站了一秒钟后,我闪身离开过道,躲到了右手边的书架后面。

溜到图书馆中间的过道后,我朝后跑去。我很确定,如果那人要找我,也会走中央过道,这样方便左右看书架间的空隙。但我只要先跑到图书的后墙边,就可以沿着墙,从边门出去。我摸了摸口袋,确认报告还在。至于毛衣,我已经不在乎了。我稍等了一会儿,脑海中冒出他慢慢朝我走来,检查每一排书架的场景。我呼吸急促,如果那人真要来追,我不知道自己还能不能大声呼救。就在这时,我终于看到他的风衣袖子,还有左脚的帆布鞋。不等完全暴露

---

① 希腊的英文是 Greece,首字母是 G。

在对方的视野中，我转身就跑。

顺着墙边的过道，我瞬间冲出了房门。我知道，小孩子常常在图书馆里飞奔，但大人就得有所顾忌，这可能替我挣到了几秒钟。我全速赶到图书馆边上的自行车旁。可惜，不论刚才赢得了多少时间，它们都浪费在摸钥匙开锁上了。等到终于解开车锁，屁股挨上坐垫，那人已经转过了图书馆的拐角。这么一来，往哈蒙德路去的唯一一条通道被他给堵了。我没有试着从那人身边冲过，而是调转车头，骑进了图书馆后面的树林。

列车的轨道穿过了这片树林。我在黑暗中穿越那些路基时，感到了第三条铁轨嗡嗡的震动，看到了远方火车的灯光由远及近。我尽力保持着平衡，骑过一截截覆满露水的轨道枕木。风很冷，但我还是不停地流着汗。与此同时，《漫漫上学路》里的那些故事一点点爬出了我的记忆，我总觉得随时会有死神把他白骨嶙峋的手塔上我肩头。

铁道对面是另一片狭长的树林，我推着自行车在里头走了一阵，这才找到一条小路。我以前没来过这儿，不知道路会通向哪里。吉姆跟我有时候会在铁道附近晃荡，但那都是在白天，而且走的是学校后面的树林里的路。对我来说，这完全是片陌生的地方。

我沿路前进，发现周围完全没有人烟。我的思绪一片混乱，几欲号啕，但还是控制住了自己，开始考虑这里相对于图书馆和家的方位。计算之后，我相信这条小道在哈蒙德路的西边。继续沿路而行，我迟早会回到主路上。想到这里，我跨上自行车，朝前骑去。

感觉还没蹬上几下脚踏，前面就有车灯光转过了街角，慢慢向我接近。又过了一会儿，我注意到右手边几码外，停着另一辆车。我本来想返回林子，但是这会儿天已经暗下来了，不好找什么小道，于是跳下自行车，狠狠推了它一把，看着它冲进高高的杂草和灌木丛然后翻倒，被草木完好地隐蔽了起来。接着，我伏下身，快步那了辆车的背后。那是辆老旅行车，镶板还是木质的。

车灯离我越来越近。它从我身边经过时，我双手抱头坐着，右腿伸到了人行道外的旅行车车下,摆出了一副空袭时求生的姿势。随后汽车突然提速,等我壮起胆子去看时,它已经快要消失在马路另一端的弯道上了。不过那短暂的一瞥,让我看到了它白色的喷漆和屁股上的尾翼。我不确定自己该不该离开隐蔽处骑车赶紧跑。要是这是条死路,那人掉头回来,我不一定能逃掉。

就在这时,我感觉到身边的车子在轻轻摇晃,还传出了沉闷的呻吟声。我小心翼翼地抬起头,发现所有车窗都蒙了一层水雾。车里头是黑的,但仪表盘在发光。从一小块没蒙雾的地方,我看到前排座位上有什么东西在动。躺在那里的是海耶斯太太。她闭着眼,敞着上衣,露着苍白的大乳房,一条腿还缠在一个小个子男人背后。看到男人油腻的头发和肥硕的耳朵,我不用瞧他的脸就知道他是康拉德先生。

我没有继续看下去,而是跑进杂草堆扶起了自行车。一秒钟后,我就疯狂地踩着踏板,沿路狂飙而去。

事实证明我的判断没错。我找到哈蒙德路安全地回了家,路上再也没见到那部白色的汽车。等到进了前院,我知道自己回来得太迟了,八成得被训一顿,没准还要被关在房间里。好在虽然发生了这么多事,希腊的报告依旧好端端地揣在后兜,希望这几张纸能证明我没在瞎晃浪费时间。

打开门,走进温暖的客厅,我发现屋子安静得过分。没过几秒,我就发现了原因。饭厅的灯关着,妈妈平时应该坐在那儿喝酒才对。厨房同样没开灯。我敲敲边门,奶奶迎了出来,还带出一股炸猪排的香气。她已经戴上了发网,穿好了黄色的棉睡衣。

"你妈睡觉去了。"她说。

我知道她的意思。我能想象出厨房垃圾桶里丢着的空酒瓶。

"她要我给你个吻,"奶奶凑过来亲了我的一口,像是气球气孔里漏出来的湿气。"吉姆说你去图书馆做作业了。我在烤箱里给你留了些吃的。玛丽在我们那儿。"

寒暄过后,奶奶走回房间,带上了门。看样子,这次和爸爸一样,我得独享晚餐了。我在餐厅里坐下，默默地吃起了饭。周围那么安静，真是有点受不了。奶奶做饭的能力比妈妈高不到哪儿去，每顿晚餐的主菜都是卷心菜。乔治过来陪着我坐了一阵，我给了他一片肉，他吃下以后抬头看着我，好像在问为什么今晚我一直没带他出门散步。

等到晚餐结束，我把餐盘放进厨房水槽时，吉姆从楼上下来了。

"东西写完没?"他问。

"嗯。"

"我看看。"他伸出手。

我掏出那几张报告递了过去。

"你不该把纸卷弯的。你要写什么国家来着?"他说着坐倒在妈妈的餐厅座位上。

"希腊。"

他飞快地读了一遍报告，很显然有一半的内容没细看。"最后那些全是车轱辘话。干得漂亮。"

"字典里希腊的释义抄完了。"

"那几行字被你拉扯得像是哈灵顿夫人的内衣。"他说，"你只剩下了一件事没完成。你得给这个大工程加点小佐料。"

"怎么个意思?"

"让咱们来看看。"他重新读起了报告，"上头说主要的出口商品是奶酪、烟草、橄榄跟棉花。有个家伙以前在纸上这么搞过，老师还挺喜欢。我是说，他把那些东西的样品粘在了纸上。我们也来这么搞一下吧。给我拿白纸和胶带来。"

吉姆去冰箱拿出一片奶酪和一瓶橄榄，我找来了纸和胶带。接着，他要我在旧杂志里翻找，弄张和希腊有关的图出来当报告封面。我折腾了一刻钟，总算从一本旧《生活》里找到了图。我把杂志带给了他，他则给我看了自己刚刚忙活的成果。

"睁大眼睛看好了。"他说。那页纸的顶上用粗体大字写着"出口货物",下面是一块奶酪,半个橄榄(还带着多香果)、一个皱巴巴的烟头(肯定是从餐厅烟灰缸里找出来的)和棉签头。每样东西都被三截胶带固定在了纸上,吉姆还在它们的下面标注了各自的名字。

"哇噢。"我说。

"嘿,有钱的捧个钱场,没钱的捧个人场。"吉姆说,"你找到封面图没?"

"找不到希腊的图。"我说,"不过这个老太太长得有点儿希腊人。"我给他看了张图,图中露着侧脸的老人早已过了耄耋之年,她深紫色的眼睛,穿着黑色的披肩。"她实际上来自墨西哥。"

"嗯,她祖上有可能是希腊人嘛。"吉姆说,"把她剪下来。"

我照做了。我剪得不错,就是多裁了一点儿鼻尖。吉姆让我把她贴在纸上,再画个对话泡出来,标题写在里头,就好像是她说出来的话一样。百科全书里有个词,叫"希腊的荣光",吉姆建议报告的标题就用这个。"全大写。"他说,"搞定以后,拿个六七本书把这些东西压平,事情就算弄完了。克拉普看到你的报告,怕不是要震得屁尿横流。"

到了睡觉的时候,因为妈妈没醒过来替她掖被子,玛丽哭闹了一阵。后来奶奶陪着她,直到她入睡。吉姆和我上了楼。等到整栋房子变得寂静无声后,我跳下床,摸到吉姆房门前敲了敲。

"嗯?"吉姆拉开了一条门缝。

"我大概知道那个贼是谁了。"我悄悄说。

他放我进了房间。我坐在他床边,把那个开白色汽车的人,还有他在图书馆里的所作所为描述了一番。听到那人闻我的毛衣,吉姆用鼻子深深地吸了一口气,翻了个白眼。"棒极了。"

"我跟你说,就是他。"我说,"他白天开那辆白色的旧汽车到处晃,晚上就溜进别人家的后院找落单的小孩。我敢打赌,查理就是被他带走的。不但如此,我还认为他可能是个魔鬼。"

"我觉得吧,"吉姆说,"魔鬼不会开汽车。"

"说是这么说,但还记得吧,那个修女说魔鬼行走于大地之上。他可能走累了,决定开个车。"

"嘿,"吉姆说,"你说他闻起来总是一股烟味?图书馆里那些他可能碰过的书也一样的味道?乔伊修女确实跟我讲过怎么分辨魔鬼。她说他闻起来一股子烟火味道。火本身是没气味的,然而烟确实有。"

这联想让我瑟瑟发抖。我觉得自己非常不安全,哪怕在家里跟吉姆待在一起也一样。既然那个老男人是魔鬼,他就可以出现在任何地方,他可以贴着玻璃窗听我们说话,也可以从天窗溜进地下室。任何地方都不再安全了。

"所以那人到底是谁?"吉姆问,"他住哪里?"

"我不知道他的名字。你还记得我们把巴拉巴拉先生丢在路中间的事吗?那个停车出来看的人,就是他。"

"他让我毛骨悚然。"吉姆说,"我以前没在附近见过那样的家伙。"他打了个哈欠,躺倒在枕头上,"我们得找出他的身份来。"

"怎么找?"我等着吉姆回答。等了很久。

"总有办法的。"他说完翻了个身。我知道他快要睡着了。

那晚天线又嘎吱了整夜,我翻来覆去,想着那个开着白汽车的人,图书馆里的遭遇,还有偷窥到的海耶斯太太的奶头。我能感觉到邪恶不断蔓延,每一天它都会扩大一点点,逐渐破坏着我周遭的世界,就像是一场异常缓慢的爆炸。我不断地起身睡下,起身,再睡下,然而当我醒来时,天依然是黑的。我怀疑自己听到了绑着梯子的罐子发出了响声,但我并没有按照原定计划放出乔治,而是在被子里紧紧地缩成了一团。

第二十一章　每一片阴影

第二天是万圣节,天空晴朗,空气清冽。妈妈一大早就去上班了,所以给我们做早饭的是奶奶。吉姆让我和玛丽跟奶奶说今天想吃燕麦片而不是鸡蛋,这样我们晚些时候就能把鸡蛋偷到手,晚上在街道上当炸弹砸人。看得出来,玛丽很兴奋,因为她既没有陷入米奇模式也没有念念叨叨数字或者做什么奇怪的举动,相反她缠着吉姆问晚上该干什么。万圣节不在妈妈的陪同下跟着我们出去玩,对她来说还是头一次。这时候,黑暗料理似的麦片粥端了上来,恶心的土黄色汤汁里,飘着些葡萄干。我们逼自己灌下了那玩意儿。

"怎么说呢,"吉姆告诉玛丽,"就是尽可能多的去搞糖果。糖果也分档次,一定要选有包装的。当然,包装也是越大越好——牌子的话,赫希或者银河是首选,玛丽·珍也不错,就是夹心要少一些,小盒装的糖果里,好又多、多滋、巧克力宝贝或者口香糖,哪种都不错。你到最后再去挑小块的糖。像啤酒桶糖、奶油糖、甘草糖这种。发这些糖的人一般都不太富有。但怎么说呢? 人家也尽心了。"

"注意,别去吃那些没包装过的糖果,巴尔齐塔的无花果除外。有些人可能会给你苹果,你可别吃,苹果这种东西宁可拿去砸人。其他烤箱里端出来的东西也一样。鬼知道他们往里头放了什么,总之别去吃就对了。你可能觉得,哇,你从没见过这么漂亮的蛋糕,上面有厚厚的巧克力层和粟米糖,然而你分不出别人有没往里头拉过屎。对了,我还见过有人往糖果袋子里丢钱。至于这个嘛,拿钱当然是好事了。"

"你要一直待在我们能看到的地方。要是别人邀你进他们家,别去。还有,我们叫你跑,你马上就跑,因为小孩可能会朝咱们丢鸡蛋。如果你听到有人喊'奈尔炸弹',那就玩了命地逃。"

"奈尔炸弹?"玛丽问。

"奈尔是女人用来褪掉她们腿毛的化学药剂。小屁孩喜欢把它们灌进气球砸人,你被淋了一脑袋,就准备秃头吧。要是那些东西淋进眼睛,你还会瞎上一段时间。"

玛丽点点头。

"晚上我会给你们两个鸡蛋。留着,直到碰上那些正儿八经的目标。记住,照脑袋砸,否则鸡蛋可能被衣服弹开摔碎在地上。当然,如果有特别不喜欢的家伙,你也可以把鸡蛋往他家砸。有什么家伙特别讨你们厌的吗?"吉姆问。

"威尔·欣克利。"玛丽说。

"对。"我说。

"那我们今晚就砸定他家了。"吉姆说,"我看情况也会把蛋从前窗扔到他家里面。还有一件事你们得注意,有些小孩可能会想偷走你们的糖果袋。别让他们得逞。如果他们来抢,就踢开他们大声呼救,我马上会来帮忙。"

"好。"玛丽说。

离开家去上学之前,我们跟奶奶道了别。她坐在小餐厅自己那张餐桌前,桌上有三堆糖果:甜蜜果馅饼卷、玛丽·珍和手指巧克力棒。她从每一堆里拿出一块,放进一个橙色的小袋子。袋子上画着骑扫把的女巫,封口缠着线。爷爷穿着内衣坐在一旁看着奶奶,嘴里嚼了块玛丽·珍。

那天的课程长得像是没有尽头。万圣节前,我们一般会在教室里开假期派对,然而那年是个例外,这是因为克拉普非要让我们做一堆标准智力测验。

我觉得我半天时间都在拿2B铅笔填选择题。考题开始试简单,但很快就难得不可思议。里头有几段阅读理解题,讲的是智利海岸线沙丁鱼的捕捞状况,还有好多数学题,其中有副很怪异的图,你得在心中把它转动180度才能答出题来。

交上一份试卷前,我突然发现,由于跳过了一道不会做的题,我把接下来的所有答案都填错了格子。把试卷交给克拉普时,我心中一阵绝望。

中午在操场上午休,提姆·苏利文跟我说了他的做法。"我读都没读那些问题,"他说,"全是瞎蒙的。反正多少能蒙对一些。"

后来回到教室,班上最聪明的姑娘帕特丽夏·崔普迪诺,跟克拉普谈起了第四道题。"按它的意思,"她说,"是把花生酱当成……"

"对。"克拉普看着他的卷子。

"块状或者一摊?"她说。

克拉普看着她,表情茫然。我想起了三年级那会儿,马文·冈珀斯对我们说他是机器人的时候也这么个表情。说完这话以后,马文拿脑袋去撞了体院馆的砖墙。终于,克拉普表示这个话题到此为止了。"别说了,否则我要判你考试成绩无效。"

放学后的黄昏长得漫无止境,然而夜晚终究降临了。第一抹夜色就像比赛开始时的号角,打扮成妖魔鬼怪的孩子们一下子全冲出来,开始了他们的回合。这帮家伙一路搜刮,不到快要迷路是决计不会回家的。由吉姆带头,我们这支三人小队也在妈妈和奶奶的挥手道别中离开了家。吉姆穿着宽松的旧法兰绒衬衫,破了洞的工装裤,黑色的无檐帽,用木炭画了些假胡子。玛丽在他身后,一身骑师服。队伍的末尾是我。我在马路和草地上不停地磕磕绊绊。这都是因骷髅的眼睛缝太小,严重地影响了视野。如今天气已经冷了下来,还有风在刮,可还没走两户人家要糖呢,我就已经满脸是汗了。我呼吸困难,每一口空气都带着塑料的臭味。最后,我实在是忍受不住,藏到一辆停着的汽车后面撩起面具,只有敲门时再把它拉回到脸上。

我们在街区里挨家挨户地走着，和其他小孩时而聚拢，时而分开。弗兰克·康拉德用毛巾在脑袋上缠了两圈，搞成头巾的模样，还画了黑眼线，穿着紫色长袍。他和我们一道去了十多户人家。法利家的姐妹把自己打扮成了天使或者公主，到底哪个我也不好判断，总之她们的衣物柔软洁白，在夜里显得特别闪亮。"总统"亨利·曼森穿了小西服，翻领上的标签写着"投亨利一票"。他的姐妹们裹了床单，假装成鬼魂。雷吉·毕晓普衣服上贴着银箔，扮成了机器人。他脑袋顶安了个电灯，我没找到开关在哪。克里斯·哈克特戴着一顶军盔，跟我们叨叨了好久他爸爸屁股上的榴弹破片是怎么取出来的，三根手指又是怎么在韩战里失去的。

我们在"不给糖果就捣乱"的游戏里表现出现来的敬业精神，简直和打三份工的爸爸不相上下，我们有条不紊地敲遍这条街的门，再换去下一条。我们的袋子很快就装满了糖果。蕾丝特乔太太给了我们"中国手铐"，那是种彩色纸带编成的小管子，你把手指从管口伸进去，就拔不出来了。我们在那儿和弗兰克·康拉德分了手，留他在蕾丝特乔家的草地上继续研究。他就没发现，只要转动转动，手指马上就能抽出来。再后来，我们离开了慢吞吞的大部队，对柳树街发起了闪击战，并且转移到了库斯伯特。

洗劫完附近最后一条街的最后一栋房子后，我们沿着秘密小道穿过小泥丘，从齐腰高的杂草丛里走到了阴沟渠旁的大铁丝网旁，接着沿着铁丝网到了东湖学校西边的野地里，就在篮球场外边点的地方。月光下，一阵强风吹过，带动了天上的几抹流云。我们在那儿碰上提姆·苏利文和他的几个朋友，一道休息了一阵，吃了些巧克力和甘草糖，算是为接下来的旅程储备了营养。

就在打算穿过树林，去学校另一边的密涅瓦大街继续搜刮时，我们遭遇了平基·斯坦玛奇、贾斯丁·沃什和其他差不多二十个吃土的。鸡蛋在双方之间飞来飞去。曼森总统脸上挨了一记，泪流满面地跪倒在地。接着，有些人高喊沃什要丢奈尔炸弹，我们就四散逃开。吉姆抓着玛丽的手奔在前头，我紧紧跟着他们。绕过学校背后，我回头看了眼，发现敌人正在围攻亨利，他那两个长得跟丸子似的胖姐妹也抛弃了他，跟着我们逃到了远处。第二天，我们才知道他被人揍得鼻青脸肿，糖果袋也被夺走了，平基还在他身上撒了泡尿。

我们去了密涅瓦街和更远的地方讨要糖果。随着熟悉的街区逐渐远离，我们的同伴越来越少，他们都三三两两地返回了熟悉的地方。后来，我们和玛丽分开了没一分钟，居然就有小混账想抢走她的糖。不过玛丽靠着那根窗帘杆，或者说马鞭，在人行道上坚持到了吉姆回来。吉姆揍了那家伙一顿，反过来拿走他的糖果袋，把战利品跟我们一道分了。尽管如此，玛丽还是被吓得不轻，她在路边坐了会儿，念叨着数字，后来还点了支烟。等着玛丽放松下来时，剩下为数不多的几个同伴也彻底离开了我们。后来吉姆初中的一帮哥们儿路过，于是他加入了他们，临走时让我照顾好玛丽。

当时已经很晚了，那条我不晓得名字的街道也变得空空荡荡。不知道因为到了睡觉时间还是糖果分发完了，总之街边不少房子陆续关了灯。万圣节总是这个样子：人一走，一切就立马变得无比萧瑟。大街上安静得令人毛骨悚然，我跟玛丽说是时候走了，她听话乖乖站了起来。我还记得咱们家的大概方位，于是朝那里快步走去，一路尽量隐藏在阴影中，以免引起别人的注意。我们路过了许多黑着灯的房子，白色的厕纸缠在那些院子的树上，随风舞动；马路中央，散落着砸烂的杰克南瓜灯；碎鸡蛋的蛋壳和蛋清反射着灯光，标示出这里曾有战斗发生。每一片阴影都恐怖得瘆人，我不住地想起那个贼、查理还有更糟糕的东西。

玛丽没穿大衣或者运动衫，她觉得别人要是看不到她那件宽松的衬衫，就不会把她和威利·舒梅克联系到一起。其实吧，怎么样也无所谓了。因为整个晚上都有人问我："嘿，你妹妹扮演的是谁？"他们猜测的范围从篮球明星到小丑到看门人，但没有人想到过骑师，就算玛丽给人提示"他们跑过一圈，正在重新回来……"也无济于事。随着午夜临近，温度进一步下降，我脱下了自己的连帽运动衫让她穿上。

穿过学校的场地是件麻烦事儿，我们沿着围栏外的黑暗慢慢前进，不让别人发现。我们没有横穿亮着路灯的篮球场或者学校前面的车道，而是从阴沟渠那里绕了路。这样会多花点时间，可是亨利·曼森挨打的景象还历历在目，我宁可多留几个心眼。丛生的杂草减慢了我的步速，旁边光秃秃的泥巴山月球般荒凉，让人心有戚戚然。我冷得打哆嗦，但看着另一边的马路，又觉得有了盼头。我们刚刚踏上人行道，路灯下突然走来一个怪物，它红色的面颊肿胀不堪，脑袋顶毛发脱落，露出一块一块的斑秃。玛丽躲到我身后，害怕地抱紧了我。而我呢，瞠目结舌，腿都迈不动。过了一会儿，我才意识到那是可怜的彼得·霍顿，他被奈尔炸弹打了个半瞎，正一点点摸索回家的路。我们闪到一旁让他通过，然后继续往家走。

钻进柳树街旁的一条小路，我终于放松了下来。玛丽感觉到变化，也平静了不少，不再扯着我的手。我们现在只要到松树街左拐，再经过几栋房子就行了。我有些好奇吉姆去了哪儿，碰上了些什么事，又幻想了一番回到家里，把袋子里的糖果一股脑儿倒在餐桌上的美妙画面。

但这时玛丽扯了扯我的衣服。"烟味。"她说。

我停下脚步抬起头。那辆白色的汽车，就停在不到二十码外松树街的路灯灯光下。紧接着，它动了起来，离开道旁，向我们家的方向驶去。我抓着玛丽，从树篱的稀疏处钻过，悄悄告诉她"别发出声音。"我们一动不动地等着，直到汽车转过街角，拐向哈蒙德路驶去的声音渐渐消失，我才把玛丽推回到街上。"跑。"我说。说完，我抓起她的手，一路狂奔过柳树街转角冲回了家。玛丽是对的：两条路相交的十字路口，弥漫着一股那白衣男人的烟熏味。直到打开家门，那股气味依旧缭绕不去。

进了房子，我在餐桌旁坐下，往嘴里一刻不停地塞起了糖果，就像是反刍的牛。吃下一大块玛丽·珍、又消灭了好又多的小糖果盒以后，我感觉有些恶心。我疲惫不堪，几乎睁不开眼睛，大脑一片空白。但我的动物本能告诉我，只要眯一下眼，那五光十色、堆成小山的战利品就会消失不见。玛丽已经在客厅地板上睡熟了，她伸出的手上还抓着一杯半融化的锐滋花生巧克力杯。妈妈坐在我对面,她一边抽烟,一边从我和玛丽的战利品里挑焦糖。她厚着脸皮说那些糖果都归她。

等到吉姆终于回家,妈妈带着玛丽去了她的卧室,也没忘跟我们说是时候上楼了。我们把所有糖果堆在一起,扫进一个感恩节才用得到的巨碗。上楼梯前,吉姆在我身后低声说:"我们把欣克利家砸出了屎,而且差点就成功撤退了,但后来那小子出现在了二楼窗口。我不知道他有没把这事告诉家长,毕竟他被我们狠狠揍过一顿。你最好多留几个心眼,我敢保证他看到我了。"

我刚走到卧室门口,听了这些话,刚才的疲倦一下子全消失了。想到欣克利可能找我复仇,还有他硬邦邦的拳头,我就紧张得不行。不过,这份紧张感终究退去了,我躺倒在床上,回忆着这个夜晚发生的事。那些戏服、穿过东湖野地时的亢奋心情、彼得·霍顿。当然了,还有那股烟味。我在脑海里重现着那辆白色汽车从路边驶离的画面,突然意识到少了些什么。我跳下床,悄悄下楼进了餐厅,在放满战利品的大碗里翻找。

果然,我没有找到圆润、饱满的无花果。以前巴尔齐塔先生每年都会把它们装进橙色或者黑色的羊皮纸袋,封口处系上丝带。我想象着那满是皱纹、微微打颤的手指,是怎么轻轻弯起丝带的。分发无花果是柳树街每年的保留节目,然而今年没有了。我集中精神,仔细回忆,确定巴尔齐塔先生家今天黑着灯,他也没有站在前门,给我们发"好东西"。以前他把无花果放进我们的袋子时,就是这么叫那些水果的。今晚上我们急吼吼地沿街讨要糖果,没有注意他不在,就去了布莱尔斯的家。接着,我拼命地在回忆中搜索,想弄清楚我们刚开始路过时,那辆白汽车是不是已经停在巴尔齐塔家附近,就是我们后来见到的地方了。或许是因为面具遮挡了视线,或许是因为当时我心思全放在哈灵顿夫人的那捧锡箔包装糖果上了,反正我绞尽脑汁也想不起来。

实际上,在我的想象中,巴尔齐塔回到了他年轻的时代,在战争中走进了那间病菌横飞的医务室。我有些怀疑那个贼,或者说那个穿白风衣、似乎一直在找我的人是死神,他在万圣节出现,最后找上的,是那个许多年前就该死于异国他乡的人。

为了寻求一丝安慰，我下楼走进爸妈的卧室。和往常一样，妈妈在客厅的沙发上睡得正香。卧室空无一人，不过灯一直开着。床铺凌乱，爸爸从这周开始就换下来的衣服在地板上堆成了小山。

在门口站了一会儿，早先的疲乏感又回来了。我打了个哈欠，倒在床上妈妈平时睡得那一侧。床垫软绵绵的，我立刻陷了进去，还嗅到一股混合着粉脂和机油的香味，它们让人心安。我从床头柜上拿起那本沉重的红皮大书《福尔摩斯探案集》，翻到"巴斯克维尔的猎犬"章节。书上的字印得很小，排成双列，纸页也很薄。我找到了在自己那一本上看到的段落，继续读了下去。然而不到一分钟，蚊子就变得像群爬来爬去的蚂蚁，接着，我的胳膊也抵抗不住重力，不用自主地放下了书。

我梦到了万圣节和那场爆发在东湖西边野地里的鸡蛋大战。平基·斯坦玛奇的弟弟冈瑟一发鸡蛋砸在我脑门，把我打翻在地。等我睁开眼，周围的小孩都不见了，那个一身白衣的人俯下身将我拉起。他架着我向前走向停在篮球场的汽车，而我假装自己还没清醒。狂风之中，他开始愤怒地说话。"来吧，睁开你的眼睛。"我照做了，这才发现说话的人是吉姆，而天已经大亮。"你上学要迟到了。"他说。我随即意识到，这是我的床，我的房间。

我匆匆洗漱，和同样昏昏沉沉的吉姆、玛丽准备去上学。直到出门前的最后一刻，我才想起那份被压在好几本书下的报告。走进学校没多久，上课铃就响了，玛丽和我匆匆赶往各自的教室。还没在椅子上坐五分钟呢，克拉普突然从讲桌后立起，露出了狰狞的笑容。"把报告交上来。"他说。我环顾四周，看到有几个人脸上红一阵白一阵，显然是被万圣节冲昏了头忘了作业。"谁交不上来？"克拉普问。五只手颤抖着举起。克拉普拿起成绩簿，把他们记上名单，然后对每个人都重复了一遍"零分，放学后留下来。"有谁在我身后哭出了声，不过我没回头看。

克拉普冲下课桌间的过道，一份份收走报告，其中也包括我的。在他的手指碰上我报告的前一个瞬间，我发现封面上的标题"希腊的荣光"被我拼错，写成了"稀烂的荣光"。他看了眼那个穿着披肩的墨西哥女人，还有拼错的词，厌恶地摇了摇头。他拿起那份报告，和手上其他的作业放在一起。他当时没有注意到那件事，但是我发现了。我报告的最后一页，就是那个贴着出口货物样本的纸张，背面不知何时沾满了黑色的油渍。

第二天，那报告回到了我手上，上面的分数标了个"F"，还有简短的评语写在老妇人脸上："抄袭、搞得一团糟"。的确，发霉的奶酪、腐烂的橄榄核香烟的臭味合在一起，闻起来让人想到狗屎。

我把报告带回家给吉姆看，他耸了耸肩。"人总有倒霉的时候。"他让我别拿报告给爸妈，"他们记不得的，因为他们还得忙着工作和……"他仰起脑袋，举起手，似乎在从大瓶子里喝水，"拿出去埋了得了。"他说，"这玩意儿闻着像死人的臭脚。"我清楚隐瞒不报最后不会有好果子，但还是照着他说的办了。我在院子里挖坑时，玛丽在边上旁观。等报告被泥土彻底掩埋后，她搁了块石头在那里，当作小小的墓碑。

第二十二章　沉睡魔粉

我俯瞰着破镇,视线从一条边扫到另一条边。吉姆自从参加摔跤队,认识了一帮新朋友以后,差不多再也没进过地下室,他的作品已经蒙了一层薄薄的灰。我把它们想象成了沉睡魔粉,一种奇幻故事里才有的魔法粉尘,邪恶的魔法师利用它们来暂停时间的流逝。小镇安安静静的,仿佛陷入了沉眠,一种孤独感弥漫在这片寂寥的土地上。万圣节前我来这里看过,现在的小镇维持着当时的样貌。查理依然躺在湖中,鲍里斯还在修他的车,圆滚滚的哈灵顿夫人始终蜷着身睡大觉。

我注意到的唯一变化,是那个贼如今摆在了我们家后面。肯定是玛丽干的。那天晚上透过窗户看到贼以后,她调整了这个玩具的位置。不用说,那个贼如今早就跑了,没准还偷窥了另外几十户人家。破镇里,蕾丝特乔太太家屋顶的修缮工程一直没完工。还有雷蒙德,郝勒威家最大的那个男孩一直在屋子后面睡觉,但他们其实搬家一年多了。这也许就是破镇的结局吧,我想。随着吉姆逐渐长大,他会忘记破镇的存在。镇子会在尘土中继续沉睡,直至腐朽崩坏。终有一天,那些泥人会干裂成碎土,纸板房也会发脆垮塌。

我走到地下室的角落。那里有个箱子,里面全是我们不再玩的破旧玩具。我在里面翻了翻,找出一辆小玩具车。那是辆小小的灵车,车体狭长,刷着黑漆。灵车的后门开着,那边本来有个可以塞进取出的小棺材。我用吉姆的颜料把车涂成了白色,轻轻放在柳树街巴尔齐塔先生家的门口。完事后,我最后看了眼木板,伸手熄灭了镇子上空的小太阳。

第二十三章　我们今天不去教堂

　　那个周日上午我爸居然赖在床上睡觉，真可谓是奇迹。当时我下楼上厕所，路过他们卧室时瞟了眼，没想到爸爸竟然在家。返回楼上，我把这事告诉了还在呼呼大睡的吉姆。他起床跟我走到了楼下，我随后去了玛丽房间。我把她轻轻推醒。"嘿，爸爸在家。"我说。玛丽闻言起床，跟我们一起走进爸妈卧室，站在床边等待。没过多久，爸爸猛地睁开眼睛坐起，似乎被噩梦吓醒。他摇着头，吁了一口气，对我们露出了微笑。

　　他告诉我们，不仅仅是这个早上，他一天都会待在家里。等到起床去泡咖啡，他又问我们要不要一起去兜个风。"去哪儿?"吉姆问。

　　"不知道。走着看吧。"他说。

　　我们来到屋外，爬上他的车子。吉姆坐了前排的乘客席，玛丽和我钻进了后排。天气很冷，但在驱车上路时，他们还是打开了车窗。车载电台发着响，而我们没人说话。爸爸把车停到了路边的热狗摊边，我们要了几份奶油苏打和粘了洋葱、涂着芥末的热狗。路边有个翻倒的牛奶箱，我们拿它当凳子，坐下默默地吃完了这早点，然后回到车里。重新上路后，车速提高了不少，我觉得自己仿佛获得了自由，就像逃学不去上课那样。

　　车子一路飙出好几英里，丝毫没有回头的迹象。玛丽趴到前座的椅背上，说:"我们今天不去教堂。"

爸爸回过头看了我们一眼,大笑着回答"对。"

车驶向了北岸边上的一个大公园。尽管天气晴朗,但大停车场里空空荡荡的。我们的车停在了那片水泥地的正中央,往周围看去,三边都是树林。

"我们走哪条路?"爸爸问我。

我指着西边的那条。它好像能带我们远离马路和停车场。

"好吧。"他说,"那咱们出发……"

我们跳下车,拉上外套,开始步行。吉姆走在爸爸身边,想要模仿他的步伐。我倒也想走过去和他们并排前进,然而这想法始终只是想法。实际上,我和玛丽一直跟在他们身后。我们离开水泥地,踏进了松树下的阴影。地上铺着半英尺厚的橡树叶与棕色的松针,玛丽和我拖着脚向前,时不时把它们踢飞到空中。后来她捡到了一片巨大的黄色叶子叶片上有两个洞,遮在脸上像是面具。

我们沿着一条路走了好一阵,乌鸦停在两侧的树梢上,俯瞰着我们。后来到了一处林间空地,爸爸抬起手,手指竖在唇前要我们安静。三个孩子都停下了脚步,而爸爸蹲下身,指着空地的另一边。我看到了一只长着美丽双角的鹿,它回望着我们。过了整整一分钟,玛丽终于没忍住,挥手说了声"你好"。那只鹿顿时跳到一旁,消失在了林中。

爸爸低头看了一眼地上的沙土。"脚印。"他说,"刚刚过去的几个钟头里,有好些动物来过这儿。"他找到了一条狐狸的足迹,让我们看了看。穿过空地后,我们不约而同地换了方向,朝着鹿消失的方向前进,但直到最后我们也没能找到它。不过,鹿的足迹把我们带上了一座高山,爸爸牵着玛丽的手和我们一起攀爬山坡。谁要是走累了,我们四人就靠着树干休息上一阵。

从结果来看,那只鹿把我们带到了好地方。山顶附近,碍着视野的树终于不见了,扑面的冷风中,我们面前展现出了一幅绝美的画卷。我的视线能顺着长岛海峡,直达康涅狄格州的海岸。浅灰色的海浪扑打着海岸,白色浪花点缀其中。山的那一面,平坦的草坪从山顶直至山脚,连一棵树也没有。往西边看,远处的山脚有个小小的海湾,它和我们之间隔了一列列沙丘。海湾大概两个篮球场宽,四个球场长,水面尽是海风带起的涟漪。有好多白色的鸟儿站在沙滩边,啄着湿润的沙土。

爸爸在山顶坐下,掏出香烟。他划着火柴,拢起手不让风吹灭,烟叼在嘴上往火星上凑的时候,嘴角抽动着说:"你们最好去那儿看看。"没等他重复第二次,我们就撒着欢奔下山丘,一路兴奋地高呼。鸟儿们受了惊吓,如海浪般一波波升上天空。有那么一会儿,我觉得自己也能飞起来,加入到它们之中。离山脚还剩四分之一的路程时,吉姆换了姿势,一路侧翻到山底。玛丽有样学样,也开心地滚过了剩下的路程。

我们在海边待了很久,往海里飞石片,拿浮木对决,研究浅滩中的鱼群。可能一两个钟头以后,吉姆和玛丽决定拿破纸杯去捞鱼,而我抬起头,看到爸爸还待在山上,于是离开两人往山顶爬去。因为坡度的关系,攀登的过程中我只能看到面前几英尺的地方,不过快登上山顶时,我看到爸爸拿着眼镜。我想他刚才在哭,因为他见我到了附近,马上抹抹眼,戴上眼镜。

"来,"他对我说,"帮我点忙。"

我走到爸爸身边,他伸出手塔上我的肩膀,把我当拐棍一样借力起身。"谢了。"说完,他短短地拥抱了我一会儿。我的脸陷进了他粗糙的格子衫里,到了一股机油味。后来他放开了我,大声招呼吉姆和玛丽回来。

回家路上,我们去了一家铬色外墙的餐厅吃晚餐。爸爸点了烤肉饼,我们也点了烤肉饼。正餐时没人讲话,饭后的冰淇淋甜点时间,爸爸问我们:"你们最近在学校里表现怎么样?"

吉姆在桌底下轻轻踢了我小腿一脚。"我的表现很不错。"他说。

"我也好。"玛丽说。

我没有答话,直到吉姆又踢了我一脚。"还不错。"

玛丽换成了米奇的声线:"你能不能……"但爸爸没听到,或者装作没听到,总之他没有回答。

　　等到走进家门，外边已经黑了下来。睡觉以前，我们聚到了客厅里。妈妈在房间里走来走去，心情不错。她弹着吉他，给我们唱了几首歌。爸爸像过去那样，从红色的小书堆中挑了一本，念了几首里头的诗，包括《轻骑兵冲锋》、《瑞丁监狱之歌》和《过沙洲》。那一晚我睡得很踏实，没有梦境的困扰，没有听到天线的呻吟。从始至终，它只在屋顶低语。

第二十四章　他在那儿

我在电话簿上找到了巴尔齐塔家的号码,每天放学后都拨打一遍,但一直没人接听。我问了奶奶和爷爷最近有没见过他,他们都说没有。爷爷问我为什么会关心巴尔齐塔,我耸耸肩回答说"因为我最近没见到他"。

"你以前在冷天里见过他?"奶奶问。

她说的没错。往年过了万圣节,我们也很难见到巴尔齐塔。而最近气温越来越低,到了十一月中旬,温度已经连着一周只有几十华氏度了。我们都满心期待来场暴风雪,但老天爷似乎也被冻住了。某个周六的下午,吉姆和我骑车去了巴比伦,在阿盖尔湖上溜了冰,不过其他时候我一直缩在家里读书、写字,把那些还没写过的邻居记在练习簿里。

有个老太太住在东湖边上,我记不起她叫什么。她家邮箱上其实就有名字,不过每次放学路过,我都想不起去看一眼。我听说她会像我们万圣节玩游戏那样,挨家挨户地敲门讨要杜松子酒。她的狗是条凶猛的德牧,名叫塔特尔。那条狗值得我在笔记簿里写个段落,因为塔特尔有次对某个邮递员穷追不舍,把他逼上了格里姆家大院里的树。我描写了一番这个老妇人满头的银发,骨瘦如柴的体格,还有蜡黄松弛,跟身材绝配的皮肤。但我一直没法落笔写下她的名字。那天气温刚好有点儿回升,不算太冷,我干脆牵着乔治出了门,绕过这片街区去了老太太家,权当呼吸新鲜空气。

趁着乔治抬起腿对着邮箱柱子撒尿，我在脑海里重复了三次她的名字——霍姆雷兹太太。那天多云，就算刮风我也热得敞开了外套。确定自己记下了老太太的名字，我转身返家。还好我多看了眼四周，因为就在这个时候，柳树街转角冒出了三个家伙——威尔·欣克利、平基·斯坦玛奇和贾斯丁·沃什——朝着我的方向过来了。

"他在那儿！"欣克利喊道。话音刚落，他们仨就屁股离开车垫，使劲踩着脚踏板提高了速度。我心中一凛，转身就跑。他们堵住了我回家的最近路线，从库斯伯特路绕回松树街又太远，还没跑过半程就要被赶上。说时迟那时快，我转向了东湖方向的林子，希望他们因为自行车被树木阻挡而放弃追逐。

乔治轻松地跟上了我的步伐，我们一道穿过野地，奔下阴沟山的斜坡。我选的是林中最大的那条路，如果他们确实要跟过来，这样我也能尽可能多跑点路，再躲进树林。如果迫不得已，我还可以试试顺着林子往外凸起的部分一路跑到曼森和郝勒威家后院。要是我真逃出了那么远，就能赶在他们追上来之前返回家附近的柳树街。想到这里，我停下脚步听后面的动静。起初，我只听到了脉搏突突地跳，但随后平基的嚎叫就伴着车轮压断树枝、碾过树叶的声音传了过来。

我继续向前奔逃，树枝刮擦着我的面颊，地上的沟壑让我跌跌撞撞，我尽量不去想如果被他们抓到了会怎么样。乔治一定能帮我点忙，可一想到欣克利的拳头，我就心虚得慌。

"他就在前面！"沃什高喊。我知道他们看到了我，于是离开主路，进入林间。他们依旧跟着我，然而灌木丛和倒下的树干减缓了他们的速度，后来他们好像也把车丢在了身后徒步追逐。如果你是个我这样的胆小鬼，一定会希望自己能跑得快点再快点，实际上我的速度确实很快。我全速奔跑了差不多五分钟，这才停下脚步。不是因为我喘不过气了，而是我到了湖边，前面没了路。我被困住了。

我知道，如果我调转方向沿着湖岸跑，他们马上就能逮到我。我看了眼湖面。天气寒冷,湖上已经结了冰,但今天冰面上还有层薄薄的水。我一条腿踏上冰面,放低重心。好在冰够厚实,能撑住。乔治有些不太愿意往冰上跑,我不得不把他拽到身后,一步一步小心地迈步。等到追兵穿出树林,我已经和湖岸拉开了十五英尺的距离。我没有回头看,只听他们喊着我的名字,叫我"娘炮"、"婊子养的"和"狗屎"。乔治觉察到了情况不对,开始咆哮。

"敢他妈砸我家?"欣克利尖叫道,接着,一块石头擦着我头皮飞过,它落在冰面上,朝前滑出了好长一段距离,差点就碰到了对岸。

"咱们去把他拿下!"斯坦玛奇喊道。他们一定全踏上了冰面,因为我脚下的冰层剧烈晃动,还传来了隆隆的响声。乔治上次啃家里的运动鞋之前,发出的也是差不多的咆哮。紧接着,咔嚓的断裂声响起,仿佛有巨蛋落地碎裂,蛋清飞溅。我回过头,看到沃什站在离岸三英尺的地方,棕色的湖水漫到了他的腰间。我继续向前走去,身后,欣克利和斯坦玛奇帮着沃什脱困,没有继续追赶。

他们刚才施加的额外重量一定超过了冰层能承受极限,因为我现在每走一步,都能听到细碎的破裂声,运动鞋下方清澈的绿色里,白色的裂缝正不断蔓延。开阔的湖面上,寒风凛冽,我庆幸脱逃成功的心情转瞬即逝,取而代之的是冰面开裂,把我吞噬的可怕场景。就在这时候,一颗飞来的石头打到了我的后脑。我向前重重扑倒,脸和胸口先着了地。或许是因为脑后挨了那么一下,或许是因为恐惧,总之,在可怕的断裂声中,我的大脑一片空白。

等到终于睁开眼睛,我发现自己仍旧趴在冰面上。我听到寒风吹过,枯叶在林中哗啦啦地响,身旁的乔治发着低低的咽呜。我还听到了逐渐远去的笑声,以及冰层时不时发出的咔嚓响。我被冰水浸了个半湿,一点点渗进衣服的寒意,让我不由自主地打起了摆子。我用最轻柔,最缓慢的速度一点点跪坐起来,休息了片刻。我脑袋抽疼,头晕眼花,于是闭上了眼睛。我对自己说,先数到三十,再站起来,最后走到岸边,这样就行了。

不过才数到二十五,我就睁开了眼睛。透过绿色的冰面,一双眼睛回望着我。我一开始以为那是自己的倒影，但伏下身仔细看去，我发现长着那双眼睛的脸苍白而腐烂。是查理·爱迪生。他的头发纠结成了乱糟糟的一团，大部分眼白变成了棕色，圆睁的双目让人想起死鱼的眼睛。他嘴巴大张，发着无声的尖叫。他的一只手伸到了脸颊旁，但手腕以下的身体消失在了黑暗的深水中。查理的眼镜不知所踪，右边脸上的肉同样如此。

我听到了自己的尖叫，但那尖厉的声音更像是从水下传出来的。我甩开牵着乔治的皮绳，跌跌撞撞，半是滑行着逃向二十码外的岸边。半路上，我感觉冰冷的湖水一度漫过了我的脚踝，但我没有理睬。我和乔治同时到了岸边，一道起跳，跃过了最后几码冰面落到了岸上。

我剧烈地打着哆嗦，仿佛要把自己震到散架。离开树林，走进郝勒威家的后院，我的双腿已经像灌了铅，或者和浸湿又被冻上的体恤那样硬邦邦的了。直到迈进家门，我心中的恐惧才被客厅的温暖融化，开始哭了起来。妈妈在厨房做晚饭，但她只是喊了声"你回来了啊"，没有回头。我爬上楼，脱下衣服，钻进被窝。在他们叫我吃晚饭前，我一直躲在被子下面瑟瑟发抖。

第二十五章　秘　密

　　那天周三，不过第二天感恩节，所以早早地放了学。天气不怎么样，可我也安不下心待在家里，就和奶奶一道出了门去巴比伦火车站接格蒂姑妈。奶奶的车速很慢，而且只会朝右拐弯。爷爷嘲笑过她开车"南辕北辙"。有几次我在镇里的糖果店下车，会扭头看着那辆蓝色的大黑斑羚嚅动向前。奶奶总是俯在方向盘上左顾右盼，面露脱线先生①式的傻笑。有次她后面的司机实在忍不住了，超车到我们前头，一边大喊："你这还不如骑车！"因为混着冰雹的雨夹雪，今天她的车速比平时更慢，更加磨人。

　　过了约莫一个钟头，我们到了布莱特沃特的海边，奶奶寻找着可以右转再右转的路线好把我们带到巴比伦。谢天谢地，这时候冰雹总算是停了，不过天也已经黑了。

　　"你怎么看待保密这种事的？"我问她。

　　奶奶直视前方，嘴唇嚅动，看到一块停车标志以后，她点了几脚刹车，调转车头。当然了，又是往右转。

　　"最好的办法是说实话。"

　　过了几分钟，我说："你真的没在骗人吗？"

　　"也许吧。"她笑了起来吗。车子往前开去，再度右转，"我跟你说过我和爷

————————————
　　① 1949年开播的动画 Quincy Magoo 里的角色，是个年事已高，脑袋糊涂的大近视。

113

爷结婚以前的事吗?"

"我听说过一些。"

"我第一个丈夫名叫埃迪,他发型靓极了。埃迪是纽约的骑警,有天他酗了酒,直直地撞碎了别人的落地玻璃窗,结果在医院里待了整整半年。"

我等着奶奶继续往下说,可是她似乎没那个意思。"后来呢?"我问。

"后来他得了肺炎,死了。"

"你坐过他的摩托吗?"

"当然。还挺有趣的。不过埃迪这人有点疯,他喝醉了以后会朝街上开枪。"

奶奶笑了起来。我也跟着她笑。

"我的壁橱里还放着他的枪跟几根警棍呢。提醒我一下,回头给你看。"

"酷。"

"其中一根警棍上嵌了枚骰子,很好看。那边还有根黑杰克。你知道我在说什么吗?"

"不知道。"

"就是铅棍,外面包了皮革。你可以用它砸碎任何人的脑袋。"

"不知道吉姆看到了会怎么想。"

"用那玩意儿打人可不是在身上留青蓝色的印子那么简单。它不是玩具,动它是要出人命的。我想那东西应该算非法的了吧现在。"她用手指抚了抚嘴唇。

"你什么时候和爷爷结婚的?"我问。

"埃迪死后几个月。"

第二十六章 他们会带来臭奶酪球

格蒂姑妈强壮、苍白，下巴方方正正，就像戴着发网的温斯顿·丘吉尔，玛丽只敢用米奇模式跟她说话。"正经点，亲爱的，"格蒂姑妈对她说，"你这样太幼稚了。"她给我五块钱的时候，说我的发型蠢极了。对于吉姆，她干脆摇摇头，皱起眉，什么也没说。她直呼奶奶的名字梅西，要奶奶把桌上盒子里黑白两色的甜饼干分发给大家。那些饼干是半月形的模子印出来的，她走到哪儿都会带着它们。她问我们在学校的表现怎么样，对我们的答复又一副很不满意的样子。格蒂姑妈在洛克维尔中心为主教工作，所以她问我们是不是常常祈祷时，我们都点了点头。

"是的。"吉姆说，"我们祈祷自己能在学校表现得更好。"

她的身体微微摇晃，我们知道她在笑。

"我们想了解那个隐修士的近况，就是你和奶奶老家的那个人。"我说。

"什么隐修士？"她问。

"贝迪利亚。"奶奶说。

格蒂姑妈皱起眉头。

"就那个住在芦苇荡边上山洞里的人。"吉姆说。

格蒂姑妈笑了。"老天呐。"她粗短的胳膊交叠在胸前。

"还记得吗？我们跑去那儿大喊大叫，"奶奶挠了挠嘴角，"'贝迪利亚，我们来偷东西了！'"

"胡说八道。"格蒂姑妈说，"哪儿有这种事。"

"上帝作证。"奶奶说。

"说什么蠢话。"格蒂姑妈说。

离开小公寓，返回我们的房子时，爷爷从报纸上抬起头，说了声"谢谢"。

那天晚上我没睡着。

天线发着噪音，但更重要的是我知道打开的衣柜门后面有什么东西，乔治一定也有同样的感觉，因为它在床尾呜呜了好几次。那一夜长得像是一整周，我强逼自己幻想的那些皮尔诺·希尔式的白日梦，都被恐惧化成的极地风暴给吞没了。终于，我听到了妈妈起床的声音。下楼之前，我先关上了衣柜门。我赤脚踩在木地板上，地板有些发潮。

走到楼下，我眯起眼望着灯光中的厨房。妈妈正站在水槽前清洗一只火鸡。她穿着睡衣，袖子卷起，头发乱糟糟的。吧台上的烟灰缸上搁着一支烟，旁边是杯黑咖啡。油毡布地板很冷。从她身前的窗口望出去，黎明现出了它的灰色，地平线上雾气升起。我靠得近了些，细看那只粉红色的大鸟身上掏出的大洞、尖尖的翅膀，还有它的喙部和鸡冠。爸爸的公司送了他这只火鸡，他昨晚上用毛巾裹着带回了家，就像里面是个婴儿。

"二十六磅。"妈妈把鸟放回水槽，摘下橡胶手套，拿起她的烟。"真是大得可以。"

她给我倒了碗没牌子的麦片，用劣质奶粉冲泡了一下，加进半打香蕉干，最后添了一勺子糖。我们在简陋的小房间里面对面坐下，我吃早餐，她抽烟喝咖啡。

"你最近读什么书呢？"她问我。

"《巴斯克维尔的猎犬》"。

她憔悴的脸上放出了光。

"典型的柯南·道尔故事。"我说。

"你最喜欢故事哪个部分?"她问。

在我的想象中,华生医生提着从不离手的黑包,在白色鹅卵石铺路的街道对面朝我挥手。"华生。"我说。

妈妈笑着嗫了口烟。

"这些故事都是华生叙述的。"她说,"他在阿富汗战争期间参与了迈旺德战役,受伤复员。我想那些故事是华生回家以后为了治愈自己才创作的。和柯南·道尔一样,他的职业也是医生。"

"那夏洛克·福尔摩斯其实是什么样的人?"我问。

"会拉小提琴的瘾君子。"妈妈说。

我点点头,一副明白她意思的样子,接着改变话题,问晚餐有谁来吃。妈妈过了遍客人名单,不时加两句对客人的评论,比如"今年,他们会再带臭奶酪球过来……"

在烹饪火鸡时冒出的蒸汽里,吉姆、玛丽和我盯着电视上的梅西感恩节大游行①。吉姆说,如果没有巨型气球,整场游行都会变得索然无味。

"圣诞节也一样。"玛丽说。

"我讨厌那些唱歌的。"我说。

"其实那是巨型喇叭放的唱片。那些歌手只负责对人群挥挥手。"吉姆说。

"烂。"玛丽说。

乔治走进房间,跳到沙发上的吉姆和玛丽之间。他刚趴下,吉姆就捋了下乔治背后的毛,他的动作非常非常轻,而且只碰到了三根。乔治不满地呼噜了一声。吉姆挪开手,但过了几秒又捋了一遍。三次过后,在我们的笑声中,乔治汪汪大叫起来。

他不喜欢被人愚弄。

"停。圣诞老人来了。"玛丽提醒我们看电视。我们看到游行里有个圣诞老人带着礼物袋,在精灵的簇拥下离去。他走的时候让我想起了那部电影《劳

---

① 美国梅西百货公司主办的一年一度的曼哈顿感恩节大游行,始于1924年。

莱与哈代之小兵进行曲》[1]，电影里，圣诞老人返回北极时候拉上的灰色幕布，仿佛梦魇，压得人喘不过气来。我说不出电影里哪些东西更加让人心里发毛，是那些脸上涂脂抹粉的木头士兵呢，还是那些从村庄下面洞穴里涌出来的长毛怪物。但至少电影里的歌还不错，劳莱与哈代装疯卖傻的表演也讨人喜欢。

因为客人还要很久才能来，吉姆和我决定带着乔治去学校附近遛弯杀时间。我们在篮球场附近闲逛，看了会儿安静下来的蟋蟀王国，又沿着铁丝网外侧散步。终于，吉姆说了句"我们要迟到了"，转身朝家走去。我想告诉他泡在湖里的查理，但是走到学校边界处，吉姆说起了他初中班上的一个姑娘。"那奶子大得，"他说，"像是鱼雷。"然后我们就回了家。房子里热热闹闹，空气中的鸡肉香味浓得像是妈妈在工作日喷涂的香水。道路两旁都停着汽车，爸爸打开前门放我们进去，告诉我们赶快换好衣服。

到了二楼，透过升腾的烟雾，我看到楼下人头攒动。大家或坐在沙发里、椅子上，或站在餐厅里，也有的挨墙立着。冰块叮当作响，奶酪块上插了牙签，香芹和核桃抹上了奶油芝士。一片嘈杂中，传来了奇怪的低沉笑声。不过看眼奶奶开着的房门，我早就知道了声音的由来：一定有群男人聚在电视机前看橄榄球比赛直播。

几分钟后，我穿好白衬衫和擦亮的皮鞋，打上发蜡，也加入了这场派对。杰克叔叔在餐厅桌上为玛丽表演魔术，他手上的扑克消失在了手帕下面。他的妈妈，也是我爸爸的妈妈，或者说祖母，像尊雕像般笔挺地坐在椅子上扫视着人群。她的下巴上有块光滑的，好像融化在上面的皮肤，据说是从屁股上移植过来的。有次她对我说，她小时候住在俄克拉荷马州，看到过一个患了怪病的女人，她嘴巴里长出的蜘蛛网一直挂到胸口。"那可真是厉害极了。"她挥着手，想展示出那丝网怎么在微风中颤动的。

爷爷的妹妹，我的姑奶奶艾琳大谈特谈她的什么超自然体验，眼睛一刻不

---

[1] 1934年的电影，讲两个玩具厂的工人帮助房东女儿和她的恋人追求幸福，与玩具大军一同击退邪恶的故事。

停地眨。我还有个阿姨打起嗝来也是永无休止,不过她今天没来。爸爸喝了加了冰和樱桃的酸威士忌,跟格蒂姑妈,还有她的儿子牧师鲍勃聊个不停。我溜到房间后面,把后门拉开一条缝,呼吸新鲜空气。妈妈在厨房里忙活,她被沸腾的锅子和脏盘子团团包围,正蹲在烤箱前翻烤那只烧得油水吱吱响的大鸟。就这样,她还能叼着烟,手里拿一杯奶油雪利酒。

我的表兄弟西里和塞里都在读高中,他们坐在客厅中专为小孩子准备的桌旁。他们在跟吉姆讲什么段子,两人长长的金发和柠檬味道的香水让我自惭形秽。客厅里还有另一个小孩,那是我爸某个朋友的儿子。我忘了他叫什么名字,不管你跟他聊什么,他都会回答"当然了",一副无所不知的样子。吉姆朝他丢了枚黑橄榄,打到了他的眼睛。那小子要哭出声的时候,吉姆要他闭嘴,然后,我们就开始吃饭。

晚饭过后,所有人都挤进了客厅,我的表兄弟伴着留声机里放着的曲子"旋转"——那歌出自丘比·切克的新专——表演舞蹈,还教别人该怎么跳这支舞。"就像你用脚尖去踩灭烟蒂。"他们说。连妈妈也离开厨房,照着他们说的话扭了两下腰。格蒂姑妈笑了起来,祖母盯着人群,拉里(我一直不知道他到底是谁,或者是谁的亲戚朋友)从橄榄球直播间里出来,要了另一杯酒。玛丽开始自言自语,后来沿着走廊回了她自己的房间。

乔治在舞蹈的人群中穿来穿去,不时地吠叫。我看到法利太太的眼镜掉在了地上,她正弯腰去捡,乔治突然朝着她的屁股冲去。那时候爸爸坐在旁边的沙发上,正跟人聊天呢。他眼角看到了这一幕,立刻伸出脚把乔治拦在半道。我看乔治的嘴巴都撞上了他的鞋子。除了我以外,大概没人留心到这一幕。爸爸暂停了聊天,他瞅了乔治一眼,扬了扬眉毛。

后来玛丽问我们能不能去地下室检查一下圣诞节要用的灯具。这是我们每年万圣节的惯例。爸爸把我们带下地下室,走到燃油炉后面的角落里,就是玛丽在楼梯边上课的那一侧。从这里听起来,楼上的派对就像一群人在踩地板,我还从背景声里分辨出爷爷的曼陀铃。爸爸把放着灯具的盒子指给吉姆看,告诉他怎么串好灯泡,再把它们接进插座。他给了我们两排替换用的小灯泡——全是发橙光的——随后返回楼上,把我们留在了霉味飘荡的地下室里。

"泡泡灯。"吉姆准备动手时,玛丽说道。

"你还知道这个词啊。"吉姆说。

"你能不能……"玛丽说。

吉姆打开了水泥地上那个破旧的红色储藏箱。翻开箱盖的瞬间,我闻到了圣诞节彩灯的气味。你能看到充当针叶的绿色塑料丝上,缠着许多彩色小灯泡。吉姆展开彩灯电线,安到插座上。灯刚刚亮起,玛丽就轻轻地叹了一口气。"等下。"吉姆说着关掉了房间的顶灯。黑暗中,我们围坐在发光的盒子周围。灯泡的烘烤下,那股圣诞节的味道更浓了,我们呼吸着它,感到一阵心安。

接着,我们开始替换坏掉的灯泡:我旋下不发光的灯,玛丽递给吉姆替换用的,他再把那些灯扭到槽位里。

"查理·爱迪生在湖里。和玛丽说的一样。"我压低声音。

"你怎么知道的?"吉姆问。

我告诉了他我被欣克利追逃到冰上的事。

"我讨厌欣克利。"玛丽说。

"你看到的可能是你的倒影。"吉姆说。

"我发誓,他就在那里。"我说,"玛丽也知道。"

"他看起来怎么样?"

我告诉了他。

吉姆盯着我看了一会儿。"我来对付欣克利。"

"那其他的部分呢?"

"你为什么不跟爸爸讲?"

"我不希望查理的妈妈知道。"她还抱着希望。

"别告诉她。"玛丽说。

吉姆摇摇头。

"那个开汽车的人,我想他还杀了巴尔齐塔先生。"

"无花果老头?"吉姆笑了起来。

我把万圣节那晚的事情说了出来。

这时候爸爸走到地下室门口,大声问我们干得怎么样。

"忙着呢。"吉姆说完站起身,拉下头顶电灯的开关,从插座上拔下彩灯。"接下来我们来搞泡泡灯。"他对玛丽说。

"当然。"她说。

吉姆从杂货堆里找出一个白绿色的盒子,放在地上。我们聚在他周围,看着他打开盒子。盒子里头的可是稀罕货,它要是坏了,我们是没办法替换的——那是些手指长的玻璃灯,一旦点亮,里面彩色的液体便会沸腾翻涌。吉姆把灯通上电,我几乎听到了电流流经那些陈年电线的声音。它们是爷爷四十年前买的,那些光像是来自过去的讯号。我们仔细地观察着第一个泡泡灯,就这样过了好久。

等我们检查完圣诞节的灯具离开地下室,客人们都已经走了。妈妈一身睡衣,坐在躺椅上品她的酒。爸爸穿着长裤配灰袜倒在沙发上抽烟。他们在聊今晚来的客人谁的打扮好,谁的不入流。乔治趴在绳条地毯上睡觉。我在他旁边找个位置躺了下来,听着爸妈聊天,直到渐渐坠入梦乡。

第二十七章　他们会为此行动的

感恩节后一天,吉姆掸掉破镇上的灰,重新开始了他的工作。他修复了那些倒下的物件,在柳树街和哈蒙德路的交叉口摆了一个禁止通行的标志。他还拿泥巴捏了霍姆雷兹太太和她的狗"塔特尔",哈灵顿夫人的泥人也换了个新的。老的哈灵顿夫人因为泥巴太重,把自己压坏了。吉姆做这些事的时候,我充当了他的助手。他看到了那辆涂白的小车,称赞说它"近乎完美"。每天晚上做完作业,他都会在大板子上修修补补。他打算让玛丽用她的算法找出偷窥贼在哪儿。"然后我们就能逮到他了。"他说。

我在学校周围打听,想知道有没人碰上过那个穿白衣服的人或者透过窗户见过他。我只能旁敲侧击,免得别人意识到我对他有兴趣。我一点蛛丝马迹也没找到。看样子,从没人碰到过他,实际上,大伙儿把那个贼抛到了脑后,虽然几个礼拜前,曼吉尼太太还说她"绝对看到了那个家伙"。这是她老公乔伊上班前在门口草坪对爷爷亲口说的。那天我也在场,乔伊头戴长岛火车站指挥帽,腋下夹了卷报纸。他走了以后,爷爷嘀咕了一句"上帝啊"。

一天晚上,吉姆叫玛丽来地下室我们这边。她停止了自言自语,把帘子往两侧拉开,朝我们这里迈出一步,但并没有接近胶合板的意思。

"你有计划了没?"吉姆问她。

"嗯。"玛丽说。

　　我笑了。

　　吉姆用胳膊顶了我一下,要我住嘴。"我们希望你能找出那个贼的下落。"他拿起那个长针胳膊、眼睛发亮的玩具兵,"找到他。"他把兵人递给玛丽。

　　她摇摇头。"还不行。"

　　"拜托。"吉姆说。

　　"时候没到,我还不能透露真相。"

　　我们都笑了。这句话是超人的经典名言。

　　"你的意思是?"吉姆问她。

　　玛丽像机器人那样转身从我们身边经过,爬上楼梯。

　　在厨房垃圾桶里发现奶酪球的那天,我拿到了自己的成绩单。那是圣诞节的前一周,那段时间克拉普看我似乎相当不顺眼。把成绩单发给我的同时,他摇了摇头。我的数学和社会学不及格,其他几门也不太好。走过漫漫长路回到家时,我眼泪都快掉下来了。吉姆一直在房间里等我,见我进门,他马上问我要成绩单。"还不错嘛。"他看了一眼,露出了笑容,"你可以进哈佛。"

　　"你的分数怎么样?"我问他。

　　"我就挂了一门,刚好够C。"

　　"等他们回家我就完了。"我说。

　　"别怕。跟他们说都是因为克拉普讨厌你,他们会理解的。"

　　但他们没有。就连花了那么长时间在假想出来的学校里读书的玛丽,也一起挨了批。那天晚上我被骂了个狗血淋头。我爸红着脸,手指戳着我胸口,说从现在开始,我得跟着他学数学。吉姆在一边安静地站着,不管发生了什么,都只是点点头。狂风暴雨总算过去以后,我们被勒令去睡觉。玛丽回了她自己的房间,我擦干眼泪跟着吉姆上了楼。他走向了他的卧室,我去了我的。不过,就在我关门的瞬间,他低低说了声"嘿"。我转过身,看到他蹲下来做了个鬼脸,手放在背后。突然间,成绩单从他的腿间滑落到了地上。他站起来,叹了口气,关上了房门。

第二十八章　雪　球

圣诞节两天后，来了场暴风雪，温度骤降。我们在靠近厨房的沙发床里窝成一团，开着烤箱取暖。妈妈在客厅和卧室的入口铺了地毯，她和吉姆、玛丽都得了感冒，不停地打喷嚏，裹上了毛毯。爸爸坐依旧坐在冷冰冰的餐厅里喝着咖啡看报纸，后来他喊了我一声。

"上楼多穿两件衣服。你这样待下去，迟早得跟他们一样。"爸爸说话时，嘴里冒出一股股白气。"或者你也可以去奶奶和爷爷的房间，他们开着电暖。"

我点点头，从他身边经过朝楼梯走去。前窗外本来是棵圣诞树，但现在只能看到一堵爬上了窗子的雪墙。看来房子外面的风雪不小。

"积多厚了？"我问。

他扭头扫了眼窗子。"几个钟头前，电台说有五英尺，但它们在排水沟和一些房子前堆得很厉害。这场雪大得过了头。"

回到自己卧室，冻得牙齿咯咯响的我开始把睡衣、衬衫和裤子一件件往身上套。我甚至连厚袜子和运动鞋都穿上了。你要知道，我以前从没在家里穿过它们。透过结了冰的窗户，我看到在我们家和法利家之间，一道长约四英尺的白色潮汐来回翻涌。街道是看不到了，能见到的只有另一侧房屋的屋顶，我们就好像被裹进了巨大的雪球。

等我下楼，妈妈已经坐在了餐桌的一头。她披了浴袍，叼着烟，不住地打摆子。"得弄点阿司匹林、儿童用阿司匹林、一些冰橙汁和一盒香烟来。不知道烟酒店还开门没,但最好再加上半加仑葡萄酒。"她说。

爸爸伏身桌上,用铅笔在一个信封的背面做记录。"好的。"他说。

"你打算怎么上街?"妈妈问。

"我倒是想从后门出去。"他说,"但除非先蹚出一条道,否则到不了马路。雪看着都有十二英尺厚了。当然了,马路应该没问题,我昨晚上听到铲雪车来回开了好几趟。"

"这前门也不好走啊。"妈妈说。

"我也不打算走前门。我要从楼上的窗子跳到大街上。"他笑着点起一支烟,"我马上就走。"

"那你回来怎么办?"

"到时候再说咯。"爸爸转向我,"去问你爷爷奶奶他们有没什么要带的。"

我打开了通向小公寓的门,里面很暖和。小电暖气发着明亮的橙黄色光芒。爷爷坐在角落的椅子上,仰着脑袋,轻轻地打鼾。奶奶坐在沙发上,玩着填图游戏。

她抬起头,"把门关上,快点儿。"

我关上门走过去看她在画什么。画上是个斗牛士,尽管线条笔触不均匀,但那些色块里已经能看出些东西来了。

"画得不错。"我说。然后我问她想不想从店里带些什么回来。

"不用。不过这鬼天气,谁会去商店?"她问。

"爸爸要去。"我说,"他要从二楼的前窗出去。"

几分钟后,我爸穿了夹克,戴上手套和吉姆的黑无檐帽,带着奶奶、妈妈和我上了楼。我们进了吉姆的房间,爸爸把他的桌椅从窗前挪开。往外看,积雪都快堆到屋檐了。爸爸卸下一扇护窗,使劲往外推玻璃窗。风雪一下子灌进了室内,逼得我们退开了一大步。"如果我沉下去了,丢给我一根绳子救命。"他笑着说。然后,他钻出窗口,进入了肆虐的暴风雪。

妈妈、奶奶和我围在窗边,雪花立刻打上了我们的脸。爸爸从倾斜的屋檐上爬下,快到边缘时,他小心翼翼地躺倒,往下滑。转眼间,他就落入了楼下的雪堆,可能陷进去了一两英尺。

"老天啊。"妈妈说。

"他就喜欢这样。"奶奶说。

爸爸朝街上一点点挪去,他的速度非常慢,仿佛随时要被风雪吞噬。到了半路,他突然停了下来,维持着躺倒的姿势。

"你还好吗?"妈妈喊道。

"雪的厚度不一样了。"他说。

喊完话,他跪坐起来像螃蟹那样匍匐爬了一阵,终于到了路边翻下积雪边缘。也不管他能不能听得到,屋里的人给他鼓起了掌。这时候又一阵袭来的强风推开了我们。妈妈顶着飞雪,砰地关上窗户,房间里顿时安静了下来。

"外头黑得很呐。"奶奶说。

我们下楼,妈妈回了厨房沙发,我跟着奶奶去了她的房间。奶奶打开电视,我关掉声音,看了会儿电影《赫拉克勒斯》,她则继续画图。前一天晚上我睡在厨房,那里人挤人,咳嗽声还不断,我根本没睡好。现在,在温热的电暖和疲劳感的双重作用下,我不由自主地打起了瞌睡。醒来后,我发现奶奶收起了她的画,正在小烤箱里烤着猪排。电视里,赫拉克勒斯正举起一块巨石。爷爷这会儿也醒了,他在看杂志。见我醒来,他对着电视扬了扬下巴,"看这种垃圾,不如读点杂志。这样才能学到东西。懂吗?"他把自己在看的那一页展示给我。上面没有文字,只有一个坐在男人大腿上的裸女,那男人还把自己打扮成了大猩猩。我知道自己的脸腾地一下红了。奶奶看了我们一眼,笑道:"拿开吧。"爷爷听了她的话,把书放在了椅子边。

午饭后,我坐在爷爷旁边,看他在小厨房桌子上继续捣鼓手头的项目。他最近在组装一套塑料模型。模型包括了两个人偶,其中一个是尼安德特人,他站在立台的一侧,另一侧是一具骷髅。那个穴居人已经完工,他穿着豹皮,挥着木棍。爷爷在安装的是那个人类。他将一根根尖锐的骨头黏合到骷髅的胸腔上。我拿起那个人类的头骨,拨弄着他可以活动的下颌。奶奶每隔几秒都会从我们身边路过一次,她在进行每日的健身运动——在客厅和卧室之间走一百次。

安装模型的同时,爷爷时不时从倒满了"大老爹"威士忌的杯子里喝上一口,一边跟我聊他在商船上干活时的事。他说有一天,他们的船驶向意大利海岸线准备靠港,那天阳光灿烂,空气澄澈。"我要去的那个镇子在地平线上一点点出现,"他说,"我相信自己见到了天堂。阳光下,那些房子闪闪发光。靠近之后,它们变得更加漂亮了,就连街道也是白的。后来我们在港口停下,船员们上了岸。嗯,你也许能从我们接下来的发现里学到些教训……"

我点点头。

"我们的船只上方有上百只海鸥不断盘旋,遮天蔽日。它们大概把我们当作了渔船。到那个时候,我才意识到镇子里房屋和街道上的白色,全是干掉的鸟粪。只要时间够长,鸟屎能覆盖掉一切。"

等我离开小公寓返回自家房子,看到妈妈在餐桌旁喝酒,她臭着脸,显然心情不好。所以尽管寒冷,我还是爬到楼上回了自己房间,穿上一大堆衣服钻进被子。没多久,我就在这个茧里感到了温暖,神志也渐渐坠向黑暗。可惜好景不长,似乎才刚刚睡过去几分钟,吉姆就裹着毯子到了我床边。"起来。"他说。

我睁开眼睛,听到他说:"三点半了,爸爸还没回来。"

"他出去多久了?"我问。

"差不多五个钟头。爬也应该爬回来了。"

"妈妈怎么说?"

吉姆闭上眼睛,抬起头打了个哈欠。"她感冒了,待在厨房里。玛丽的烧发得更厉害了。我们得搞到儿童用阿司匹林。奶奶把她抱进了自己房间,让她躺在沙发上。我要出去找老爸。"

"你呢？好点没？"

他在床沿坐下，摇了摇头。上一次见到他这么虚弱，还是在一场摔跤比赛上，当时他输了。

在我的想象里，爸爸深陷雪中，寸步难行。积雪一点点将他吞没，就像流沙。"我去就行了。"我说。

"好，好。"

我掀开毯子站起身。"我能搞定的。"说出这些话的时候，我知道我的脑海里应该有个小人跳出来反对，但他今天似乎不在。

"你得从窗口出去。"

"我就是怕陷在雪里了。"

"雪已经没在下了，表面似乎凝了一层冰壳，你滑出去就行。"

我跳下床，去柜子里找衣服。

"现在很晚了，外头又黑漆漆的。你直接去店里找他。他人要是不在，就直接回来。"

"成。"我不知道把手套丢哪去了，于是把手塞进了一对白袜子里。

"戴上你的兜帽。"

说完，吉姆走向他的房间。

"奶奶知道么？"我问。

"她要是知道，你就出不了门了。"吉姆说完，推开窗户。冷风灌了进来，我顶着风朝前走去。他扶我爬上窗台，帮我站到了斜屋顶上。外头居然冷到了这个份上，我不由得吃了一惊。我蹲下身，看到天空露着泡泡灯一般的灰。

"动起来！别占着茅坑不拉屎。"吉姆说。我感到他的手放在了我肩上。回过头，我看到他靠窗站着。我走到屋顶边缘，躺了下来，就像爸爸做的那样。吉姆是对的，雪上已经凝起了冰。我还在想着该怎么滑下去呢，就已经在滑落的半道上了。我的脑海中闪过我陷在雪里无法呼吸的画面，心中不由得一阵惊恐。与此同时，我的速度越来越快。我下意识地尖叫起来，转眼之间就摔到了楼下。积雪像是垫子,我毫发无伤,而且它们其实才没到我的腰。我站起身吸了口气,惊讶于自己竟然真的下来了。我前方的街区全是积雪,它们覆盖了屋顶,仿佛白色的巨浪,让我想起了格里姆太太在宗教课上说过的奇迹——被分开的红海。

我慢慢向前走去,觉得这就像是梦。除了风声,周遭一片寂静,我仿佛听到了自己耳朵发出的鸣响,还似乎听见奶奶在叫我的名字。到了马路上,我向着街区尽头的哈蒙德路跋涉而去,暗暗希望铲雪车在这条路上开过不止一次。

这时候雪花开始重新飘落,像是一大块一大块黏糊糊湿漉漉的鳞片。等我抵达哈蒙德路,离天亮只剩下了不到一个钟头。我的运动鞋被雪水泡湿又冻上,硬邦邦的。每迈出一步,我的脚踝都会被马路上的积雪没过。我的手发冷,毕竟袜子和手套还是有差距。我的鼻子也开始往下流鼻涕。铲雪车把路上的雪都堆在了街区尽头,我必须翻过这座小山才能继续前进。小山挺硬实,只是翻过山巅让我有些害怕,因为看起来,我仿佛变成了身高二十英尺的巨人。山的另一侧,积雪只有几英寸深,只要沿着路就能到商店区。我非常疲惫,然而走在这样的路上,我感到了一阵轻松,这真是解脱。一辆黑汽车从我身后的黑暗中驶出,它轮胎上的防滑链碾过地面,发出的声音如同鼓点。我知道开车的是克莱瑞先生,东湖学校校长,因为他左手开车,右手又习惯性地放在了喉咙上。我向他挥挥手,但他没有看到我。

商店区周围的地面被铲过好几次,道路边缘都是雪墙,我就像走进了一座要塞。熟食店、糖果店、超市和豪伊比萨店都黑着灯,但街道尽头的药店似乎还在营业。在我的想象中,爸爸坐在柜台前,正戴着厚厚的眼镜跟瘾君子说话。我加快了脚步。

药店的窗户上挂着一幅"水宝宝"防晒霜的旧海报,海报里,一只小狗在扯小姑娘的内裤。店内灯确实亮着,我朝里面瞅了瞅,一边去扭门把手。门锁上了。我试了一次又一次,还是不行。我走到门的另一侧往店里张望,依然没有人。我没有别的选择,敲了敲窗。

就在我扒着窗户看死气沉沉的货架时,哈蒙德路上传来了汽车防滑链的响声。那声音随后慢了下来,我意识到它正在开向停车场。扭过头,我看到了一辆瘦长的白色汽车。它调转车头,对着我驶来。明晃晃的车灯下,我眯起了眼,身体动弹不得,嘴巴也枯涩发干。链条在路面上发出的咔嚓响声,与我的心跳逐渐融为了一体。车子经过豪伊比萨店门口时,我内心的恐惧终于爆发而出。我转身狂奔至药店的另一边,发现眼前是一堵由铲起的雪堆积而成的冰山。我跳上一块冰台阶,像猴子那样往上爬去。我的身后传来了车子停下,车门打开的声音。终于爬到山顶,往对面跳下的瞬间,我往后看了一眼,这才发现站在车旁的不是那个白衣男子,而是药店的伙计。但后悔已经晚了,我只能从十二英尺高的空中落到山那一侧的地上。触地时,我膝盖发软,趴在了两英尺厚的雪中。

我爬起来,想重新翻过冰山,却发现它的这一侧犹如冰墙,没有能供我着力的点。我想哭,但我没有。后来,黑暗让我想起了厨房温暖的烤箱。我深深地吸了一口气,思考该怎么回家。商店区后面的这条街我不太熟。欣克利家住附近,我不会没事来这儿瞎逛。我只知道这些蜿蜒街道的尽头是树林,而在林子穿行的感觉应该不会那么糟糕。而且我可以沿着树林走到曼森家后院,爬过围墙回家。

打定主意,我向前走去,绕过一堆堆我来时见过的那种大雪垛。有的房子开了灯,一些房间里装饰着圣诞树。每次看到它们,我的感觉都会好上一些。这时候寒风又起,更多的雪花飘落。我的耳朵冰凉,揣在口袋里的手好像也不听使唤。

走向树林的途中,我几乎认不出哪里才是树梢。它们隐没在黑暗之中,仅仅比房顶上的夜空暗那么一点点。风雪很大,我必须快些走到在树下才能获得一些遮蔽。终于,我来到了一条车道,它通向一栋黑漆漆的房子。我从房子的后院翻出,走向树林。半路上,我看到了一间破旧的木车库,雪在它的一侧堆得老高。车库门开着,我走进去休息了一阵。里头汽油味很重,但能站在坚固的水泥地板就已经是个莫大的慰藉了。我挨着墙，听着风声闭上了双眼。

我本来可能会在那里待上很久，然而随着眼睛逐渐适应黑暗，我看到车库里停着一辆车，它距我只有咫尺之遥。一辆白色的汽车。我眯缝起眼睛。是一辆长长的白色汽车。我想起了药店的那场虚惊，会不会这次也是我疑心太重了？但紧接着，我就看到了汽车后座和挡风玻璃的夹缝里有什么东西。贴着汽车尾翼，我俯身细看。是小孩的棒球帽。当我认出克利夫兰印第安人的微笑后，我扭头看了房子一眼。二楼的灯不知何时已经点亮了。我低低地惊呼一声，拔腿便跑，还没反应过来，就已经踩着深深的雪，进了林子里面。

不知道我到底怎么做到的，不过等回过神来，我已经到了自家后门口。爸爸打开门，把我拉进怀里。

"没事了。"他说。这时候我才意识到自己的呼吸有多重。我掀开兜帽，在日光灯下遮了会儿眼睛。

"我出去找你了。"我带着哭腔说。

"我知道。"爸爸把我拉到他身边。

我们周围，妈妈在客厅入口处睡觉，玛丽坐着阅读一张旧赛马表格，吉姆裹了几张毯子，他还在因为发烧而颤抖。"干得不错。"他说。

我指指玛丽，"她好些了吗？"

"嗯。"爸爸说，"她流了好多汗，把烧都排出去了。"

玛丽的视线离开了表格。"烧被我流汗流出去了。"她说。

吉姆笑了起来。

爸爸把我送进洗手间，拿走了我换下来的湿衣服，然后走上楼去我的房间拿了内衣、袜子、拖鞋和两套睡衣。我的双脚逐渐恢复知觉，变得瘙痒难耐。穿上衣服走进客厅，我看到爸爸坐在圣诞树前的沙发上。他胸前的咖啡桌上摆着两个小杯子和一个黑色的杜林标窄口酒瓶。我挨着爸爸坐下，他给我倒了一杯金色的液体，然后划着火柴，轻点我的杯口，一股蓝色的火焰随即飘起。我们看了一会儿，直到爸爸说："把它吹灭吧。"我照做了。

"等它凉一分钟。"爸爸喝了他自己的杯中酒一口，又点了支烟，"我不知道你怎么回来得。那路可不好走。我正打算穿上夹克出门找你。"

"你怎么那么久?"我问。

"这个啊，我离开家以后朝着哈蒙德路过去。那儿的雪都铲过，所以我直接走向了商店区。半路上，我看到有只手从雪里伸了出来。其实我一开始不知道那是什么，所以走过去把雪扒开，结果看到了一具尸体。"他又喝了一口酒。

"接下来呢?"

"我把那人挖了出来。嘿，那人完全冻住了。我是说，硬邦邦的，跟雕塑一样。我把他翻过身，看到……他的眼睛变得像是碎玻璃。你知道那人谁吗?"

"谁?"我说。

他用夹着烟的两根手指朝外点了点。"他也住在这条街上。你知道的，那个跟松鼠过不去的老头。"

"巴尔齐塔先生。"我脸上一阵冰寒，仿佛又回到了风雪中。我想象着老人坐在他院子里的树下，枪搁在大腿上，眼睛支离破碎的模样。我拿起了杜林标。一口下去，我怀疑自己吞下了带甜味的岩浆，幻想出来的巴尔齐塔在这冲击下变成了五彩的纸屑。

"他摘完了这辈子的最后一颗无花果。"爸爸说。"发现他以后，我去商店街打了付费电话找警察。他要我回去在尸体边上等着，我照做了。我在那儿挨了两钟头冻他才抵达。我帮着那兄弟把尸体扛上后座，然后朝医院出发。半路上汽车陷住了，结果我们不得不挖了条路出来，后来又帮了其他几个车子被雪卡住的家伙。真是屎上加屎，狗屎极了。到了医院，警察又问了我一堆问题，他们认为那老头今早离开商店区以后，可能有人暗中朝他来了一镐子，打断了他脖子。等到事情总算结束了，警察送我回程。但我还得买阿司匹林跟别的东西啊，而且半路上车又陷在了雪堆里。后来他接了个呼叫，只能把我丢到图书馆里自己回去了。你知道'祸不单行'这个词怎么写的。"

除了圣诞树上装饰用的那些,房间里所有的灯都被爸爸关了。我们静静地坐了一会儿,望着那斑斓的色彩。我喝了半杯杜林标,把杯子搁在了桌上。

"你今年有这样眯眼看树过吗?"他问。他眯缝起眼,望着黑暗中发着光的圣诞树。我照着做了一阵,然后仰起头,闭上眼。

"好了。"他说,"九乘九是多少?"

我假装自己睡着了。玛丽的声音,从厨房悠悠飘了过来。"八十一。"

第二十九章 他沿着排水管

第二天早上刚刚能勉强通行,管道工就来我家修好了供暖用的燃油炉。能离开厨房真是让人舒爽。吉姆看起来好多了,尽管他还是感冒着。外头寒风依旧,不过太阳出来了。吉姆和我出门帮爸爸铲雪,我们挖出了一条通往马路,还能开车的道,否则爸爸晚上没法上班。我等着机会跟吉姆搭话,后来爸爸总算暂时走进了房子。

"我在巴尔齐塔的事上错了,"我说,"但我知道那个开白车的人住哪了。"

"哪儿?"

我跟他说了那栋建在树林边、带了车库的房子。

"是不是他杀了巴尔齐塔,把尸体抛在路边等着雪把他埋了?"

"我不这么想。"我说,"我只是觉得自己错了。"

"既然你不这么认为,那就先不管这事。"吉姆说,"我们要去趟树林,你得把那人的房子指给我看。不过,我们必须等到雪化,不然那人会沿着脚印追到我们家的。"

"我已经留下脚印了。"

"但愿雪及时掩埋了它们。"

圣诞节假期剩下没几天的时候,我和吉姆滑着雪橇参加了好多小孩都在打的大雪仗。结束后,我们在边上的海湾上走了一圈。拉里·马奇跟我们说,他爸讲这片湾区已经冻上了。吉姆说马奇爸爸的脑袋才被冻上了,但我们走上海湾,发现他所言不虚。阳光下,鹅毛般的大雪在我们身边飘舞,脚下海水结成的冰少说厚一英尺。这些海冰有的地方起伏不平,有的地方光滑如镜,你能透过它看到底下的黑暗。要不是我怕落水,吉姆可能已经自顾自地走到凯普翠岛上去了。我告诉他我不继续朝前,而是要回岸上时,他转身看着我,说:"我知道玛丽为什么不帮助我们了。"

"为啥?"我问他。

"爷爷最近没在赛马了。他前两天告诉我,他在等着海厄利亚的比赛。我敢说,玛丽觉得自己也得和爷爷一样,得度个假期。"

那天晚上在破镇前,我们问了玛丽吉姆的想法对不对。她没说什么,而是走到板子前研究了一通。我们俩站在一旁等了段时间,后来吉姆看着我摇摇头。他绕过玛丽,递给她那个代表贼的玩具。玛丽推开了他的胳膊。

"不。"她扫视着板子,找到了那辆停在巴尔齐塔家门口的白色汽车。她拿起车子,放在我们家门前。

"什么时候?"吉姆问。

"现在。"玛丽说。

"现在?"我问。

"就是现在。"玛丽回答。

吉姆三步并作两步窜上楼梯,我紧跟在他身后。我们扒着前窗,望着外面的夜。满月之下,大雪纷飞。"我操。"吉姆骂了一声。一秒过后,我看到了汽车的车灯。那辆白色的汽车慢慢地爬过了我们家的门。等到它尾灯消失,吉姆才站起身坐到沙发上。

"我跟你说过了。"我说。

我们返回地下室,告诉玛丽她说得没错。她这时已经返回楼梯自己那一旁,变成了米奇,哈克马老师还称赞他所有题都答对了。吉姆把他的注意力放回了破镇。"徘徊者在徘徊。"他说。

"嗯?"我说。

"嘿,看。"吉姆说,"她改了位置。"他指着查理·爱迪生。那个泥人现在躺在我们院子里。

"这什么意思?"我感到恐惧扼住了我的咽喉。

"他沿着排水管,找上门来了。"吉姆说。

我干笑了几声。但等到熄了灯躺在床上,我感到查理就在打开的衣橱门后面,那时候我可就一点也笑不出来了。那个晚上,查理通过天线说话了。我至少三次在嘎吱声里听到了他在呼喊他的妈妈,而且每次都是在我刚刚有那么点睡意的时候。

第三十章　天空为什么是蓝的

回到学校的周一有节体育课。霍奇斯·斯坦帕，就那个人高马大的怪胎，突然从后面勒我的脖子，我感到一阵窒息。克伦肖教练在一旁挠着自己的卵蛋，根本没有来帮忙的意思。

霍奇斯用的气力越来越大，我无法呼吸，只能竭尽全力用脚后跟去蹬他的小腿。他闷哼一声放开了手。我看他嘴角挂着涎水，脸上尽是傻笑。我远远地溜了开去，在看台旁找了个地方歇息。

克伦肖终于吹响了哨子。他告诉我们，他为新的一年准备了新的运动。"推垫子。"他是这么说的。在体育馆中央摆上摔跤垫以后，他要我们排成队，并指派杰克·哈维德和拉里·马奇担任队长选人组建队伍。我是倒数第三个被选中的；这么说，我的地位还上升了。

"两支队伍分别站在垫子两边，面对彼此。"克伦肖说，"哨声响起，你们就爬向对方，如果你站起身，那就输了。比赛的关键在于把你的对手拖到垫子外，让他的一部分身体接触木地板。一旦肢体触地，就算出局。幸存下来的那人可以帮你的组员去把其他人拖下垫子。"

他让我们按队伍排成两列，并规定了每队的边界。"趴下！"他喊道。我们四肢着地。克伦肖把口哨凑到嘴边等了几秒，吹响。我们向着彼此冲去。我疯狂地寻找着那两个比我更弱的家伙，发现他们的其中之一——那兄弟苍白脆弱得像是棉花糖——正在原地出神,就转向了他。

但还没到那里呢,有人就从边上抓住了我。我扭过头,发现是欣克利,他拽着我的腿想把我拖到外边。我朝前趴倒,使劲抓垫子,然而垫子太滑了。不得已之下,我翻过身,用另一条腿蹬他,居然把他踢到了界外。我坐起来,看到欣克利满脸的惊讶。这时候克伦肖吹响哨子,示意他被淘汰了。

我转身回到垫子中央的战区。我们的队伍已经拿下了对面所有人,只剩了霍奇斯。他跪在那儿,像是一座小山,其他人在他身上爬上爬下。我也加入了进去。霍奇斯不断地推搡、哼哼、甚至吐吐沫,但我们的人实在太多了。最终,我们把他掀翻,协力往垫子边上拽,就像一群小人在拖格列佛。我抬起头,发现克伦肖在微笑,他很满意这场比赛。后来,霍奇斯半个脑袋推到了毯子外,他尽管努力挣扎,然而三个"密西西比"时间后,还是重重地敲在了地上。那天下午我又见了两次霍奇斯——第一次是上厕所的半路,第二次是去饮水器喝水的时候。他两次都靠在走廊的墙面上,问我的话也重复了两次。他想知道我有没有吃过午饭。

数学课上,克拉普对我们开始新的折磨。不过他讲除法的范例讲到一半,我透过窗户突然看到操场对面,也就是棒球场那儿,不知什么时候出现了罗杰斯先生。他指着天空,自言自语。克拉普瞪着他,就像看见了鬼。只见这个前图书馆管理员踏着半融化的雪绕球场漫步,走到第二圈的时候,他停了下来,然后开始鼓掌。到了第三圈,他打出了"安全"的手势,转而向幻想出来的欢呼人群致意。大雪在本垒那儿垒起了一座小冰山,我们看着罗杰斯顶着寒风往山上爬。就在他爬到半山高时,一辆警车驶进了球场。我们全都站起身,挤在窗边,像看电影那样望着楼下。克拉普什么也没说。警车黑白两色,顶灯闪烁着樱桃色的光。只见车里出来两个警官,他们各抓住了罗杰斯先生的一条胳膊,把他往回拉。直到被塞进后座,罗杰斯先生一直在嘟囔着什么。随后,警车发动,向着阴沟山那里开去。

克拉普要我们坐下。他合上数学书,看了眼时间。距离放学还有十五分钟。他绕到讲台后面,把椅子小心翼翼地搬到我们前面摆好,面朝我们坐了下来。

"从现在起到下课铃响,你们想问什么就问什么,我尽量回答你们。只有一个例外,"他说,"别问我天空为什么是蓝的。"

教室里鸦雀无声。我能感觉到所有人都紧张地绷紧了肌肉。没有人敢直面克拉普。他的目光掠过我们,望着后墙上的什么地方。我死死盯着时钟,看出了分针是怎么一点点蠕动的。得这样待上一刻钟,那可真是不好受。四分钟过去后,一个问题浮上了我的脑海。我幻想着自己举起手问克拉普,"查理·爱迪生在哪儿?"当然,我不可能真的这么做。最后,霍奇斯举起了手问,"能吃午饭了吗?"

"你已经吃过午饭了。"克拉普说完,铃响了。

吉姆不相信克拉普是这么说这么做的,他反复问了我三次才确定自己没听错。他管这个叫"克拉普心灵中柔软的那面"。我还告诉了他克拉普的坐姿,包括双手是怎么在胸前交叉的。"一副无所不知的派头。"我说,"有点像先知。"

"他很快也要出现在棒球场上了。"吉姆说。

第三十一章　散落的上百个瓶子

海厄利亚赛马比赛开始两天后,吉姆认为地面已经够干,可以和我一起去寻找那个白衣男子的住处了。那天是周六,阳光灿烂,微风徐徐。我们从郝勒威家后面跨过小溪时,吉姆说:"我们不能老管那家伙叫'穿白风衣的人'。太长了。"

"那你想怎么叫他?"我问。

我们走上小路。"我不知道。"他说,"还记得那个跟我们说'他行走在大地之上'的修女吗? 别人叫她乔伊姊妹,所以……"

"叫他乔伊兄弟?"我说。

"约瑟芬①吧。"他说。

"不行。"我立刻否定了他,"你不能这么叫他。"

"那叫他死亡人怎么样,"吉姆说,"就像蝙蝠侠那样。"

"我不想那么称呼他。"

"好吧,那你有什么想法?"

我想了一会儿,正打算告诉吉姆我给他起了"华生医生"的代号,他突然打断了我,"……不,等等! 我们叫他罗杰吧——他的脸像是骷髅,而那种上面有骷髅的旗帜就叫作'快乐罗杰'②。你怎么想? 我们可以叫他快乐罗杰。"

---

① 乔伊是约瑟芬的简称。这里的乔伊和约瑟芬都是女性化的名字。

② 即海岛骷髅旗。图案由颅骨和两根交叉腿骨组成。

"太像罗杰斯先生了。"

"克拉普养的①?"

"华生医生怎么样?"

"不行。忒难听了。还不如简单点就叫白先生。"

"好吧。"虽然我对这个名字不是很感冒,不过还是大声地念了这个词几次当作练习。

沿着小溪向前走了一段,我们抵达了托尼·卡尔法诺的堡垒——用树枝、灌木还有几根原木搭成的圆锥形小遮篷。卡尔法诺喜欢在林间用气枪打猎。他以前是我同班同学,住在我们家到格里姆太太家的街角。他总是剥掉松鼠的皮,把它们挂在堡垒墙上风干。我以前路过这儿两次,每次看得心里发毛。他在学校里跟我说过,他知道树林的哪里长了檫树,可以拿来做茶。据说有次汤姆·弗罗斯特问托尼为什么要因为厌学离家出走,弄得他妈妈疯疯癫癫,警察还找上了家门,结果卡尔法诺说"因为你含了我的屌。"

接下来的路途当中,我们经过了"火山口",那是树林里通向铁路半道上的一个巨大陷坑,整整十二英尺深,周长难以计算。坑沿往下的土坡上,全是膝盖高的小松树,如同疯长的野草。坑对面的林子里生活着好多乌鸦。我们对这片树林不太了解,为了找到白先生的房子,几乎走到了树林的尽头。

每次在右手边看到别人家的后院,我们都会小心翼翼地溜过去看有没有木车库。一直走到铁路边,我们都没看到房子,结果不得不回头找。后来,我们确实发现了一个带车库的后院,但那房子的外墙上没有我见过的窗户。我沮丧地摇摇头,而吉姆笑了起来。

"你真的去过那个地方吗?"他问。

"当然。"

"劳莱与哈代真住在那里吗?"

我对着他比了比中指。

---

① Son of Krapp,句式原型为"婊子养的"。

"行吧。"他说。我们沿着树林的西侧一点点回头走,终于,他说了句"算了",朝着咱们家的方向走去,不过在陷坑里走了一半,他突然停了下来,折向西边。"咱们去那儿看看。"他说。我们穿过那些矮松,爬上坑沿。那个方向上有参天的松树,它们下垂的树枝擦到了地面。我突然记起,在那个积雪埋腰的夜里,我确实来过这地方。也就是说,我们离目的地很近了。

"就这儿。"我对吉姆说。

我们从没来过这块地方。松树高大茂密,让附近看起来像是森林。我们脚下铺满了棕色的松针,脑袋顶的树枝又高又密,偶尔从缝隙间洒下的阳光,就像是飞侠哥顿发出的光线。恐惧使我浑身乏力,脑袋昏昏沉沉。突然间,我的视线穿过树木间的窄缝,看到了那个木车库。我立刻蹲下,低声呼喊吉姆。他转过身看到了我,也马上屈膝蹲倒。我指向车库,但吉姆从自己那个角度似乎看不见,所以他摸回我身边,顺着我的手指方向望了出去。

一分钟以后,我们躲到了林子最外边那排松树的后面。从这里看过去,车库、院子和房子尽收眼底。现在是午后,周遭一片安宁,我却更加害怕。我们在那儿吹着微风,盯着窗户,蹲伏了许久。想到查理·爱迪生的灵魂可能就徘徊在此,我的嘴巴一阵发干,气力也从我的运动鞋鞋底不断流出。

这时候吉姆转向我,低声说:"如果发生了什么事,你就回家叫警察。"说完,他弯着腰穿过了通向车库后方的空地。我不敢相信他胆子居然那么大,更不愿意独自待着,所以也朝着那里迈出了脚步。不过这时候,吉姆回过身,抬手示意我停下。他直起腰,沿着房子里的人看不见的车库外侧走去,消失在了我的视野中。我总觉得房子的后门会突然打开,或者楼上亮起灯光,但很久之后,吉姆出现在了车库后面,还向我招手。

我跑到他身边,听他低声说:"汽车开走了。他肯定出去杀别人了。"

我停下了脚步。

"过来。"他说,"快点儿。我要给你看个东西。"

我深深地吸了口气,走到车库边。水泥地板上有油渍,沿墙摆放的架子上，堆满了洁碧先生清洗液的空瓶。每个瓶子上都贴着那个双手抱胸的秃头。

吉姆抓过我的手。"看里面。"

他拉着我一点点走进车库。我看到地板上放着一个巨大的银色箱子，几乎与车库等长。它通了电，发着低沉的嗡嗡声。

"这是什么？"我问。

"超大的冰柜。"

我的脑海中闪过了眼睛碎裂，下巴结霜，双臂扭曲的巴尔齐塔先生的形象，我立刻从吉姆那儿抽回手。"不行。"说完，我全速向外奔逃。刚刚赶到车库门边，汽车轮胎碾过碎石路面的声音就传了过来。吉姆跑得比我还快，我们返回林间，这才停下来喘气休息。从树林的这个地方，我们能看到整个后院。

"他看到你没？"我问吉姆。

"没有。"他说。

随着汽车越来越近，我们闭上了嘴。只见白先生下了车，走向房子后门。他戴着白色雨帽，腕上挂了把黑雨伞。白先生身形消瘦，喉结突出，鼻子尖利。他伸手扶住楼梯旁的栏杆，突然停下了脚步。我看到他慢慢转过身，视线扫过树林，接着朝这里笔直地迈出了几步。吉姆抓住我的脚踝，让我别受惊逃跑。我看到白先生停下，嗅了嗅空气。有那么一次，我还以为他看到了我。

终于，他返回了台阶。门刚关上，我们就玩了命的朝家跑。下到陷坑中央，我们都笑出了声，但脚下的速度更快了。一直到冲进家门，我们才停下脚步。

"他杀了巴尔齐塔，把尸体冻在冰柜里，下雪天再丢到路边。"吉姆说。

"你这么觉得？"我问他。

"那你怎么想？"

"我很在意那些洁碧先生。"我说。

"我也是。"

"那些清洗液可能是用来清理谋杀现场的。"我说。

"每具尸体用一百瓶。"吉姆说。

第三十二章　D什么时候会碰到C和A？

爷爷最喜欢的马叫瑞姆·格洛帕,和那匹马有关的算式,总是会挤破表格版面之间的空白。和那匹马一样,玛丽对破镇的计算也破了格。她每天至少会重新摆放镇上的泥人一次。我和吉姆每天下课回家,都会去地下室看看有什么新的变化。有天,我们看到费利纳先生待在他的车道上,彼得·霍顿走向了哈蒙德路,库德迈尔先生和往常一样,大冬天的捣鼓着葡萄架。一般来说,我们先找的肯定是那个贼和白色汽车。我看到贼在学校外面徘徊,他的汽车却经过了看门人鲍里斯的房子。

"他能同时出现在两个地方?"吉姆问。

"他会魔法。"我说。

"他会不会用分身术把自己变成了两个人,一个负责偷窥,一个专门杀人?"

"没准。"我说。

我们研究起了镇子的布局,想推测出白先生接下来的目标是谁。

"如果找出了答案,我们该怎么办?"我问道。

"那我们就得做点什么。"吉姆说。

我们问了玛丽好多次她到底怎么算出那些事来的,但她总是摇摇头。一天晚上我们正研究破镇,听到哈克马老师在地下室另一边说话。她对米奇和其他学生解释了一通这套法则的运算方法。

"这很复杂,所以你们如果觉得自己理解不了,很正常。"哈克马老师嗓音呆板,如同机器人,"首先,放空脑袋,然后开始数数。1,2,3,4,5,6,7。然后是1,2,3,4,5,6。再然后1,2,3,4。1,2。3,4,5。6。就这样。接下来把它们按照同样的顺序相乘,一点点加快心算速度,直到你能在脑子里看到它们。看。它们直奔过来了。跟上它们。它们要去哪儿?它们能拿到什么名次?第一名、第二名,还是第三名?"

接着是直尺敲打桌面的声音。哈克马老师结束了那一课。吉姆瞅了我一眼,摇摇头。我们咯咯地笑了起来,不过声音很轻,米奇肯定没注意。过了一分钟,吉姆从口袋里掏出了些东西。"哦,我忘了给你看这个。"

那是一张棒球卡①。准确来说,是纽约扬基卡队的老式托普斯卡。卡面的球员是图画而不是照片,他的名字叫斯科特·里德利,剃了和克拉普一样的平头,留着胡子,右手戴手套。这说明他是个投手。

"我从白先生车库里找来的。"吉姆说,"它靠在一个空的洁碧先生瓶子上。"

"真的?"

他点点头。

"很旧。"我说。

"53年的。"他说,"卡片背后写了。"

我从来没研究过那些棒球卡背后的文字。"哪儿?"

吉姆翻过卡片,指着一个数字,我也没仔细看就点了点头。

"白先生攒了一大堆洁碧先生清洗液和棒球卡。"他说。

---

① 棒球卡是球星卡的一种,这种卡片是在19世纪80年代由烟草制造商推出的。早期的球员卡作为买香烟的赠品(附在香烟盒中),由于反应不错,糖果和玩具制造商也起而效之。时至今日,已经成了富有特色和广大受众的文化产品。1951年,托普斯公司成了第一家正式专门生产球员卡的公司。

"所以呢?"

"这个嘛,反正先记下来。"他指了指楼梯。

第二天晚上,我正在思考哈克马女士的课程时,爸爸提早回了家,他觉得是时候让我跟着他去学数学了。我们在餐桌旁坐下,面前摊开一本大红封面的数学书。爸爸拿了本便签簿,有时候他碰到了有趣的问题,喜欢在上面写写画画,我拿的则是学校笔记本。他给了我一支自己搜集来的铅笔。他在百货公司值夜班时,偶尔会在垃圾桶里拾到用了一半的铅笔。那支笔的笔头被他削得尖极了,让人想到格伯医生的针头。"都是些好笔。"他说。

我点点头。

他写数字时,手动得飞快,铅笔在纸上发出了尖利的摩擦声。我看到他在所有的数字"7"中间都加了短短的一横。我们从九九乘法表开始学起,乘法表我只背到5,所以他问我6乘9是多少的时候,我掰着手指使劲算也没算出来。有那么一会儿,脑海中那一捆捆柴棍似的数字好像变成一双双眼睛,全都瞪着我。我感觉到正确的答案在这沉默中,从我的眼皮底下悄悄地溜走了。我报了一个数字,但爸爸摇着头,说"54"。九根竖线一组,他一共画了六组,然后让我去数。我照做了。然后,他让我去算另外两个数字相乘的结果。我又错了。告诉我正确答案后,他重新让我算6乘9是多少。"51。"我说。他涨红了脸,大喊"动动脑子!",一边伸出食指戳我胸口。

等到总算过了一遍乘法表,他已经流了不少汗。接下来,我开始忙自己的家庭作业应用题。我过了一遍题目,只看到了到处乱飞乱开的飞机和火车,它们速度上百英里,还不老老实实同时走,非要不同时间乱搞一气,彼此交错,这儿那儿停十来分钟,乘客ABCD有的在芝加哥下,有的在纽约下,有的去迈阿密。我尽量想象,但脑壳都麻木球了。爸爸画了架飞机,前面标了个箭头,然后又下拉出两条斜线到了另外两个点——我估摸着它们在地上,看着就跟三脚架似的。他在线条边注上了"时速100英里"几个字,然后用一根切线把三脚架的几条腿连了起来,在线条的相交处写下了A、B、C几个字母,它们的顶上，就是那架飞机。接着，他在三角形外面写了个D，又在它边上画了个方形，潦草地写上了"火车站"几个字。

"那么，从芝加哥到纽约到底多远，D什么时候会碰到C和A？好好想想，我过会儿回来。"说完，爸爸去客厅打开了电视。我坐在那儿，来回看他在本子上留下的图案，但什么灵感也没有得到。后来，我移开目光，看起了木镶板纹理中那些尖叫的脸，又望了会儿窗外的夜空，最后返回桌上。

桌子中央摆了一个盛着水果的铜碗。里面有几根香蕉、一个桔子和俩苹果。它们已经发黄了。三只小苍蝇在碗上盘旋。我盯着它们看了好久，根本没法思考别的事情。就好像被人下了咒一样，我的胳膊从桌上抬起，手中的笔直直地对着其中一个苹果，然后刺了过去。我的动作很慢，笔尖戳穿苹果半腐烂的外皮分开柔软的果肉的过程，我看得一清二楚。在意识到自己做了什么之前，我已经刺了那个苹果三回。接下来，我又换了别的水果去扎。每一次，铅笔都在它们身上留下了规整的黑洞。

"有答案了？"爸爸回到桌前，而我如梦初醒。

"B。"我说。

他的目光扫过了水果。"这他妈是什么？"他指着铜碗。

"水果坏了。我想提醒大家别去吃，所以一边做题一边戳了几个洞出来。"

他瞪着我，我不敢直视他。"睡觉去。"他说。

我低着头从嘴边离开时，我听到他把那张画着飞机和三角的纸揉成一团。"B。还B。脑子里全是糨糊。"他厌恶地说。

我回到自己房间，发现今天天线非常安静。我控制不住自己，老想着白先生的那股烟斗气味，它是那么强烈，几乎能让人切身实地感受到。那天晚上，乔治不止一次从跳下床去嗅衣柜。而我才迷迷糊糊地睡下没多久，清晨的阳光就像拳头一样，重重地糊在了我脸上。

第三十三章　做点什么

我们注意到那辆白车连着三天晚上出现在看门人鲍里斯家附近,第四个晚上甚至停在了他的车道上。吉姆把那辆车子拿离破镇,对我说:"我们该做点儿什么了。"

"是鲍里斯?"我问道。

他点点头。"这些事不能告诉爸妈,他们会责怪我们为什么不早点说的。如果我们通知警察,一样会惹上麻烦。我们应该打报警电话,把所有情况都告诉他们,还有接下来会发生什么,但绝对不能透露自己的姓名。我们把该说的说完就挂断电话。"

"不行。"我说,"他们肯定能根据这个追查出电话来源。我在《梅森探案集》里看到过。我们应该写匿名信。"

吉姆喜欢这个主意,让我去拿笔记本。返回地下室以后,我把他说的每个字都记了下来:

我们知道谁杀了查理·爱迪生和巴尔齐塔先生。凶手穿白衣,开瘦长的白色汽车,喜欢从窗口偷窥别人。我们叫他白先生。他住在商店区后面的一栋房子里,后院接近树林。他停车的木车库里有一个冰柜。巴尔齐塔先生的尸体一直被他放在冰柜里,直到风雪天才丢掉。他的下一个目标是看门人鲍里斯。请务必做点什么。还有,查理·爱迪生在东湖学校后面的湖里。

我想尽快写完这段话，但手抽了筋。吉姆拿过本子，亲自补充了最后两句话。

他把那封信从笔记本上撕下来。"我们给克拉普也写一封。"

"内容和给警察的一样？"

"不，我有些特别的话想对他说。"吉姆拿起铅笔，俯身在本子上。他没写几个字，然后就撕下了那一页。纸上大写着：你是泡屎。

他大笑了起来。

"克拉普的地址在电话簿里。"吉姆说，"照着写就成，我去搞邮票。"

装好信封，我走出家门，深深地吸了口气。路灯照耀下，各家院子的草坪雾气升腾，整条街道似乎都在发着微光。我前后看看，没有发现车头灯光，于是向着街角的邮筒跑去。我的衣袋里揣了两封匿名信，为了跑起来更舒服点，我松开了衣服拉链。邮筒所在的街角位于我家到哈蒙德路的半道上，我几乎转眼就到了那里，只有在路过街对面的巴尔齐塔家时才放慢了一次速度。那栋房子蹲伏在黑暗中，恰好被纵横交错的无花果树树枝挡住。我到了邮筒边，准备投递信件，突然看到雪花正在慢慢覆盖地上一只死去的小猫。它张着嘴巴，露出了尖利的牙。它的毛是纯净的白。几英尺外，有人摆了个小碗，碗里还剩一半的牛奶也冻上了。我把信丢进邮筒，用最快的速度回了家。

第三十四章　你这辈子都别想了

奶奶从她房间的橱柜里拿出了一根黑棕色、握把挂着漂亮蓝色流苏的长棍。"这根是装饰过的。"她说着把棍子递给吉姆。

"哇哦。"他说。

玛丽伸手摸了摸流苏。

奶奶拿来了另一根棍子。它比刚才那根更短更粗,两边各镶了一颗发黄的骰子,上面的点数是六和一。她把棍子递给我,我感觉到自己得用力才能拿出它。

奶奶最后拿出来的是黑杰克,它黑得油光发亮,像是蝎子。奶奶轻轻拍打着它,"这玩意能把人脑袋砸得粉碎。"她说。吉姆想拿来看,但奶奶笑着把那棍子放到了一边,"你这辈子都别想了。"她说。

玛丽走到一边,去看那个圣母玛利亚造型的卢尔德圣水瓶,但奶奶把她叫回来,给了她一个警徽。真正的警徽。接着,她又从睡衣的口袋里掏出了一把警用左轮手枪。手柄是木制的,枪身的银色已经失去了光泽。奶奶右手举枪过顶,胳膊微微地摇摆。吉姆朝枪伸出手,我轻轻闪到一旁,而玛丽捧起了警徽。

"别想了。为了防止紧急事件,里面一直装着子弹。"

"你装了子弹!"爷爷在门廊里惊呼。

奶奶笑着收起枪，她让我们又拿了会儿棍子。见到吉姆做出一副要敲碎我脑袋的模样以后，她把所有武器都收了回去。不过她居然肯让玛丽继续拿着警徽，真是难以置信。

"我们该把这东西拆了。"吉姆说。

"不行。"玛丽说完，离开了小公寓的卧室。门打开又关上的声音传来，她走了。奶奶给了吉姆和我每人一根手指饼干，我们走到厨房桌子边，挨着爷爷坐下。他正在抽切斯菲尔德牌香烟。奶奶给我们沏了茶，也坐了下来。

第三十五章　证　据

　　拿《织工马南》①折磨了我们半天后,克拉普掸落手上的粉笔灰,从黑板前走开。"有件事我得说下,"他说,"有人给我写了封信。"他涨红了脸,咬牙切齿地说。我听到那个"信"字,差点没尿裤子。"别去看他。"我提醒自己。

　　"那封信呢,我想,是有人想提醒我我是谁。"他从衬衫口袋里掏出一张折得四四方方的纸,展开后让全班级过目。提姆·苏利文拿手遮住了脸,不过没人发出声音。"我想,写信的人就在你们中间。"他的目光扫过一排排坐着的学生。"因为……那个写信的人漏了字。②"当他盯着我时,我尽了全力不去眨眼。

　　"不过呢,"他把信折好,放回衣袋,在我们面前搓了搓手,"我已经知道了那人是谁。你们大概都忘了,我天天看着你们的字迹。我对比了这封信和你们的考卷。那么,犯错的那个人,会不会愿意主动承认呢?"

　　我知道换做吉姆,他是绝对不会认罪的。他只会坐在位子上微微点头。我也得这么做,但说实话,我虚得不行。我差点直接认罪,但是后来想起写信的人本来就不是我,而是吉姆,他甚至都不在教室里。这个时候,克拉普拍了拍手,"威尔·欣克利,出来。"听到他说的话,我心里咯噔了一下,然后下意识地笑了起来。没有人留意到我的异样,因为大家都开始窃窃私语。"安静!"克拉

---

　　① 乔治·艾略特的小说,发表于1861年。

　　② 原文为 Your Krapp。而这句话的正式写法应该是 You're Krapp。

普喊道。

"不是我干的。"欣克利不肯离开他的座位。

"来嘛。"克拉普说,他激动地颤抖着,就像拱到运动鞋的乔治。

"我没给你写任何信。"欣克利的面颊不住抽动。

"我有证据。"克拉普说,"去办公室吧。你爸妈在那儿等着克莱瑞先生呢。"

欣克利从座位站起,他满脸通红,泪水在眼眶里打转。他打开门离开教室。克拉普在他身后说:"没有人能提醒我我到底是谁,小伙子。"

"你就是泡屎。"欣克利说完,沿走廊离开,在身后留下了运动鞋的嘎吱响声。门哐当关上了,克拉普要我们拿出数学书。

我在从芝加哥到克利夫兰之间时速一百英里还得时不时停靠 ABCD 点的路上,幻想起了接到另一封信的警察们会做些什么。我仿佛看到他们跳进黑白两色的警车,拉响警报,一路直冲白先生的家。他们端着枪,踢开了房子的后门。屋里阴暗一片,飘荡着碧洁先生的气味。接着,白先生逃往阁楼的脚步声传来。警察追上阁楼,发现地板中央是根盐柱。

我把学校里的事告诉了吉姆,吉姆有些闷闷不乐。"完了。"他说。

"为什么?"

"因为警察肯定会认为另一封信也是欣克利写的,等他们抓到了白先生,功劳就全归他了。"

"我们可以实话实说,赢回功劳。"

"但愿吧。"吉姆说。

"提姆告诉我,他们给欣克利的处罚是他今年每天放学都要留在教室里打扫垃圾,再把它们拿去锅炉室。"

"这么说那功劳还是归欣克利吧。"

那天晚上妈妈酒疯发得厉害。她满脸怨气,歇斯底里。客厅的空气好像稀薄无比,让人难以呼吸。她疯狂地灌着酒,对爸爸破口大骂。爸爸坐在餐桌边,低下头默默地抽烟。玛丽和吉姆去了地下室,我跑回了自己房间,躲在被窝里,蒙着枕头哭。妈妈的叫骂声从地板上传来,像暴风雪那样一阵咆哮接一阵尖叫,好不容易消停一阵后又周而复始。在这风暴肆虐期间,我没有听到爸爸说过一句话。

我终于打起了瞌睡。当我醒来时,一切都复归宁静。我起床小心地走下楼梯。灯已经关了,不过香烟气味还没散尽,我能听到爸爸在卧室里打鼾。我走进厨房,在黑暗中四处寻找那瓶酒。我在水槽里找到了它,抓着瓶颈把它拎起。

我走到后门,尽可能安静地拨动门闩,拉开防风门,又推开外面的木门。我一只脚踏在门外,半探出身,把酒瓶往天空用力抛去。它划着抛物线落到地上,发出了沉闷的咚声,但没有碎。返回屋子时我吓了个半死,因为奶奶不知道什么时候走了出来。她还穿着睡衣,戴着发网。

"去把它捡起来吧。"她说。

我开始哭。她走上前来,抱着我站了一分钟,然后低声说道:"去吧。"

我穿着睡衣,打着赤脚就出了门。外头很冷。我找遍了所有我认为瓶子可能下落的地方,直到快要放弃时,脚趾才无意间踢到酒瓶。回到家里,奶奶用毛巾擦去了瓶子上的污垢。我指出了瓶子原来放着的地方,但她还是把它放在了吧台上,然后锁上后门,让我回去睡觉。

我躺在床上,脑海中浮现出了皮尔诺·希尔的冒险故事。我怀疑它们和白先生有什么关系。因为那股烟味,我几乎能断定他也读了我读过的那些书。他要么特别喜欢读童书,要么就别有原因。但我能从中推断出什么呢?希尔和白先生的身影在沙漠中,在亚马孙丛林里不断交错,一会儿又乘着热气球飞行在云端。我看到他们彼此攀谈。但接下来,身穿黑衣的希尔和依旧白衣白帽的白先生又在一座危桥上相互搏杀,桥下是个无底的深湖。"《皮尔诺·希尔的最后旅途》。"我说。乔治醒了过来,他看了我一眼,又重新趴下睡觉。

第三十六章　开车回南斯拉夫

那天气温回升到了冰点以上，我们午饭过后总算能去操场上玩了。不过地面依旧硬得像石头，天上团聚的乌云还预示着会有更多的雪降下。提姆·苏利文待在铁丝网边，我去找他聊天时路过彼得·霍顿身边，听到他对另外两个小孩说："鲍里斯走了。"

"鲍里斯？"我朝他们走去。

"他们昨晚去他家的时候，我爸也在场。"彼得说。

"他们？"

"警察。"他说，"他四天没去上班，也没打电话通知一声。克莱瑞派了警察去他住的地方，发现他已经走了。"

"'走'是什么意思？"我问。

"他开车走了。"彼得说。

"他开车回南斯拉夫了。"其中一个小孩说。

我想象出了一个放着红色东西的桶，桶上倚着扫帚，它们被放在学校后面的锅炉室里，周围一片阴暗。我寻找着鲍里斯——那个穿着格子衬衫、缺了牙齿、头发梳成五股的看门人，但我只听到了他的声音："你说的全是狗屎。"在我的想象里，警察把我们的信丢进了垃圾桶，与那个盛过脚印的粉色帽盒为伴。等我终于走到提姆身旁，他问我："那现在谁来清理呕吐物？"听到这话,我顿时有些恶心,嘴角发酸。

晚上和吉姆回到破镇,我们看到玛丽已经在那儿了。鲍里斯不在板子上,那辆白色汽车转向了哈蒙德路,而贼待在郝勒威家后面的林子边。吉姆把玛丽叫来我们身边。她刚刚掀开帘子,吉姆就问她:"鲍里斯去哪儿了?"

玛丽走向后墙,从通向阴沟的大水管里掏出了一些东西。她拿回来给我们看。那是鲍里斯。

"他在哪儿?"吉姆问道。

"走了。"玛丽说。

"你怎么知道的?"我问。

"我在学校里听到的。"她回答。

"她知道的不比我们多。"吉姆说。

"是贼干的吗?"我问。

"我不知道。"她说。

玛丽走向帘子,就在她返回自己的教室前,吉姆问她:"那你知道些什么?"

"他很冷。"玛丽说,"非常冷。"

第二天我和吉姆早早起床出了门。天空灰蒙蒙的,穿过林子时已经有小片的雪花落下。我们走得飞快,树林仿佛缩小了许多。目的地突然就出现在了我们面前。隔着树丛望向白先生的后院,我感觉自己正在做梦。我的脑袋木木的,身体使不上劲。吉姆透过窗户盯着室内,说了句"和上次一样"。他弯下腰,跑向车库。整整一分钟过去后,他回到了木墙边站直,和我一道听周围的动静。

我的目光在房子上来回逡巡了上千次,等我看向车库时,吉姆已经绕到了另一边。过了一秒钟,他退回来向我招手。我一开始挪不动身子,直到他低低地喊"快点",我才恢复了一些动力。我走到他身边,跟他一道去了车库正面。

站在车库入口的阴影中,我又一次陷入了犹豫。坚硬的水泥地和汽油味仿佛都在排斥着我。我转过身,望了眼背后通向主路的弯曲车道。吉姆走到了车库深处,双手扶住冰柜门往上使劲。刺耳的摩擦声中,吉姆把手指插入冰柜门下,想用力把它抬起。

"帮我一下。"他说,"快点。"

我跑了过去,和他一起推开这个大棺材的盖子。冰柜里的灯照亮了凝结在柜壁上的冰霜。冰柜的空间大得能容下尸体,然而里头空空如也。

"操。"吉姆说。他正准备关闭柜门,我突然发现角落里有什么东西。

"看。"我说。

吉姆瞧了那东西一眼。"拿过来,我还可以撑个一秒钟。"

我松开手探进柜子,拿起了那团橙色的纸。还没有把它揣进口袋呢,我就已经知道它是什么了。我帮着吉姆一点点放下柜门,离彻底关上还有两英寸左右时,我们一道松开手往外跑去。冰柜门轰隆闭上的响声回荡在身后,而我们像闪电一样冲出了车库。回到林中,我们蹲下身,望着房子。

"鲍里斯呢?"吉姆说,"玛丽害我们白跑了一趟。"

"她只说了他非常冷。也许他沉在湖里。"

"湖还冻着呢。"吉姆说。

"我们去那儿看看吧。"

"等下。"吉姆说着扫开地面上的松针,找到了一块大小合适的石头。看到他掂量石头的模样,我拔腿就跑。大概奔出一百码后,玻璃窗碎裂的声音传来,然后是吉姆追赶我的脚步声。我们没有中途停留,狂奔到了郝勒威家后面的小溪边。

"看看你找到的东西。"他控制着自己的呼吸。

我从口袋里掏出那个橙色的纸球。

"手帕?"吉姆问。

"不是。"我展开那团纸,它里面果然裹了一段黑丝带。

"无花果老头。"他说,"他的万圣节礼物。"

我点点头。

161

"你觉得我最后那一下丢得怎么样?"他说,"正中楼上窗户。"他笑了起来。

我跳过溪流。"现在他知道我们去过他家了。"

"反正他对我们的了解,比不过我们对他的。"吉姆也跳过了小溪,我们继续朝家赶去。

晚饭时,我们从妈妈那里打听到警察甚至没有处理鲍里斯的失踪案。要让他们行动起来,鲍里斯得再消失一个礼拜。她还告诉了我们他是怎么弃家出走,逃离共产主义的。"一路走来的鲍里斯最后在东湖学校待下来,当上了看门人。"她笑着对我们说。

她刚刚说完,街区里突然响起了警笛声。吉姆第一个离开桌前,不过我们所有人——妈妈、玛丽和我——都聚到了窗前,看着三辆警车呼啸而过。我们穿好了各自的外套和鞋子,甚至妈妈也不例外。

她要我们待在她身边,我们照做了。外头比之前更暖和些,空气清澈,明月高悬。我们的邻居不是已经走在了我们前头,就是正在出门。我们看到了曼吉尼先生、哈克特先生、被妈妈唤作"小钻石"的阿姨和毕晓普一家。雷吉·毕晓普走在他们中间。

吉姆跟在我身后,他凑到我耳边说:"也许他们发现了鲍里斯的尸体。"

我点点头。玛丽左顾右盼了一番,伸出一根手指摸着嘴唇。

警车确实去了东湖。经过霍姆雷兹太太家之后,我们看到那些警车停在了学校和树林之间,警灯闪烁着血红的光。一群人被警察拦住,不让过去。我们也加入了人群。瘦高个、戴眼镜,长得像成年版亨利的曼森先生告诉妈妈,托尼·卡尔法诺用一把打铅弹的步枪射烂了学校的每一扇窗户。从其他人那里,我们获悉了事情的其他片段。费利纳先生说:"他就跟上了发条似的,从一扇窗走到另一扇窗,把它们依次打碎。"吉姆扯了我一下,我跟着他穿过人群,到了最前面。只见学校场地对面,破碎的玻璃散落一地,倒映着月光。有些窗户上一片玻璃碴都没剩下,还有些支离破碎,露出锯齿状的破洞,就像巴尔齐塔先生的眼睛。拦着人群的警察重复着他所知的一切。他说当警方赶到时,嫌犯还没离开。"他被关进了警车。"那个警察说,"我们带了枪。"

这时候克莱瑞先生到了。他穿着皱巴巴的西装从车里出来,迈着梦游似的步伐走到人群前。

"大家请回吧。"他说这些话的时候,甚至都没放开挠着脖子的手指。"回家去吧,通知一下你们的邻居,明天不用来上课了。"

孩子们在人群中发出欢呼,但马上被他们的爸妈喝止住了。

吉姆和我对视一眼,露出了微笑。"你不用上学了。"他说,"托尼·卡尔法诺,我心中的英雄。"他摆出一副持枪射击的模样,嘴里还模仿了开枪的"呼"声。"我该在初中也这么搞一下。"

"不上学。"回家的路上,玛丽这样说道。附近没有别人,不过妈妈还是压低了嗓音,"修理费全是我们交的税。"她生气地说,"是谁给那疯子枪的?"

上床睡觉以后,吉姆敲开了我的房门。他坐到我的床尾,灯光从走廊照进房间。"会不会是因为我砸了他的窗户,所以白先生在进行报复?"

"什么?"我问。

"今晚东湖的那些事。也许是他控制托尼打碎玻璃的。"

"他会魔法。"我说。

"对啊。"他说,"事情开始变得有点儿吓人了。"

"你觉得鲍里斯死了吗?"

"我猜的是,"他说,"白先生杀了鲍里斯,把尸体塞进他的车子开到了海湾上。然后冰面融化、碎裂,鲍里斯和他的车就这么不见了。"

"也许吧。"我说。

第三十七章　就像这样

那个下午,外头大雨滂沱,玛丽和我待在地下室里研究破镇。吉姆还没有放学回家。她让我坐在吉姆的椅子上。

"你选一个人仔细看。"她说。

"谁?"

"你选。"

"那我选康拉德先生。"我指了指泥人。

玛丽走到椅子边,俯身在我耳旁念叨数字。那些数字一个接一个,在我脑中逐渐连成串,然后化作淅淅沥沥的雨水,再是波浪,到最后大象无形,我完全感知不到它们了,但我发现,康拉德先生的泥人脑袋上掉了一块泥下来。我还注意到了他的耳朵,他微微驼背的姿势。他站在自己家门前,看向街对面的海耶斯家。按说那只是黏土和纸板,然而我感觉到视野边缘有什么东西在动。我看到了草坪,街对面的房子外的灌木,黄色的木门。接着,玛丽在我耳边说:"等于"。一瞬间,我突然出现在了海耶斯太太的房间里。她裸着身子躺在床上,抽着烟,双腿大张。我眨了下眼睛,那景象就消失了,我的视线又回到了纸板房子前,康拉德先生泥人脑袋上的缺口上。

"就像这样。"玛丽说。

说完,她去了自己的小教室上课了。我注意到看门人鲍里斯不在排水管里,而是被放在了破镇到排水管之间的一个小矮桌上。

我的头突突地疼。我不知道这是玛丽那些数字搞的,还是因为发生的事情太多,我考虑不过来。"4:30电影频道"放的是摩斯拉。电影里,一对住在鸟笼里的双胞胎小美人唱着歌,后来摩斯拉的幼虫在海里游泳,当它长出翅膀开始摧毁城市时,我睡了过去。我知道的下一件事情,是吉姆叫我起来吃晚饭。

晚餐时,玛丽说起了她班上一个名叫吉恩的男孩,他拄着钢拐杖走路,同学们都叫他铁螃蟹。吉恩今天呕吐不止,"克莱瑞先生赶过来,清理了一番。"她说。

妈妈笑着喝了口酒。

"他用了那些红色的东西?"吉姆问道。

玛丽点点头。

"他看起来怎么样? 他犯恶心了吗?"我问。

"应该是。"玛丽说。

吉姆把右手放在喉咙上,皱起鼻头,眼珠左瞟右瞟。妈妈笑得岔不过气,后来止不住地咳嗽。我和玛丽停下笑声以后,她依旧在咳嗽。她夹着烟的那只手放到了远处,用另一只手捂住了嘴。她的脸通红,泪花在眼眶打转。见她咳嗽得越来越厉害,好像喘不过气来,吉姆起身重重地拍了拍她后背。妈妈对他摆摆手,于是吉姆又走到了一旁。过了片刻,她终于恢复了呼吸。"你这是要我命。"说这话时,她的脸上依旧挂着笑容。

第三十八章　欢迎,洛

　　宣誓效忠①和交过午餐费后,克拉普开始讲乔治·华盛顿砍樱桃树的故事。这个时候,有人敲了敲教室的门。

　　"请进。"克拉普喊道。是克莱瑞先生,他用肩膀顶住了门,"我要想大家介绍一下新看门人,在鲍里斯回来前,他会替他工作一段时间。"我想象着鲍里斯待在方向盘后面,查理坐在乘客位置上,而车沉在海底。克莱瑞往边上走开一步,把门推得更大了点,让一个穿着灰色工装的瘦高个走进教室。"这位是洛。"克莱瑞说,那个人的衬衫上有一个白色的椭圆形,上面是拿红线绣出的名字。

　　"欢迎,洛。"克拉普说。

　　洛抬起头。他是那么的苍白,连阳光下的头发也是白的。我两股战战,寒意爬上了骨髓。白先生咕哝了一句"谢谢",随即退回走廊的阴暗处。克莱瑞先生在离开前,转过身对我们说:"我希望你们能像尊敬鲍里斯那样尊敬洛先生。"有人发出了笑声——是个女孩。克莱瑞扫了眼教室,又看看克拉普,然后走了出去。

　　我实在是太震惊了,克拉普说"我绝对不会嘲笑克莱瑞先生",然后罚那个姑娘抄这句话一百遍的时候都没回过神来,他说乔治·华盛顿的木头假牙②时,我一样浑浑噩噩。到了课间休息,我背靠隔开野地的铁丝网,不住地颤抖。

---

　　① 美国人站在国旗前右手贴左胸宣誓。

　　② 乔治·华盛顿牙齿不好,从24岁起便开始使用假牙。

　　那天下午,我们班在去图书馆的路上碰到了白先生。他浑身的烟味,熏得我难以呼吸,眼里都是泪。他背对我们,带着橡皮刮和一桶水在擦窗户,眼睛望向外面的操场。但学生们经过之后我扭头去看,发现他正盯着我们。

　　有克拉普坐镇的图书馆,永远安静得听不到一丝杂音。我摊开一本书,坐在桌前,沐浴在从窗户洒下的阳光里。我闭上眼睛,不断地重复吉姆对我说的话:"他对我们的了解,比不过我们对他的。"

　　当我睁开眼睛时,我看到白先生离开走廊,穿过玻璃门走进了图书馆。他举着一块脏抹布,细细地擦着一块窗户。他的视线飞快地从一个孩子跳到另一个孩子身上,周而复始。当他看向我时,我闭上了眼睛。

　　那天晚上,吉姆把他的小刀递给了我。"放在你衣服口袋里。"他说,"照脸戳。"我想象着自己挥刀砍向白先生,听到了金属和骨头相撞的声音。吉姆的建议是:"别让他逮到你。"他向我介绍了六种不同的方式以逃脱白先生的追杀。其中之一是穿裆逃跑,另一种是踹他卵蛋。他把六种方法都重复了一遍。

　　第二天我花在上学路上的时间是平时的两倍,就连玛丽都开始催我快点了。一路上,我不停地伸手进口袋抚摸小刀。走进教学楼,穿过大厅去教室时,我看了看右手边走廊的锅炉间,不由自主地想象起了洛站在火焰中的模样。我停下脚步,一度想逃回家。但接着,我想起了医务室。它就在大堂和走廊尽头的教室之间。

　　我准时地走进了克拉普的课堂,坚持到他开始讲解太阳系有哪些行星以后才举起手。他注意到了我,没有提问就指向这里,点了我的名字。

　　"我不舒服,想吐。"我说。

　　"哦,天。"他没用两分钟就开了张假条。

　　那几条没有窗户的走廊空荡荡的,我快步向前,每过一个转角都觉得会看到白先生从对面走来。当我转到那条开了窗户,窗外是操场,前面能看到大堂的走廊时,我觉得自己像是钻出了一条长长的隧道。我往前奔跑,冲进了医务室。

爱德华兹太太是个瘦弱的老太太,她披着长长的灰发,总是穿白色的护士帽和护士服。我从没见过她给人开药或者治好过谁,不过她人很好。要是她信了你的话,偶尔还会送你回家。玛丽是医务室的常客,她跟我说过,如果爱德华兹太太咖啡杯里饮料是黑的,她会让你待在医务室里休息,如果是浅色的,她就会往你家打电话,让家里人把接你回去。

护士问我怎么了,我告诉她我不舒服。趁着她走进里医务室小隔间——那里摆了张专门为小孩子准备的床和其他的医疗设备——我凑到桌面看了看她的杯子。咖啡是金色的,颜色就像镶在铅棍里的那对骰子。我突然有种爷爷赢了两倍本金的感觉。这时候爱德华兹太太回来了,她用一根木棍压住我舌根看了看喉咙,又拿电筒照照我耳朵,还用橡皮锤敲了我膝盖。然后,她要我躺在小床上。"先把你运动鞋脱了。"她说。

通向医务室门半开着,漏进了一大块银色的光,除此之外,房间里没有任何光源。我躺在床上,望着房间门,侧耳倾听她有没有打电话给奶奶。她打了。嘀咕了几分钟后,她挂断了电话。过了一会儿,她把门开得更大了一些,走到了我身边。

"我要上个厕所。"她说,"马上回来。"

我点点头,希望自己装得够可怜。她走了出去,半拉上门。我听到医务室的外门打开又关上,整个地方都安静了下来。我想象起了那杯金色的咖啡,还有打开了蓝色黑斑羚车门的奶奶。

但我只开心了几秒钟。我突然想到,吉姆和我没有告诉玛丽,洛就是白先生。吉姆担心这样会吓到玛丽。而我一走,岂不是把玛丽留在了学校里,留在了还在四处漫步寻找猎物的白先生眼下,更别说她还得独自回家了。我想说服自己不用担心,可到头来,还是觉得不能弃玛丽于不顾。我打定主意,等护士回来就告诉她我已经缓过来了。

过了一会儿,我听到医务室的门打开又关上。我跳下床,准备跟爱德华兹太太谈谈,然而还没碰到门把手,我突然闻到了那股烟味。从门缝中望出去,我看到了沾着那种红色物质的扫帚头。我脑海中闪过了吉姆在木车库时叫我快点儿的喊声,差点没哭出来。我安静地退开钻到病床下,脸颊贴着冰冷的地板,注视着外面的医务室。

扫帚出现三次,洛的橡胶鞋也出现了三次。他扫过医务室,向着隔间一点点接近。我想起了放着小刀的外套,然而它还在教室旁的橱柜里。终于,那个身影走到了门口,遮住了医务室的光。即使心跳如擂鼓,我还是听到了他像动物那样嗅着空气。他把门推开了一些,左腿迈进隔间。就在这个时候,传来了爱德华兹太太的声音:"嗨,洛。"

他退回去转过身。"我就是打扫一下这儿。"说着,他离开了我的视野。我知道爱德华兹太太要进来看我,就从床底钻出,爬回床上。

"好吧,我干完了。"洛说。

"谢谢。"护士说。

洛从隔间离开时,把门带得更开了一些。眼看要从医务室出去,他突然回过了头。看到我躺在隔间里,他的眼睛睁大,犹豫几秒后露出了微笑。

我跟爱德华兹太太说我舒服多了,于是她把我送回了教室。我匆匆穿过走廊,只有在经过 X 班时慢过几步。我看到他们班的老师站在黑板前写着数字,而玛丽坐在铁螃蟹边上闭着眼喃喃自语。那天我再没见过洛。放学后我去找了玛丽,要她和我一道快点回家。半路上,我告诉她洛就是白先生。她点点头,但什么也没说。

又一个不眠之夜过去了。第二天,妈妈做了鸡蛋沙拉三明治当我们的午饭。上学路上,我一直在闻那股屁一样的味道。吉姆跟我说,他晚上会和我研究个办法来,但在此之前我还得熬上整整一天。他知道我要憋不住,准备把所有事情都跟爸妈坦诚了。他还教了玛丽一些空手道的动作。我和玛丽在慢吞吞的上学途中,好不容易经过格里姆太太家门后,玛丽对我说:"我要像莫伊那样戳他的眼睛。"

"很好。"我说。

我们走得太慢,险些迟到。然而进了学校正门没多久,我突然碰到了看门人鲍里斯。他穿着松垮垮的衬衫,戴了手套,正拿着笤帚扫地。

"鲍里斯,你去哪儿了?"我问他。

他停下动作,抬起头,耸耸肩。"逃走了。"他说。

那天晚上,妈妈跟我们讲了鲍里斯怎么回事。那些事都是奶奶从邻居的闲言碎语里拼凑起来的。她说有人投了封信到鲍里斯的邮箱,说他们在找他。鲍里斯吓坏了,去密歇根州表弟的家里躲了一阵子。警察正在进行调查,但那封信被鲍里斯弄丢了。对最后那件事,妈妈嘲笑了鲍里斯一番。"听起来,"她说,"他就跟嗑高了似的。"

在吉姆看来,鲍里斯的归来意味着玛丽的算法并不靠谱。虽说她以前没犯过错,但一次失误,就让吉姆觉得我们一直以来都在自欺欺人。"白先生家里放着那么多清洁剂是说得通的。"他说,"因为他是个看门人。巴尔齐塔先生不过是被扫雪机撞倒身亡,查理淹死在湖里也只是纯粹的意外。全都是巧合罢了。"我多么希望自己也能相信他的那套说辞。对于他的话,玛丽只发表了一句看法:"谁给鲍里斯寄了信?"我也有话想说,只是一直没说出口:"那团橙色纸和丝带又怎么解释?"

最近日子变得逐渐暖和,春天已经开始逐渐瓦解冬的严寒。我们暂时放下了对这些事件的调查,慢慢忘记了心中的恐惧。晚上没了寒风的嚎叫,天线一直安安静静的,查理也不再说话。我对他蹲在橱柜门后面的身影越来越习以为常,甚至往往欺骗自己那里什么也没有。

第三十九章　全年龄段的孩子们

　　妈妈在法明代尔工作,当然是家里第一个看到他们在法明代尔附近空地里架起帐篷的人。每天晚餐过后,在我们前往百慕大的路上,都要先去马戏团遛个弯。周六晚上,我们终于用肉身去了那里——我们仨小孩,加上妈妈。她涂了口红卷了头发,喷的香水令人窒息,还穿上了青绿色的华服,但这一切依旧掩不住皮肤的苍白。

　　她关着车窗吸烟,我在忍受刺鼻气味的同时目送一个个城镇远去。猫王在收音机里高歌着"今夜你是否寂寞",而我们从大学旁经过。它立在一片开阔的土地上,像是科幻电影里才有的城市。吉姆总是愿意去任何地方,玛丽想见小丑。我其实对马戏团不感兴趣,但我说服了自己,这会是件令人兴奋的事。

　　车子停在了一块阔地边上,我们的脚下全是泥巴。走向帐篷的那一路,泥巴不止一次卡住妈妈的鞋,让她的脚滑出。终于,我们来到了一个长着大胡子的侏儒面前,他穿着红白条纹的外套,戴了一顶礼帽。

　　妈妈替我们买了票。侏儒把四张票递给了她时,恶狠狠地望着我们。我们站在一边的队伍里,看着人们陆陆续续地离开停车场过来。最后一张票也卖掉以后,侏儒举着扩音器站了起来。

　　"先生们,女士们,还有全年龄段的孩子们!"我似乎听到他这么说,但后面那些话模糊不清。

"他说啥?"吉姆问道。

妈妈耸耸肩,把烟蒂丢进烂泥。

侏儒开始了狂躁的表演。他不知从哪搞来了一根手杖,反复地敲打面前的桌子。玛丽双手捂住了耳朵。等他总算消停下来,我们和其他人一起慢慢地经过了他的身边。

走进由一个个黄色帐篷搭建而成的迷宫,我确实感到了兴奋。有整整一排帐篷在进行各种表演。挂在那些帐篷外面的画由明亮的色彩和狂野的图案组成,标识出了各自的表演内容。距离我们最近的项目是"甜美玛丽"。画中的胖女人坐在椅子里打毛衣,她长得像感恩节游行时的气球,是完美的圆形。

"甜美玛丽。"吉姆把画指给玛丽看。

玛丽摇摇头。"你才甜美。"

妈妈把我们带进了那个黑暗的帐篷。已经有许多人在里头了。只见一个孤零零的灯泡——它像是破镇的太阳——点亮了被甜美玛丽压得下凹的小展台。那个胖女人只穿了裙子和胸罩,你能看到她赘肉堆起的褶子,还有脂肪的油花。她戴着淡蓝色的蝴蝶结,脸长得如同啤酒肚,不过带了眼睛和嘴巴。妈妈嘀咕了一声"恶心",但还是带着我们往前走去。吉姆和我到了展台边缘,空气中弥漫着稻草、帆布、甜美玛丽身上的油脂还有香烟的气味。我抬头去看她的脸,这才注意到她居然长了山羊胡。

"不许拍照。"她说,"如果你们要照片,我这边有,只收二十五分。"她举起其中一张。我看到照片里的她躺在地毯上,穿着大到足以淹死常人的泳衣,下面是用马克笔写的签名。"你真甜,玛丽。"我想说。这时候,人们开始逐渐离场。

"你们光看不买!"她尖声道,"买一张照片吧。"

妈妈把我们召到她身边。"真是够了。"她说。我们走出门外,她叹了口气,"老天啊,这都什么鬼玩意儿。"说着,她笑了起来,"咱们去看看他们还有些什么吧。"

画上的电流先生是个年轻、肌肉发达的男人，正把闪电从乌云里拽下。但帐篷里的却是个戴眼镜的老人，他戴着一顶战时飞行员的防护帽，帽子上缀了好多亮片。灯泡被他塞进嘴的瞬间，变得闪闪发光。下一个帐篷里的人穿着老式军装，肩章上挂着金色的流苏，别在身上的徽章数不胜数。这个"格列特将军"能吞剑和吃火。吉姆和我特别喜欢看他打嗝时候嘴里往外冒烟。橡胶女士待在一个三面开口的小箱子里，右臂捆着吊索。后两个帐篷很让妈妈满意，她笑了好几次。

最后那个帐篷需要额外收费，它的招牌写着"汗血河马"，但没有图画。看样子，这里是顶级的项目。妈妈在入口处犹豫了一阵子。"大帐篷的表演快要开始了。如果结束以后还有时间，我们再回来看。"她说。

吉姆很失望，不过他还是说了"好吧。"我也想看看汗血河马，不过没有办法。妈妈给我们买了棉花糖——那些蓝色的云状物体包在纸筒里，第一口下去像是吃到了头发，不过它们很快就化成了甜滋滋的糖水。我们在木看台找了位置坐下，望向光线充足的帐篷中央。

那个卖票给我们的侏儒走到聚光灯下，他一手拿扩音器，一手挥着鞭子。看台灯光熄灭几盏后，他举起了扩音器。"先生们，女士们，还有全年龄段的孩子们。"和先前一样，我听不出他接下来都说了些什么。反正等到说完，他转向了帐篷的正门，只见一头大象走了进来，它脑袋顶还坐了个女人。那巨兽拖着脚迈步向前，在地上扬起了阵阵尘埃。侏儒挥舞着鞭子，嚷嚷着"厚皮动物"什么的。大象慢慢走到场地中央，转了一个圈。随着鞭子再次抽响，我看到大象身后有什么东西分开，而热气腾腾、大得惊人的粪便，像是从兵工厂流水线上下来的炮弹那样落到了地上。

"世界上最棒的表演。"妈妈说。

我们看到了空中飞人，驯狮师，然后是小丑。他们开车进入场地中央。车子虽小，排气管发出的声音却跟炸弹似的。只见车门打开，玛丽数着十五个小丑一个接一个地跳出。和其他小孩一样，玛丽也站起身，对着他们挥手。他们随后吹起了嘟嘟作响的号角，点燃了鞭炮。这些小丑个个蓬头垢面，衣着破烂，像大街上的流浪汉，不过在脸上和手上涂了颜料。他们带着的帽子不是插着羽毛就是坠着流苏，要不顶上插了花。

他们欢闹着登上了看台，和观众们不断握手。他们翻领上的花有机关，能朝人们滋水。所有人都叫着、笑着，此时乐队又很合时宜地演奏起了"快乐重现"。一个小丑走向了我们这儿，而玛丽靠到了过道边。那个小丑戴着花帽子和无指手套，脸上画着眼泪和眼镜。他向玛丽俯下身，两人的脸几乎凑到了一起。他向着玛丽伸出手，可玛丽的笑容突然变成了恐惧，她跑回到自己位置上，挨着妈妈坐下。而小丑对着她挥挥手，随即离开。

表演的最后一个环节，他们用大炮发射了那个侏儒。爆炸声中，烟雾升腾而起，侏儒飞过场地中央，落进一张网里，最后摔在了一大堆旧床垫上。当他摘下橄榄球头盔向着众人鞠躬时，我想象着今晚他会坐在一间小木屋里，和格列特将军还有甜美玛丽打牌。他嘴上谈的是大象，但脑子里想的，却是那门大炮。

不等吉姆开口，妈妈就向着河马的帐篷走去。"汗血河马"。吉姆扶着额头说。我和玛丽跟在他们俩后面，玛丽走得很慢。

"来吧，我们走。"我说。

她伸出了手。我牵着她快步赶上了前面两人。

帐篷入口处收钱的那个人说马上就要关门了，我们只有十分钟时间。"我不能保证它在这十分钟里流血汗。"他说。这里每人收费二十五分，我们全都付了钱。这个帐篷比其他那些表演杂耍的要大得多，我看到中间有一盏灯，但是周围伸手不见五指。

"和退潮的时候一样。"妈妈评价这里的气味。

我们向前走去，到了一个圆形的围栏边，从这里可以俯瞰下方。围栏中央的上方，是那盏电灯，它照亮了河马光滑的皮肤。那只巨大的动物躺在吸饱了它尿液的稻草上,除了呼吸带来的身体起伏,一动也不动。我们在那里看了它好久。吉姆抱起玛丽,让她也能看到下面的景象。她指着围栏边缘,那里的东西我还真没注意到。我看到了一圈小铁轨,上面趴着一只乌龟。几秒过后,她指向了另一个地方,那里是只兔子。

"乌龟和兔子。"妈妈说。

"它们跟河马有什么关系?"我问。

"那你得问侏儒。"她答道。

"我们再去别的地方看看。"吉姆往边上走去。妈妈跟上了他。我也决定再多看两眼,但这时候我的目光扫过玛丽刚刚待着的地方,发现她不见了。我返回帐篷的阴影中,喊了她的名字。然而我找遍了附近,始终没发现她在哪儿。我把这事告诉了妈妈。

"大概出去了。"她说,"你去看看。"

我向入口跑去,一束斜斜打进帐篷的残阳为我指出了方向。我问收费的有没见过我的妹妹,他向外边指了指:"她出去了。"我沿着那方向没走出几步,就看到玛丽站在帐篷外的泥地上。我喊了她一嗓子,可她没回我。走到身边,我发现她正低着头。地上,一朵番红花艰难地钻出了泥土,它还没有开放,不过你已经能看到花苞里头的黄色了。

"妈妈要咱们快点,准备走了。"我对她说。

坐车回家的路上,吉姆在玛丽耳边念叨了"甜美玛丽"少说二十次,后来妈妈实在看不下去了,要他闭嘴。她问我们最喜欢马戏团的哪个部分。

"炮轰侏儒。"吉姆说。

我告诉她我喜欢河马。

"你呢,玛丽?"妈妈问。

见她沉默着不说话,吉姆提示道:"那些小丑?"

"我以为你喜欢小丑。"妈妈说。

"他不是小丑。"玛丽说,"他是梅尔。"

"什么梅尔?"妈妈问。

"索福提先生。"她说。

妈妈、吉姆和我都笑了,但玛丽一点笑意都没有。

"梅尔在牢里关着呢。"妈妈说。

第四十章　神圣的东西

礼拜天早上爸爸赖床，妈妈把吉姆叫了过去，要他带我去教堂走走。玛丽没被算在内，因为从我们家到卢尔德圣母像有很长一段路要走，他们不相信我们真能在这么长的路上一直照顾好她。我们穿上白衬衫，打好领带。我还套上了自己的新鞋，那鞋底硬得跟石头似的。在出发前，奶奶给了些钱，要我们为她点几根蜡烛。

打开前门准备出发时，我问吉姆："为什么要点蜡烛？"

"不知道。"他说，"那好像是什么神圣的东西。"

那天天气暖和，草坪上看得见露水，听得见鸟儿歌唱。到了柳树街和费姆斯路的交界处，吉姆转过了弯。

"这条路不去教堂。"我说。

"我知道。"吉姆微笑着回答。

我停下了脚步。

"你要去教堂，就自己去。"他说。"反正我会到熟食店买点巧克力牛奶，再去店铺后面坐着休息。"

"你有钱？"

他从口袋里掏出了买蜡烛的钱。"我可以分你点儿。"

在那几秒钟里，我想到了教堂、总是对人大吼大叫的托米神父、钟声和圣歌。"好吧。"我说。

吉姆带的钱够买巧克力牛奶和一大包巧克力曲奇。我们转到熟食店后面的小巷里，找了处凹室，坐在牛奶箱上。

"我们被逮到了咋办？"我问。

"除了小孩，没人会来这儿。"吉姆学着牧师的动作举起曲奇，又把它掰成两半。

吃完以后，吉姆起身走到凹室边，探头出去左顾右盼。我看到他刚望了药店方向一眼，就马上缩回了脑袋。

"欣克利骑着自行车朝这里过来了。"他对我说。

我离开牛奶箱站起身，但吉姆示意我回去挨墙站着，自己走到凹室边半蹲。自行车轮胎的声音刚刚出现，他就向外扑去。欣克利的眼睛还没来得及睁圆，吉姆已经勒着他脖子，把他从车上拖了下来。自行车倒在了地上，前轮兀自转动。欣克利挣扎着想逃跑，不过吉姆照着他的脸来了一拳，于是他又趴倒在地。

"在湖上拿石头扔我弟，是吧。"吉姆踹了他肋骨一脚。欣克利缩成一团，艰难地喘着气。

"听说因为我们写给克拉普的那封信，你得把垃圾桶往锅炉室里搬。"吉姆笑着走到一旁，扶起自行车。

欣克利站起身冲向吉姆，想把他的手从车把上扯下。但吉姆一只手就把欣克利推到了旁边，接着踢掉了前车的两根辐条。"锅炉室的炉子好玩吗？"

"恶心。"威尔·欣克利说。

"具体点？"吉姆摆出一副要再踹前轮一脚的模样。

"你在那儿跟洛一道干过活？"我问他。

"那个白得像褪了色的家伙？对。"他笑了。我们也笑了。

欣克利在笑洛，我们在笑他。

"说说洛？"吉姆问。

"我就见过他一次。那次有个小孩吐了,他们用那种红色的东西处理了一下,搞出了一个个红色的球。我看着洛从桶里铲出了一个送进炉子,它嘶嘶地响,闻起来像是汉堡。"

"洛看上去怎么样?"

"很白。"欣克利回答。

"他跟你说了什么没?"吉姆问他。

"当然。他说要是我知道谁朝他家窗户丢了石头,他会给我十块钱。我不知道是谁干的,不过我告诉他,我听说是彼得·霍顿干的,所以他给了我钱。"

吉姆松开手,自行车倒在了地上。他往边上迈出一步,而欣克利走向了车把。说时迟那时快,吉姆一下子抓过欣克利的胳膊扭到他背后,接着逼他转向了我。欣克利破口大骂我们是贱人。"照脸打。"吉姆说。我朝欣克利走去,但他疯狂地踢着空气,阻止我接近。吉姆逼他跪下,告诉他这叫罪有应得。"揍他!"吉姆喊道。我走到欣克利面前,看着他的脸。"用全力揍。"吉姆说。欣克利眯起眼睛,把脑袋扭向了旁边。见我始终下不了手,最后吉姆骂了我一声软蛋,放他走了。欣克利瞬间骑上自行车,冲出了三十英尺远。他停下来大喊:"我知道洛住在哪儿。我要告诉他,你们的小妹妹帮了彼得·霍顿,这样他会再给我十块钱!"吉姆向着他冲去,但是欣克利马上逃走了。

那天晚上吉姆和我下到破镇时,发现玛丽在那儿待了整整一天。鲍里斯回了他的家捣鼓汽车,查理依旧待在湖里,康拉德先生在海耶斯家后院挨墙站着。巴尔齐塔先生躺在鞋盒里——摆在那里的泥人,不是搬家离开了这个街区,就是已经死了。吉姆在盒盖上用粉笔写了"纪念堂"几个大字。不管你活的时候在柳树街或者哪里干了什么,最后都要被送来这里。看到巴尔齐塔先生躺在人群中,身下是郝勒威太太,吉姆笑了。

至于那辆白车子,它果然停在了彼得·霍顿家门前,而贼蹲在霍顿家的后院。吉姆问玛丽车子在那里停了多久,玛丽回答他"三个晚上"。

"鲍里斯逃走以前,车子在他家门口也停了那么久。"吉姆说,"白先生肯定要做点什么。"

　　我指了指白先生。他正试着把彼得·霍顿往肩膀上扛。

　　"对。"玛丽说。

　　"什么?"我问。

　　"三。"她说。

　　"什么三?"吉姆问道,"什么意思?"

　　"比二多一。"玛丽回答。

　　"彼得会怎么样?"我问。

　　她摇着头。"我不知道。"

　　"好吧。"吉姆说,"你可以继续玩你的了。"

　　玛丽掀开帘子,返回她的角落。那边的课堂开始后,吉姆凑到了我耳边。"我该告诉她欣克利说的话吗?"

　　"你觉得他真会那么做吗?"

　　"不。但是……"

　　"那换个说法,告诉她我们在家门口看到了那辆白汽车怎么样?"

　　吉姆不但同意了,还想了个新计划。他在沙发垫子下摸了一圈,找出了够他给照相机买闪光灯的钱。"我们要拍下他犯罪的现场。"他说。

第四十一章　直接证据

我们知道妈妈喝酒时一跟人聊天,会喝得比平时快。晚饭后,吉姆向她提出了上千个跟百慕大相关的问题,而不等她开始清理餐盘,我就和她讨论起了福尔摩斯。玛丽可能猜到了我们在干嘛,早早地回了她自个儿的房间。没过多久,妈妈就喝得意识模糊了起来,话题也转向了她自己。烟雾缭绕之中,她告诉我们世界上有个叫"遥远的洛克维"的地方,在她和爸爸当时住的肯塔基州诺克斯堡附近。她说那里有个公馆,管理公馆图书馆的是一对双胞胎老太婆。她们都是瞎子,但却清楚每一本书的摆放位置,有时候还客串一把赤脚医生,但别人付钱她们不收。她们只要猪仔。

妈妈换到客厅沙发坐下以后,吉姆和我跟了过去。她还在漫无边际地闲谈,而我们时不时地点头,让她知道我们有认真在听。只要妈妈露出微笑,我们都会配合地笑起来。终于,妈妈闭上眼睛,把半截香烟留在了烟灰缸里,半空的酒杯则向着地板倾斜。她还在说话,只是说出的词语越来越少,越来越慢,也越来越听不懂。她最后说的是"你可真是坏透了",然后就彻底没了言语。在酒水撒到地板上前,吉姆接过了酒杯,我则摁灭了那支烟。我们一起轻轻地搂过她肩膀,把她的脑袋搬到靠枕上。吉姆让我去拿毯子和那本红色的大书。我们把书放在她胸前,然后告诉奶奶,我们也要睡觉了。

回到楼上的房间里,我穿好衣服,又按着吉姆的指示把被子拉到枕头上,这样看起来就像我还在睡觉。下楼的时候,脚下的楼梯不停地发出嘎吱声。我们溜进厨房,吉姆关掉了那里和餐厅里的灯。为了不发出声音,我们花了很长的时间一点点拉开后门,但就在露出能让我们挤出去的缝隙前,它还是叫唤了一声。不论怎样,我们总算是顺利地溜进了院子。现在是九点半,而爸爸要到半夜才回来。

我们走到房子的拐角,穿过草坪上了大路。微风中似乎带了一丝海的腥咸。彼得·霍顿住在哈蒙德路附近,我们向那个方向走去。路边的大多数房子都关了灯,只有楼上的卧室还有光发出。为了躲开路灯的灯光,我们之字形前进,尽量注意不踩在砾石上发出声音。

吉姆用细长的带子把相机挂在胸前,他每走出一步,相机都会从他胸前弹起来一次。过了巴尔齐塔家以后,他带着我转进了通向库斯伯特路的小巷。今晚天空晴朗,在那些没有路灯的地方,你能看到繁星满天。吉姆朝我打了个手势,示意我保持绝对的安静。我们踏上了路右侧的草坪,绕过一栋房子走向它的后院。我们低头弯腰,从一扇开灯的窗户下经过。我的心怦怦直跳,耳朵恨不得像狗那样竖起。过了那房子之后,周围陷入一片漆黑。我们绕过草坪上的庭具和槌球门,继续前进,还好这院子的边界是那种空隙很大的木栏杆。吉姆从上面翻过,我从中间那一格钻出,就这样进了霍顿家的后院。

霍顿家比街区里的其他房子更破旧,也更大——它三层楼高,外边有圈露天走廊,但刷着的灰泥斑驳脱落。他们家的院子也很大,是我们家的两倍,不过没有草坪。夹在房子前后的是许多高大的松树,拜它们落在地上的松针所赐,我们走起路来无声无息。

我们潜行到房子一侧,趴倒在一棵大松树的树枝下。如果半蹲着,我们能从这里看清楚马路和房子。屋里没有灯光,我猜霍顿一家都已经睡下了。霍顿一家全都身材高大、眼如铜铃、动作缓慢、反应迟钝。他们的衣着打扮,你只有在那些发黄的旧照片里才见得到。他们家一共四个男孩,三个女孩。当爹的霍顿先生下巴上挂着球袋一样的东西,妈妈说那是甲状腺肿。他每天都穿着同一件白衬衫,挺着个大肚子。手臂粗壮的霍顿太太也好不到哪去,她不管穿什么,看起来都像是破睡衣。他们好像以前在哪个农场干活,我总觉得他们是被龙卷风刮到柳树街来的。

他们房子前的街道上什么也没有。有两辆车驶过时,我紧张了好一阵。冷静下来后,我觉得吉姆的计划真是疯了。我不知道他到底要怎么去拍白先生。他想拍下勒着彼得喉咙的苍白手臂吗?"嘿。"我悄悄对他说,"这太疯狂了。"

"我知道。"他压低嗓门,"但如果能拍下照片就值得。"

我摇摇头。

"那可是直接证据。"他说。

"现在几点了?"

"最多十点。"

待在松树的阴影中,我逐渐感到寒冷,甚至发起了抖。吉姆蹲起身,望着街道,双手拿着相机准备随时拍照。又一辆汽车过去了。我猜那是法利先生。接下来,是漫长的等待,我打了个哈欠,从地上拾起一根枯枝。我闭上眼,想象自己没在现实世界,而是走进了破镇。有那么一会儿,我觉得自己变得只有泥人大小。这时候,吉姆拍了下我的大腿。

睁开眼睛看到的第一件事,是那辆白色的汽车在三岔路口路灯边无声无息地停下。白先生摇下窗户,点燃了烟斗。他依旧戴着帽子,穿着那身大衣。不等他丢掉火柴,我就先闻到了那股气味。他坐在车里,透过窗户望着房子。

吉姆和我待在原地一动不动的同时,烟雾越来越浓,熏得我开始流泪。我觉得已经不能再待下去了,否则会先暴露自己的行踪。我轻拍吉姆肩头示意离开,但他伸出手指了指。只见白先生在车窗上磕磕烟斗,然后摇上了车窗。

见车窗关闭,我轻轻地舒了一口气,但接着,车门打开,他双手叉在大衣口袋里朝我们径直走来。他应该看不到我们,走上一段以后就会转向房子,可他没有。他就这么迈着大步,直冲我们藏身的大树而来。我二话不说,转身开始奔逃,而某个身影已经一个箭步先从我面前闪过去了。我意识到的下一件事,是我从木栏杆当中空当钻过,而吉姆高高跳起,越过栏杆,连着带子的相机在他身后飞扬。我不知道白先生有没有追过来,也没这个闲心去看。

直到跑进先前的那家房子的前院,我们才停下。吉姆把手搁在我肩头。我们都打着哆嗦,不过看样子白先生没有穿过院子追来。

"他会开车追来的。"吉姆说。

就在他说话的当儿,街对面院墙的金属门嘎吱着打开了。我们抬起头,发现那不是白先生。对方是个十几岁的小孩,穿着黑色的皮夹克和白衬衫,站在房子深重的阴影里。他朝这里挥手。我打不定主意该不该过去,但他的动作更加急切。终于,吉姆迈开了脚步。我不想被独自留下,也跟了过去。

那人朝前倾过身。"安静,跟我来。"

我们刚穿过大门,汽车灯就亮起,照亮了哈蒙德和库斯伯特路。我加快步伐,追上前头的两人。看那人轻车熟路的模样,他一定很了解这地方。他领着我们穿过一个又一个院子,所选的道路不是仅能容单人挤过的篱笆缝隙,就是有庭院长椅或者树枝,能轻松借力翻过的院墙。我们像巴尔齐塔家的松鼠,从库斯伯特路的一头到了另一头,期间根本没有踏上主路一步。

最后,我们到了桃金娘路和库斯伯特路交界处,藏身于草地秋千的后面。

"在这里等下。"那人说。

我注意到那人梳着波浪头,穿了双白色的匡威,胸口挂了个银制的耶稣十字架。过了一阵子,那辆加长型的白色汽车缓缓驶过,驾驶座上的白先生左顾右盼,在各家的院子里寻找着我们的踪迹。汽车在其中一栋房子前停了会儿,接着再次启动,消失在了街道尽头。他一走我们就全速奔跑,冲过铺了沥青的桃金娘路和库斯伯特路到了柳树街。从这里开始,我们又途经了好多院子,就像水中的游鱼穿过礁石。

最后,那人带我们到了柯德米尔家的葡萄架子下,见我们全都过来了,他说道:"你们只要穿过马路就行了。小心车灯光。"

"你知道那辆白色汽车里的人是谁吗?"吉姆小声问道。

他半边嘴角上扬。"当然。"他说,"我什么都看到了。"

我们向他道谢,然后从柯德米尔的院子走向前门。"哪天晚上再来一趟,"他说,"我会让你们也看看。"吉姆和我扭过头,但他已经离开了。

我们慢慢拉开房门,垫着脚尖溜回家中。屋子里又暖和又安静,仿佛房子本身也睡着了。穿过厨房后,我看了眼时间,现在是11:30。妈妈还在沙发上呼呼大睡,连姿势都没变。我们从她身边悄悄走过。正要上楼,她突然说了句梦话,提到了"富丽堂皇"什么的。吉姆扭头朝我笑笑。我们上楼发出的动静,比白先生还要轻。我走进了自己的卧室,而吉姆跟了过来。他站在门口,对着黑暗说道:"你认得那人吗?"

"他谁啊?"我脱下外套,把它们丢在椅子上。

"雷·郝勒威。"

第四十二章　说"茄子"

去过马戏团以后,妈妈的心情越来越怪。不过这种情况我以前就见过。她的怒气不知怎么着被转化成了能量。我几乎能看到它们一点点地渗透她的大脑,改变她的思想。晚饭过后,她不再抽烟发呆,而是给自己安排了数不清的工作。她绘画、写作、设计"希伯来国民萨拉米香肠"的电视广告,想拿这个设计方案去跟人投标竞争。她对我们详细解释说,那首歌的调子取自"哈哇那基亚"①,其中一句是"即使是全知的斯瓦米,也吃希伯来国民萨拉米。"她还说广告的最后,应该充满气球和大炮向天空轰出的五彩纸屑。她对这份创作满意极了,寄予了投出的竞标信厚望。而到了信寄出后的第二天晚上,她又动工了新的画作。这一次,她画的是乞力马扎罗山。

爸爸倒是一点儿也没变。每天早上五点被铃声唤醒后,他都会穿着睡衣坐在床边,弓着腰,每隔几秒深深地呼吸一次,最后在呻吟中艰难站起,穿上前一天穿过的工作服,用水梳头。到了五点二十,他走进厨房里,卷起袖子,一边喝速溶咖啡,一边抽烟。他的目光会停留在后门门框上的时钟那里。五点半一过,他就站起身,把杯子放在柜台上。

隔壁的爷爷每天都计算赛马,而且算完后总是拿出一袋糖放在桌上,要我们按照糖果给那些马匹起名。那些坚硬的焦糖坚果夹心。吮吸那些棕色的石

---

① hava nagila,以色列民谣,"让我们欢乐起来"的意思。

块时,我能感觉到它们在我的齿缝间摩擦。而爷爷会穿着短裤和无袖衬衫,一边嚼着糖,一边把我们报的名字记在旧报纸的夹缝里。

"诺托斯。""克拉克斯。""屈沃斯。"①

奶奶的每一天从挤半个柠檬到一杯开水里开始。她总是一口气灌下那杯热饮,嚅动着嘴唇直到它们全都下肚,接着又会马上再来一碗自制的冰西梅汁。"你干嘛不直接往嘴里塞炸药?"爷爷这么问她。早饭过后,她就开始了锻炼。她穿着睡衣,戴着发网,从小公寓的这一头走到那一头,再走回这一头,如此周而复始。

那天多云,微风阵阵。玛丽坐在院子角落的连翘树后面抽烟。我从厨房窗户里看到她在那儿自言自语。

吉姆和我去了破镇。点亮太阳后,吉姆从郝勒威家后面拿起了一直搁在那里的泥人雷·郝勒威,然后又找到了那个贼。他把两个泥人一道举起,说:"我想他们是同一个人。"

我点点头。

"也许他爸妈搬走以后,他又一个人溜了回来。"吉姆把雷放回板子,接着把贼小心翼翼地摆进纪念堂,以免他的长针胳膊打搅了其他正享受着平静的泥人。

"那他住哪儿?"我问。

"我打赌在他老家。那里还是空的,所以玛丽才把他留在屋子后面。"

"就没人来找他吗?"

"也许他已经十八岁了。"

"那他到底回来干嘛?"

"这个得问他本人。"

"最近别了吧。"我说,"我可不想被抓。"

"雷知道白先生在做什么。"吉姆说,"他能帮我们救下彼得·霍顿。而且他

---

① Nuttos、Crackos、Chewos。词根均与糖果相关。

还挺酷,对吧?"

"他可真能跑。"我说。

"不知道他有没有在垃圾箱里翻吃的。"吉姆说。

我试着想象月光下,雷是怎么掀开垃圾桶盖子,挑拣那些沾了泥的粉红色塑料袋的。

后来,吉姆拿着照相机把家里人拍了个遍。穿着浴袍,戴着发网的奶奶对他笑着挥拳;爷爷叼了根"好彩"香烟算马赛,眼镜支架滑到了鼻尖;玛丽拿出了她的警徽;妈妈搅和着一大盆橙色的玩意儿;爸爸怒视吉姆,吓得他拍完马上就跑。拴着绳子的乔治在院子一头拉屎,吉姆对他举起了相机。狗狗背对着我们,但是我喊道:"乔治!嘿,乔治,乔治!"而吉姆喊得是:"乔治,说'茄子',说'茄子'。"乔治扭过头望着我们,它龇牙咧嘴,低声咆哮。吉姆留下了乔治这副糗样的照片,又和我脚并脚,站在棚子前,让玛丽给我们来了一张合照。

第四十三章　发了好一通脾气

克拉普讲小大角战役到高潮时,我瞥了眼欣克利。他和我相隔两列课桌,还比我更靠前一排,所以我只能看个大概——他红色的头发、突出的颧骨上覆了雀斑的乳白色皮肤。我不信他真有那个胆子告诉洛玛丽帮了彼得·霍顿,但我还是要确认一番。结果呢,看着他纤细脖子上凸起的粗大喉结,我对先前的结论开始怀疑了起来。克拉普正说着卡斯特最后的冲锋,欣克利突然跟有了心灵感应似的回过头来,他跟我对视一眼,又转了回去。

"他就这么站着,"克拉普岔开双腿,双手各握一把看不见的六发转轮手枪,"他是小山岗上剩下的最后一人,他的周围,是骑马执弓的印第安人组成的汪洋大海。"克拉普对着虚空砰砰开枪,"卡斯特是个神射手,他连续开火,打空了转轮。他的每一发子弹都干掉了一个印第安人,但这时候,箭雨也终于开始落下。"克拉普装作背后中箭,打了个趔趄,而提姆·苏利文扑哧了一声。"见弹药耗尽,他抽刀出鞘。"克拉普慢慢地拔出刀,把想象出来的刃尖对向天花板。卡斯特每挥出一刀,都会挨上更多的弓箭,所以克拉普露出了痛苦的表情,但实际上,那抽搐的动作惹人发笑。等到故事讲完,所有人都笑了起来。克拉普困惑地看了我们一眼,我以为他要发脾气,然而恰恰相反,他也露出了微笑。过了片刻,他朝我们鞠了一躬。班里顿时一片安静,然后也不知道怎么回事,大家一道为他鼓起了掌。

他演出结束的那一刻，我终于确定，欣克利那么做了。

操场休息时，我找到彼得·霍顿，告诉他欣克利为了从看门人洛那里收十块钱，都说了什么，但我没告诉他到底是谁砸了那玻璃窗。

"他到底为什么要那么做？"彼得问道。

"为了十块钱。"我说。

"他其实不知道到底谁干的？"

"他只要瞎说一通，拿到钱就成。反正洛认为是你干的了。现在你明白了？"

"可那不是我干的。"霍顿来回踱步。他的脸涨成了红色，双唇间拉起了唾沫丝。我从没见过他的眼睛睁这么大。终于，他哼哧哼哧地走开去找欣克利了。我远远地跟着，见他从小足球场上两群在交易棒球卡的小孩之间走过，接近正在和几个小姑娘聊天的欣克利。他抓到了欣克利的后颈，然后缓缓出拳。就像鱼雷命中潜艇，动作虽慢，然而力道十足。只一下，欣克利就被打翻在地。克拉普看到了这一幕，大喊着要两人去办公室。我远远地看着欣克利被克拉普扶起。他鼻子流血，眼神茫然。克拉普要他掸一下衣服，去办公室待着。而彼得一边哭，一边横穿着学校操场。克拉普喊着让他也去办公室的时候，欣克利环视四周，看到了我。他笑了起来，血丝从嘴角流下。

那天下午欣克利和霍顿再也没返回教室，据说他们的家长被叫来了学校。克拉普在黑板上用不同颜色的粉笔——白的、蓝的、粉的，画着不同的几何图形——圆形、三角、虚线。"就是这个点。"克拉普说完这话，有人敲了敲教室的门。他进了走廊，跟谁说了会儿话，然后他脑袋伸回教室，喊了我的名字。我心不在焉，没有注意，于是他又喊了我一嗓子。这一次，我感到了万分的窘迫。我离开座位，走到门口。克拉普靠过来，低声说："你去趟办公室。"

克莱瑞先生坐在桌子后的椅子里。他穿着骆驼毛夹克，打了黑领带。他的平头和胡须永远整整齐齐，吉姆说那些全是假的，他每天早上都要花一番时间戴上那些东西。和往常一样，他一只手抚着脖子。他的目光，按照玛丽的那种说法,像是黑咖啡。办公室里非常安静,我能听到桌上的铜钟滴答作响。从他背后的窗子望出去,我看到了校门、蓝天,还有回家的路。

"坐吧。"他说,"你知道我为什么叫你过来么?"

我坐在他对面,摇了摇头。

"今天操场上,"他说,"彼得·霍顿和威廉姆·欣克利之间出了点意外。你看到了吗?"

我点点头。

"我听说你跟彼得·霍顿说了些什么,让他生了欣克利的气。"

"也许吧。"

"也许?"他反问,然后他把整个事情的来龙去脉说了一遍。他知道了洛和十美元,砸了窗子的石头,还有欣克利的谎言,所有的一切。"事情是你挑起的吗?"他问。

他说话的时候,我很害怕,但他一旦说完,我就冷静下来,思索起了该怎么回答。"欣克利对彼得使坏。"我说,"我就是想提醒他一下,洛可能会去找他爸妈。"

"高贵的义举。"克莱瑞扬了扬眉毛,"不过威廉姆说你兄弟礼拜天在熟食店后面打了他。"

"我不知道。"

"你当时在场。"他说,"这回我不会让你停课,不过我要把事情告诉你爸妈。你可以回去上课了。"他的手指慢慢从脖子上松开,指了指办公室的门。

克莱瑞联系妈妈以后,她推断出我们礼拜天没去教堂。她发了好一通脾气,而我学着吉姆,尽量保持了沉默。

"我一点也不在乎他妈的欣克利。"妈妈说,"但是撒谎没去教堂是罪孽。"我想了想,不确定格里姆太太有没有教过我们这些内容。

妈妈光是生气也就罢了,更糟糕的是她一定要爸爸下个周日带我们去教堂。他看我们的眼神,就好像朝我们脸上甩了两巴掌。

"你开玩笑的吧?"爸爸说。

"你是他们的爹,有义务带他们去。"

"别扯了。"他说,"我才不去。"

那周剩下的时间里,我们谁也没试着晚上溜出去。其实吉姆本来已经脚痒了,可我一直不愿意。每天晚上,那辆狭长的白色汽车都会停在破镇霍顿家的门外。唯一让我心安的,是我已经告诉了彼得,白先生相信了欣克利的故事,一直想找他麻烦。但愿他能一直保持戒心。"周一晚上。"吉姆说。

周六下午,吉姆从药店拿回了冲洗完的照片。我们就着破镇的太阳,细细地看它们。翻过乔治和家里人的那些照片以后,吉姆把一张富有光泽的黑白照凑到了眼前。照片是那天晚上在树下拍的,尽管光照不足,但还是能透过影影绰绰的树枝看到白先生的脸。

"只拍到了他的头和帽子。"吉姆说。

"看起来就像有脑袋在夜里飞。"我说。

"嗯。"

"你注意到他有多安静了吗?"

"他有魔力。"吉姆继续翻动照片,当他找到那张我和他在小屋前的留影时,他说:"你留着这张。"

我把照片揣进后兜,重新研究起了白先生的那一张。

"等我们收集到了更多证据,就把事情报告给警察。"他说。

第二天早上,爸爸穿上破破烂烂的棕色西装和还不错的鞋子,打好领带,带我们上了汽车。玛丽和我坐后排,吉姆进了副驾驶室。"真是胡闹。"爸爸说着倒车出了车道。

走进教堂,爸爸在第一排找了个位子坐下,他的左前方就是祭坛。我们坐在了他边上。熏香的气味令人不适,更别说每扇巨大的拱门上的绘画了——它们组成了耶稣受难记。浓厚的空气,窃窃的私语仿佛放慢了这里的时间。每一秒钟,我都如负成吨重压,每一分钟,我都像被关押进了玻璃球数个世纪。为教堂务工，是我能想象到的最无聊的事情。格里姆太太说一旦进了炼狱，人们就要坚持每天去教堂祈祷，直到哪天升上天堂。

随后，礼拜仪式开始了。仪式的不同阶段，我们理应站起、跪下或者坐着，但爸爸始终不动如山。吉姆、玛丽和我遵守了常规，而爸爸一直叉着手，跷着二郎腿，盯着牧师。当托米神父敲响钟声，人们捶胸顿足之时，爸爸居然笑了。回家路上，他对我们说："故事不错。但你要是死了，也就是蛆虫的食物而已。"说完后，他在路边的热狗摊边停了下来。

回到家里，奶奶告诉了我们一些消息。库德迈尔太太打电话给她，说霍顿太太去世了。"她睡下就再没起来。"奶奶说。

"真是太遗憾了。"妈妈说。我思考着再也不起床会是什么样。而我想象出的下一件事情，是破镇里那辆白色汽车，停在了我们家前面。

第四十四章　沉寂的岛屿

霍顿夫人的守夜仪式在克兰西殡葬之家举行，那是一栋陈旧的白色庄园楼，边上栽了好些巨大的橡树。爸妈、吉姆和我在浓郁的花香中走上台阶进入大堂。这里的家具被刷成了金色，雕花的腿部粗大厚实。插着一大束白百合的花瓶，放在咖啡桌上。周围墙上的画全是精工雕刻的金色边框。一台抛光的木制老爷钟站在角落里，玻璃后面的钟摆不断晃动，表盘上是新月和星星。

泰迪·顿登的爸爸白天是消防员，晚上则充当克兰西的接待员，他站在门口，把人们引导进各自的哀悼室。他身材魁梧，面色红润，长着灰色的胡子和蜷曲的棕发。他跟爸妈低声打招呼的时候眼睛看着地板，双手合十，好像进了教堂。他领着我们走进了一个人满为患的房间，这里所有人都穿着黑色的衣服。我看到室内的灯光打在一口被鲜花包围的棺材上，除了前方传来的断断续续的哭声，房间里很是安静。

妈妈轻轻地推着我和吉姆向前。房间的密闭和霍顿太太的遗像让我感到胸闷气短。死亡是一座沉寂的岛屿，而站在这里的我们，已经踏上了那座岛。我知道我如果去看吉姆，肯定会和他一起傻笑，所以我逼自己去盯着霍顿太太蜡像般的脸。看起来，她对自己的永眠感到不太高兴。出乎我的意料，街区里居然没人和霍顿太太交过朋友。我划了个十字，转过身。

彼得·霍顿坐在悼亡人第一排，穿着纽扣快要进掉的衣服和一双丑兮兮的鞋子。他神情萎靡,蔫得像是卡通动画里被锤子敲过的猫,眼睛大而无神。我告诉他我感到遗憾时,他只是哼哼了两声。

"彼得的僵尸岛。"几分钟后,我们走到房间门口,吉姆这么说道。

我向着康拉德先生点点头,他坐在最后一排,用一根回形针掏着硕大的左耳。"他要挖到中国去。"我说。

法利先生在跟毕晓普太太讨论女童子军的事,哈克特先生穿着韩战军服,我有点想看看他裤子下被手榴弹弹片削掉一块肉的屁股。蕾丝特乔太太在椅子上打起了盹,而拉里·马奇的老爹,正悄悄地给小戴蒙德讲着笑话。

爸爸在跟费利纳先生以及法利先生聊天,妈妈坐在海耶斯太太边上听她说话,时不时地点头。人们去霍顿太太棺材前祈祷,随后离开,几秒钟后便恢复了常态。一个穿着黑色蕾丝衣服的老太太拨着念珠,在她的祷告声中,霍顿家的孩子们缓缓经过棺材,活像是堪萨斯的桃乐丝所见到的鬼魂。

我贴着房间墙壁,准备眯起眼休息一阵,但霍顿先生突然站起,望向天花板。他向来宾介绍了自己的身份,然后开始跟耶稣对话,脖子上的甲状腺肿因此不断颤动。那一瞬间,所有人都抬起了眼,发现天花板上什么也没有后,又纷纷低下了头。"我想了一整天,耶稣啊。"他说的每一句话都以"耶稣啊"结尾,而每次提到那个名字,都有唾沫从嘴角飞出。霍顿先生向耶稣问的是能不能让妻子起死回生。这时候爸爸朝着房间后面走了过来。

"出去呼吸呼吸新鲜空气吧。"他对我们说,"但别走太远了。"说完他回过头,好像要看米隆夫人是不是伤心过度了似的。不用他问第二次,我和吉姆就出了门,在大厅里和另一群来悼亡的人擦肩而过。顿登先生敞开大门,我们拾级而下,到了卵石滩边,那边的大橡树下有个许愿池。星光从稀疏的树枝间洒下,这个清冷的夜里,空气中满是大海的味道。

"是白先生干的吗?"我问。

"不知道。"吉姆回答,"也许他没找到彼得,就换了个替罪羊。但也有可能,她的死只是个意外。"

第四十五章　他杀了人

颜料和松节油的臭味无处不在,仿佛那些化学物质突然有了生命,刺激得我汗毛直竖。妈妈在餐厅里绘画,我待在一边看着她。她坐在房间尽头的窗边,自己习惯了的椅子里,身边的桌子上摆了张小小的画架,上面是乞力马扎罗山。她的左手边有张调色盘,里头的各种颜料,全是她从那些铅皮牙膏里挤出来的。她的右手边是本摊开的旧百科全书,翻开的那一页上画了只瞪羚。

只见她的画笔在赭色的颜料里一抹,又挑了点明黄,然后唰唰两下,帆布场景的前端就出现了高约半英寸的瞪羚轮廓。接着,她又挥笔如飞,在画布的另外三个地方描绘了一番。那些轮廓一旦加上了灰黄色的角和黑白色的斑纹,就立刻变得鲜活了起来。瞪羚们站在开阔的草地上,附近有翠绿色的棕榈树丛林。丛林的后面,一座由各种深浅的蓝和灰绘就的高山升起,它积雪覆盖的山巅在阳光下闪闪发光。

"完工了。"妈妈站起身,双手在布上擦擦。她退开一步,欣赏起了自己的作品。

我看着丛林里的大猩猩,想知道它们中有没有哪一只曾经攀爬高山,在雪地中行走过。

"你觉得怎么样?"妈妈拿起小画架,摆到房间中央的桌子上。

"我想去非洲。"我说。

　　她笑着点起一支烟,随后走到椅子边,提起那个半加仑装的酒壶,往玻璃杯里斟满酒,然后坐了下来静静望着画。我看到最近那股充盈她身体的能量,正不断消散。和往常一样,它们支撑妈妈全神贯注地工作了一个多礼拜,差不多也该耗尽了。她躺在椅子上,就像破了的救生圈,一点点、一点点地泄着气,与此同时,眼中还慢慢爬上了阴霾。最后,她捻灭烟蒂,说了句"还不错",把所有毛刷装进旧咖啡罐里。那罐子一股放久了的松节油味,闻起来仿佛有剧毒。随后,她拿起酒杯、香烟和烟灰缸,坐到了沙发的一角。我跟了过去,坐在沙发的另一边。

　　"虽然暂时还不会动工,"她闭上眼睛,"但我已经知道下一幅要画什么了。"

　　"乔治的肖像?"问道。我们家的狗正走到楼梯旁,它竖起耳朵听了一阵。

　　"不。"妈妈微笑着说,"植物园里有棵树。那是棵很大、很古老的树。它的枝条垂到了地上。我想把它在夏天傍晚时候的每一片叶子都画出来。"

　　她很快睡了过去,只留下了浅浅的呼吸。她右手的两根手指夹着没点燃的香烟,左手的酒杯歪向了一旁,但酒还没洒出。我抓过酒杯和香烟,把它们放在咖啡桌上,然后蹑手蹑脚地走到地下室门口通知了吉姆。他和玛丽上了楼。吉姆和我抬起妈妈的脑袋,往下塞了枕头,又把她的脚搬上沙发,而玛丽取来了那本夏洛克·福尔摩斯。

　　吉姆早些时候就把咱俩的外套放进了地下室,所以我们飞快地穿好衣服,在已经关了灯的厨房间里拉上拉链。准备从后门离开时,吉姆问玛丽:"你该干什么?"

　　"去跟奶奶说晚安,告诉她所有人都睡觉了,然后回去睡觉。"

　　"就是这样。"吉姆说,"可别被米奇搞砸了。"

　　玛丽走到吉姆身边,用光着的脚丫踢了他一下。吉姆不发声地笑了起来。

　　"如果白先生来了呢?"玛丽低声问。

　　"霍顿太太去世以后,他的车一直在哈蒙德路附近,不会来这儿的。"他说。

"万一来了呢?"她坚持道。

"喊奶奶,她有枪。"我说。

吉姆和我走进夜色,背后的门静静地掩上了。走下楼梯后我回过头,看到玛丽正从厨房的窗口张望着我们。经过房子的边缘,我们走上了大街。我们上次在破镇看到雷·郝勒威,他待在学校附近,所以我们向着那个方向走去。半路上,一只蝙蝠疯狂地扑打着哈科茨家门前的路灯,格里姆太太的白猫"军团"在卡尔法诺家的常春藤上散步。除此之外,街区里一片安宁。现在还不到十点,许多人家还点着灯。绕过一盏盏路灯时,我们留意着前后的街道。既没有轮胎的响声,也没有车头灯的灯光。很快,学校模糊的轮廓就出现在了我们眼前。我们越走越近,直到听见国旗的铁环轻轻撞击铁杆,闻到树林里飘来的甜美花香。

过了巴士环形车道,刚刚踏上大门前的人行道,一颗卵石突然砸在了我们脚下。和吉姆停下脚步四顾,恐惧在我的心中增长。就在这时,有个声音从上方传来:

"喂。"

我们抬起头,看到有人从学校屋顶探出了半个身子。意识到他穿了件白衬衫,我相信对方一定是雷无疑了。眼睛逐渐适应那片黑暗之后,我看到他叼着一根没点着的香烟。

"棒球场边的体育馆门口见。"他低声说着,双手撑起自己,然后就不见了。

我们沿着教学楼墙壁投下的阴影移动,尽可能安静地穿过了停车场和篮球场。体育馆是硬砖结构,有三层楼那么高。如果你从教学楼的楼顶跳下来,那屁事没有,但从体育馆顶上摔下来,非死即残。踏过沥青路面,我们在高墙角落的金属大门前停下。我望着棒球场上洒满的月光,想到了罗杰斯先生。无论他现在在哪儿,见到的也是一样的东西吧。

金属门突然嘎吱着敞开了,我被吓了一大跳,下意识地向着篮球场狂逃,但身后传来了吉姆的笑声。我转过身,看到他和雷在朝我招手。

"来吧。"赶到他们身边，雷轻轻地搭上了我的肩膀，我们跟在吉姆后面进了体育馆。金属门砰地关上了。

入夜后的体育馆里漆黑一片。白天我从没注意过，原来那些红色的东西、旧书，还有今天烤鳕鱼的气味，居然可以这么浓郁，甚至到现在也没有消散。

"你怎么进来的?"雷带着我们走过抛光木地板时，吉姆问他。

"体育馆顶上有个天井，没上锁。天气太冷的时候，我就留在锅炉房里。暴风雪那几天我一直藏在里面。"他推开一扇摇晃的大门，对面就是教学楼。我们在黑漆漆的走廊前进，经过克拉普的房间时，我发现门开着。我甚至有种感觉，会看到他穿着白衬衫，在桌前低着头工作。

"那你怎么爬上屋顶的?"吉姆继续问他。

"操场角落的墙上有根粗管子——运输燃油或者别的什么的吧。站在管子上，我的指尖能够着屋顶。一旦爬上了教学楼屋顶，就能看到体育馆墙上有道梯子。"

"我觉得我爬不上去。"吉姆说。

"这个嘛，"雷说，"能做到的人确实不太多。"

沿着教学楼中央的小天井，我们转过几个角，走进了另一条走廊。擅闯学校的巨大负罪感开始在我心中滋长。

"你不怕高吗?"吉姆问他。

"不怕。"雷停下脚步，看着窗外的小天井。我们在他身旁站定。一束月光打在天井中，能分辨出枯死的野草和一条石凳。"我害怕的只有，"他指了指窗外，"掉进那里。"

"为什么?"吉姆问，"这屋顶又不高。"

"因为没路出去。没有进出的门，也没有地方好借力爬回屋顶，只能砸破窗子逃走。但是卡尔法诺打碎学校的窗子以后，他们装了报警器，警察马上会赶来。"说话间，我们又经过了主办公室和医务室，看雷闲庭信步的样子，你会觉得学校就是他家。"你有没想过他们为什么要在那边放条石凳?"他走在前面,偏过头问我们。到了走廊尽头,他推开锅炉房的门,放我和吉姆进去。走进那片温暖的黑暗时,我注意到他没有穿上次那双白色运动鞋,而是套了双被小孩子们叫作蟑螂杀手的黑色尖头鞋。

"稍等。"他关上了门。"我在这里藏了支电筒,平时不在学校里用,免得有人看到。"轻轻的咔嗒声后,雷的脑袋凭空浮现了出来,露着恶魔似的笑。我差点夺路而逃,然后反应过来,他在用那电筒从下巴往上照呢。吉姆和雷都笑了。

他带着我们走下一道斜坡,到了一块水泥地面上。光束四处转动之间,雷向我们展示了鲍里斯的办公室:一个角落里摆了张旧桌子,桌子的十多格抽屉里全都是纸;一把破旧不堪,海绵外露的旋转椅,一张工作台;另一个角落里堆着少说十个滚筒。雷走到其中一个桶边,用手电筒朝里照。全是那种红色的东西。

"这堆狗屎到底是什么?"他问。

"碎橡皮擦?"

"某种化学橡胶的碎片吧。"吉姆说。

接下来,他向我们展示了一番炉子,那东西圆滚滚的,像是哪个人的啤酒肚,不过是金属质地,还有很多玻璃观察孔、凸起的龙头和两根接进墙壁的管子。打开炉门时,它嘎吱了一下。雷点了火,于是我们看到了炉膛深处,蓝色的火苗跳起了舞。"这个只是用来处理垃圾的。"雷说,"燃油炉在那边。"他用电筒指了指,"它能给全校供暖。"

"来这儿。"他走到那个炉子旁,猫着腰钻到了其中一根外接管子的下面,那里有条狭窄的过道。绕到炉子后面,我发现过道越发狭小,到最后,我只能侧着身子沿光滑的石墙往前蹭。不过走出两步以后,墙壁便往两侧敞开,展现在我面前的,是一个由水泥柱撑起的巨大地下洞穴。

雷的电筒指向前方,我意识到洞穴远远不止学校地基那么大。"我也不知道这里到底多深,"他说,"我就走到过一个能听见水声的地方。声音是从我脑袋上传来的,像是小小的瀑布,不过那时候电筒电池用光了,我不得不一点点摸了回来。我猜这里是个防空洞。你懂的,为了防止俄罗斯人丢大家伙造的。"

"我的东西就放在这里。"说完,他把我们带到了立柱间的一处地方。我看到教学楼的地基和洞壁之间摊着一张睡袋,它的下边垫了好些纸袋。睡袋的边上,还有盏电池灯。雷俯身打开电池灯,它立刻亮了起来。那橙色的光比电筒亮得多,也温暖得多。雷解开夹克衫,像印度人那样盘坐了下来。

见吉姆有样学样,我也照做了。我觉得这就像场野营,不过只出现在噩梦中。周围太暗了,我害怕得呼吸急促。雷翻了翻他的夹克口袋,拿出一包烟和火柴。点着香烟后,他从棕色的纸袋里拿出了一个透明的塑料袋,摆在我们面前。"要不要吃点糖?"他问。

我仔细看了看,发现那半包糖居然是爷爷丢掉的。当时他实在算不出比赛答案,在一张3×5的卡片纸上写了"臭狗屎"几个字,寄回给糖果公司,然后回到桌前,用手肘把那袋吃了一半的糖扫下桌子,丢到了四英尺外的垃圾桶里。

吉姆注意到我盯着糖果,视线瞟了过去。我知道他也意识到了。"所以你在这儿干什么呢?"他问雷。

"有两个原因。第一,我在找些东西。"他嘬了口烟,望着电灯。

"找康拉德太太的屁股吗?"吉姆问道。

雷笑了。"屁股要多少有多少。但我在找的,是我丢失的东西。"

"丢什么了?"我问。

他没说话。就在我以为自己不小心戳到他痛点的时候,他说:"这个部分我想保密。"

"那白先生呢?"吉姆问。

"那个开白汽车的?"雷说,"这个啊,我很了解他。我一直观察着他。这就是我来这儿的第二个理由。我要警告人们小心他。"

"他杀了人。"我说。

"我知道。"雷说，"我发现他在观察鲍里斯的房子，知道他想杀掉看门人，取代他的工作，这样，他就能方便地接近孩子们了。所以我给鲍里斯写了封恐吓信，让他暂时出去避了避风头。"

"我们怀疑他杀了查理·爱迪生。"吉姆说。

"是他干的。"雷说，"去年秋天在商店区后面，他偷偷摸摸地从后面袭击了查理，折断了他的脖子，把尸体塞进了那部汽车。尸体被他放在哪个大冰柜里，警察去湖区捞过以后，他才把尸体丢弃在那里。"

"你怎么知道的?"我问道。

"我看到的。我还看到万圣节那天晚上，他像掰棒冰棍子那样折断了巴尔奇塔先生的脖子。这是我从老人地下室的天窗里看到的。他杀了很多人，多数是小孩。"

"霍顿太太呢?"吉姆问道。

"我想她的死纯粹只是因为超重。"雷回答。

"他清楚你知道这么多吗?"我问。

"他知道我在观察他。"雷弹了弹香烟，"他一直想逮到我，可我比他快。我经常妨碍到他。"

"你为什么不把这些事告诉别人?"吉姆问道。

"那你为什么也不跟别人说呢?"雷反问，"如果有人发现我在这里，可能会逼我回爸妈那里去。"

"有那么糟糕么?"我说。

雷点点头。"但只要找到了我在找的东西，我就再也不用回去了。"他怔怔地坐了一会儿，最后抬起头微笑着说:"我要出去走动走动。你们一起来吧，我给你们看点东西。"他从一个棕色的纸袋里拿出他的运动鞋，换下了那双黑鞋子。

"鞋子不错。"吉姆说。

雷耸耸肩。"这是布莱尔家小孩的,我从他们的橱柜里拿来的。"

"你进了别人家?"我问。

"白天人都出去了,我想去哪儿就去哪儿。我就是这样把生活用品拿到手的。"他收紧右脚鞋带,"不过我只拿必需的那些东西。"他辩解道。

我们穿过普洛格太太的学前班离开教学楼,去了操场安着攀爬架和滑梯的那一侧。半路上吉姆手痒,非要摆动一下那些器具不可。雷为我们打开学校边门,接着跑过了阔地。我们追着他到了环形车道边,看到他在学校边界外的围栏那里跪了下来。

等到我们在他身边蹲下,他说:"好了,从现在开始,不论发生什么,你们都不许说一个字,跟着我就行。如果不知道该怎么办,看我手势。靠近窗边时,当心脚下,还有别踩到了院子里的儿童玩具。"

吉姆和我都点了点头,虽然我不确定他到底说的什么。不过,我也想不了那么多了,几秒钟以后,我们就跟着他翻过了一个又一个围栏、尖桩栅栏和篱笆。雷最后停下来时,我差点撞上他。他向我们挥挥手,从一个后院走到了一栋错层式的房子前。我知道他要去哪儿——因为一楼膝盖高的地方,亮着扇窗户。

雷朝前倾过身,两只手放在大腿上,看着那片发光的长方形区域。吉姆和我走到他身边,摆出了同样的姿势。房里有个胖子,他背对着我们坐在一张椅子上看电视。他脑袋光秃秃的,肩膀和脖子相交的地方全是褶子。他手边的小桌子上立着一个高高的物体,看着像是台灯座,但应该装灯泡的地方接着一根软管。那人拿起软管一端,凑到脸前。过了会儿,他喷出一团硕大的淡蓝色烟雾。那团烟雾升到了他头顶,如同是一团乌云。爱丽丝漫游仙境里那只趴在大蘑菇上的巨毛虫,抽的大概也是这种东西。

雷示意我们应该离开了。我没看懂那到底是什么,但夜晚的各种声音倒是变得清晰了起来——水池过滤器的嘟嘟声、电视机里的笑声、林子里猫头鹰的叫声,我甚至觉得自己在呼吸之间,听到了汽车驶过朝阳高速公路的声音,那里可是隔着我们整整二十个街区呢。之后,我们离开那个院子,一顿攀爬,穿过库斯伯特路,进入了又一个后院,接着爬上栅栏,到了松树路。

我们的下一站是斯坦珀森的家。站在他们家围栏对着墙的最后一截上,你能透过边窗看到里面。雷安静地爬了上去,栖坐在半空观察了半晌。从窗子洒出的灯光照亮了他的脸,我看到他的表情由平时的机警,逐渐变得更加平和。看完后,他悄无声息地落到地上,帮助吉姆也爬了上去。吉姆只看了几秒,就轮到了我。雷抓着我的胳膊,帮我在栏杆上保持住了平衡。感受着他手臂的力量,我望向室内。我看到托德·斯坦珀森,那个比我低一年级的小子,躺在床上睡觉。他的房间乱糟糟的——玩具和衣服丢得到处都是。我注意到他的床边上摆了好多毛绒动物,中间还有一个叫作"拇指姑娘"的人偶。只要拉动那玩具背后的绳子,它就会动起来。玛丽也有这样一个玩具,我跟吉姆以前在楼梯上拉过绳,看着它滚下楼梯,在楼下摔得四仰八叉。

看完后,雷扶着我稳稳落到了地上,一点动静也没有发出。我们没有跑,而是快步走离了斯坦珀森家,绕过了他们家院子后面两辆报废的汽车。接下来的几个院子之间没有篱笆阻隔,我们一路小跑向前。尽管我和吉姆以前来过松树路,我还是不知道自己究竟到了哪儿。

直到我们仨站到一间亮着灯的娱乐室外,我才终于搞清了自己的方位。房间里,玛西·海耶斯脱下了她的牛仔裤。她穿着白色的内裤和黄色的纽扣衬衫,金发松垮垮地垂在背后。只见她一粒粒解开纽扣,抛下了外套。吉姆的嘴巴张得老大,似乎随时要叫出声。雷在一旁微笑。这时候玛西解开胸罩扣,松下肩上的束带,露出了乳房——不算太大,乳头是黑的。接着,她又褪下了内裤。盯着那粉红色的屁股,吉姆情不自禁地往前迈了一小步,结果踩到了地面的枯枝。这就像发令枪响,等玛西扭过头来,我们已经钻到了灌木丛的后面。又过了一小会儿,她走到窗前向外看,不过到那时,她已经穿好了睡袍。

毕晓普家留声机唱的是"带我去看棒球",歌声透过窗玻璃传到了外面。雷吉穿着印了小汽车的睡衣,随曲调不停摇摆。一曲唱罢,他去拨弄唱针,想重播一遍,但毕晓普先生走进了房间,说了句"别放了"。从我们站的地方,能看到他灰发半秃,面色倦怠。他耷拉着身体的姿势,有几分像衣帽架上的衣服。他向前摆摆手,然而雷吉说:"可我还没累。"于是歌声又起。雷吉跑向门口,踩着他老爹的鞋子跳起,搂住了他的脖子。毕晓普先生拿自己的儿子无计可施,干脆在房间里慢慢地转圈,一边摇晃身子,迈出舞步。有那么一会儿,他的视线飘向窗外,可我不认为他真能看到黑暗中的我们。

丹恩·库德迈尔坐在葡萄架下,陷入了沉睡。他面前的桌上,放了瓶啤酒。雷示意我们继续向前,自己走到了库德迈尔身旁轻轻抓起酒瓶,一口气喝干,然后放回原位,回到我们这边。他的速度快极了,甚至都看不清。接下来,我们转到旁边的路上,过了巴尔奇塔先生家,又绕到了埃里克松家后面。他们家的餐厅里亮着灯,但空无一人。雷望着空房间看了很久,也不知道他在看什么。

站在费利纳家后院水池边的木地板上,我们看着费利纳夫妇俩躺在床上聊天。他们有说有笑,甚是惬意。我们就这样看了很久。后来,费利纳太太翻身趴在了她先生身上。我猜他们快睡着了,于是准备离开,但还没迈下水池木地板的台阶一步,雷突然拍拍我肩膀指指室内。我抬起头,发现他们掀开了被子。费利纳太太跪坐着,而她先生的阴茎胀得老大。吉姆无声地笑了起来,突然间,我也感到了笑意。我本以为雷会觉得我俩发神经,但他居然同样露出了笑容。我们一直看到他们把事情干完才离开。接下来,我们去了看门人鲍里斯那里,他躺在床上看着电视。爱迪生太太坐在餐厅里,点着蜡烛,面前的桌上摆了一盆水。彼得·霍顿坐在他的小桌旁抽泣。

"这只是一个晚上。"我们沿着柳树街边缘的草坪——而不是沥青路面——悠闲地漫步时,雷对我们说道,"可以看的东西还多得是呢。"

"谢啦。"吉姆和我异口同声地说。

"下次你们出来,我会想好对付白先生的办法。"雷说。

我们和他在法利家门口道别。他走进法利家的后院,而我们穿过前面的草坪回了家。几分钟以后，我们返回各自房间，穿好了睡衣。刚刚跳上床，我就听到爸爸回来了。我躺在黑暗中，想着雷现在正看着什么，他寻找的又是什么。不过，浮现在我脑中的，其实是刚刚所见的一切。尤其是哀伤的彼得·霍顿。他抽泣的身影，一次又一次在出现在我眼前。

第四十六章　有什么事情要发生了

　　爷爷和我在后院检查他的树。我举着一个旧咖啡罐,里面是些难闻的黑色物质,爷爷拿了把破旧的硬毛刷。他把刷子浸入罐内,然后俯下身,把那些东西涂在树干底,和地面接合几英尺高的地方。那天天气不错,阳光有些晒人。爷爷只穿了件无袖衬衫和平脚裤,我也没披外套。每涂一棵树前,他都会先远远地看看,然后走到近旁摸摸树皮,揪下新枝凑到眼镜前仔细看。他说今年夏天会结许多樱桃,但虫害也厉害。

　　刷完最后一棵树后,我们在庭院桌旁面对面坐下。他把剩下的涂料倒进地里,放刷子在旁边的长凳上,然后点着一支"好彩"。"我希望你能帮我个忙。"他说。

　　我点点头。

　　"过来,看看我背后。"

　　我走了过去。他把香烟放在桌角,撩起衬衫。当然,我看到了那只蓝色线条、纹路繁复的龙狗文身。

　　"看看那只狗。"他说,"它的眼睛什么颜色?"

　　"红的。"

　　他放下衬衫,招呼我坐下,接着拿起香烟。"我感觉到了。"

　　"什么感觉?"

"发痒,有时候还像火烧。我已经很久没有这种感觉了。那红色不是墨水。它的眼睛平时只是我的皮肤。"

"'深渊'在警告你?"

他点点头。"有什么事情要发生了,有些黑暗的东西在不断接近。"

"你打算怎么办?"我问他。

"不怎么办。"他说,"我能怎么办? 你只能等着事情发生,然后着手处理。至少,我知道有事情要发生。这叫预警,懂吗?"

"它预警的全是坏事吗?"

"当时那个给我文身的爪哇老头说,如果它眼睛变红,就有大麻烦。我跟他说.'是啊,但管他呢。'于是他就用鲸鱼骨针刺了起来。活干到一半,他给了我一块像是口香糖的东西。那玩意儿甘草味,让人昏昏欲睡。而且嚼了以后,我听到就在他的茅草棚子外,有只大狗不停地咆哮。"

"那狗救过你的命吗?"

爷爷指着我说:"那就是它的全部了。"

我点点头,但完全没明白他的意思。我们又坐着聊了会儿天。我注意到树上重新长出了叶子,草地也焕发了新绿。连日头也比先前热了不少。最后,我站起来向家门走去。

"这段时间,你和你哥最好晚上别出去溜达了。"他说。

我扭回头,看到他在嘴前竖起了一根手指。

第四十七章　闭　嘴

我告诉了吉姆爷爷和我的对话。

"操。"这是他的回答。

"我觉得他不会把这事告诉家里其他人。"我说。

"狗眼睛真变红了？"

"亮红亮红的。"

"那狗一定看到了白先生。"他说。

"我也是这么想的。"

"可如果狗看到了他，那玛丽怎么会看不到呢？破镇里，白车已经在哈蒙德路摆上好几个礼拜了。"

我们去找玛丽，发现她趴在卧室的木地板上拼着七巧板。她没和莎莉·奥马利、桑迪·格雷厄姆在一道，让我有些惊讶。吉姆一定同样察觉到了反常，因为他问道："你怎么不再变成米奇了？"

"闭嘴。"她继续拼板子。

吉姆跟她讲了爷爷身上狗图腾的变化，然后问她为什么那辆白汽车一直没动。

"做一个白先生。"她头也不抬地说。

"他不在车里？"我问。

"谢谢。"她说完，要我们离开。

我试着把龙狗的警告、步行的白先生、雷和其他所有的线索综合在一起，找出其中的关系。后来，我想呼吸点新鲜空气，就进了后院。吉姆跟了过来。

"他是来找玛丽的。"吉姆说。

"我们应该告诉爸爸。"我说。

"别，雷对他有很深的了解。我们应该先听听他的计划。"

"我不出门。"

"那我自己去。"他说。

"如果你还没找到雷，就先被白先生盯上了呢?"我问。

他耸耸肩，"我得试试。"

那天晚上吃过晚饭，奶奶告诉我们警察今天下午来街上搜了一趟。

"哪儿?"妈妈问。

"海耶斯家。"奶奶说，"他们家女儿前几天晚上听到有人在窗外。"

"她看到是谁了吗?"吉姆问。

"外头太黑了。"奶奶说。

那天晚些时候，吉姆把代表贼的泥人从纪念堂里拿出来涂成了纯白色，连长针胳膊也没落下。即使覆上了一层油漆，那双眼睛依旧闪闪发亮。吉姆涂到一半，突然看着我说了句"玛西·海耶斯"。我们都笑了。

第四十八章　造个月亮

"造个月亮。"克拉普对我们说,"我不在乎你们用什么办法。"

他绕过讲台。讲台上放了一本画着月亮的书。

"撞击坑。"他说道,"灰色的圆形陨石坑。塑纸机①、黏土、纸头、石膏。用什么都无所谓,但它看起来得像个月亮。下周四交上来。"

---

① 一种模具。废纸填入其中后,能被塑造成模具的形状。

第四十九章　守　夜

　　周六太阳下山时，一些人来我们家聚会。爸爸告诉吉姆和我，如果我们不胡闹，也可以一道来坐坐。曼森先生、爸爸、法利先生、丹恩·库德迈尔和康拉德先生坐在连翘灌木后的草地椅上，树上萌发了黄色的新芽。即使入夜，暖风依旧阵阵吹拂。康拉德先生带来了六罐装的啤酒和一支手电筒。库德迈尔也给每人带了两罐。法利先生来得最晚，他买了瓶威士忌和一堆纸杯。

　　我坐在爸爸身旁的椅子里，吉姆搬来了他自己的座椅。康拉德先生递给爸爸一罐啤酒。"谢谢。"爸爸笑着说。法利先生倒出一杯杯威士忌，把它们递给在场的人。几乎所有人都在抽烟，不过库德迈尔先生叼的是烟斗，等所有人都分到了小纸杯，曼森先生举起了他的杯子。"致守夜人。"

　　大家都呷了一口，这时候丹恩·库德迈尔先生大声问道："哈耶斯人呢？那是他女儿，对吧？"

　　"我不晓得。"曼森先生摇着头，"我老婆要我过来的。"

　　大家都笑了。笑声低沉，带了几分尴尬。

　　"我让自己的小孩在附近所有人家的后院里布上了线。准确来说，是连着两截木桩的渔线，它们还连着一罐子石头。如果听到动静，我们就立刻出动，逮住那个偷窥狂。"

　　我尝试想象亨利拿着那些笨重、哐当作响的苏打罐的模样。

"这种东西再多装几个,"法利先生说,"抓贼就像瓮中捉鳖了。"

"喝点露天酒,"我爸爸说,"不是个坏主意。"

"如果听到了动静,你们全部会出动吗?"曼森先生问道。

"当然了。"康拉德先生答道,"我要把他们揍个半死。"说完后,他咧嘴笑了起来。

"等着瞧吧。"爸爸说。之后,话题转向了天气和金钱。空的酒瓶和罐头越来越多,香烟烧尽一根又一根,时不时地,有人会发出一声咒骂。说笑声也似乎遥远了起来,好像勾起他们欢笑的是过去的记忆,而不是正在进行的闲聊。夜彻底降临了,气温比刚才更低。

法利先生说他的雇主,格鲁曼公司,正在测试一种新型机枪。"每秒打一千发子弹。"他说。

"弹壳有多大?"爸爸问他。

法利颤抖着比了个手势,两指间留出了五英寸的空档。看他微笑的样子,这仿佛是个令人惊叹不已的消息。等法利先生完成了他神奇的设计,康拉德先生从口袋里掏出火柴盒,放下他的酒杯,又拿出了手电筒。

"你带了什么,比尔?"库德迈尔说。他已经瘫倒在了椅子里。

康拉德先生打开火柴盒,用电筒照着它。他把火柴盒递给我爸,我爸这会儿正坐在地上喝酒。小小的方块落进了他的掌心,为了看得更清楚些,我站起身来。小盒子里是块棉布,棉布上有个棕色的裸女。

爸爸笑了。"从哪个耳朵里出来的?"

"一个掏干净了就换另一个,"康拉德先生说。

法利先生也笑了。

爸爸把火柴盒给了库德迈尔,他看了看,问道:"你拿什么做的?"

"曲别针、拇指甲和针……"

"这耳屎可真他妈大。"火柴盒交到法利先生手里时,他这么说道。

"我耳屎总是很多。"康拉德先生羞涩地点了点头。

"你用耳屎做的?"轮到曼森先生查看康拉德的创作时,他似乎犯了恶心,"可真够怪的。"

"他拿那些玩意儿做过一整套国际象棋。"库德迈尔说。

曼森先生摇着头把火柴盒还给了它的主人。在那之后,他们谈起了军队。我呢,躺在了自己刚刚站着的草坪上。

"那个中尉在阿伯丁的军营里任职。"爸爸说道,"我跟你们说说他的另一件事。他是个骨瘦如柴的犹太人,戴了副眼镜。军装穿在身上整个会耷拉下来,手指都差不多全缩进了衣袖。他的裤子也太大。整个部队的人都在他背后扯闲话,说这人不知怎么当上军官的。后来有一天,部队实弹演练丢手榴弹。你得扯下保险销,等上几秒,然后把那玩意儿扔出壕沟。有个家伙没丢好,手榴弹撞在壕沟顶又掉了回来。所有人都傻眼了,不知如何是好,除了那个中尉。我的意思是,他一点儿犹豫也没有,直接跳进沟里抄起手榴弹往外丢。惊了。那玩意儿在半空爆炸,有些破片落了下来,还好没人受伤。从那天开始,就再也没人说他的军装狗屁了。"爸爸深吸一口烟,结束了他的故事。

法利先生讲起故事来的口吻听着像梦游。"我参加诺曼底登陆,去了法国北边的海岸,他们管那个叫'绿篱行动'。纳粹在山坡上驻防,我们的一边是沼泽,而另一边是一整个装甲师。我们突破了德国佬的防线,这事情后来被叫作'圣洛突破'。"

"我没法描述那场面有多惨烈。那些日子我想忘也忘不掉。"说完,他陷入了长久的沉默,我还以为他睡着了。

"后来呢?"康拉德先生问。

法利先生被猛地拉回现实。"那里的地形让人抓狂,当时我们挺进不利,需要回到大部队那里。但道路被封锁了,我们必须派出信使去求援。上校挑了个小瘦子,他的年纪肯定还没过十七。我至今记得他的名字是惠灵顿。作为士兵,他派不上多大的用场,可他跑起来快得像一溜烟。他们给了他信件,然后就派他上路了。惠灵顿从我们刚刚打的战场了跑了回去。他成功地把消息送达了本部,可他再也没回到我们这儿。后来我们在战地医院找到了他。很显然,这小子得一路踩着死人的尸体才能回去。不过,他还是把信送到了。"

"他受伤了?"曼森先生问。

法利先生摇摇头。"把消息送到以后,他就疯了。被自己看到的东西吓傻了。"

又是一阵沉默。我肯定打起了瞌睡,因为话题不知道什么时候转向了洋基队,吉姆也回了家。我对棒球没什么兴趣,可我多少知道些相关的名词。法利先生提到了一个名叫瑟蒙·蒙森[①]的新球员。"我觉得他大有发展前途。这人的天赋很高。"

"是啊。"我爸迷迷糊糊地应和。

"我也觉得。"库德迈尔叼着烟斗说。

曼森没说话,不过比尔·康拉德说道:"虽然看着不像,但他让我想起洋基队的一个老投手。"

"什么时候的?"法利先生问。

"五十年代头几年吧。"康拉德回答。

"你是说瑞德尔?"法利先生说。

"对。"康拉德笑了起来。

"那个人其实叫瑞德利,"库德迈尔说,"从克利夫兰一家旅馆跳楼那个。好吧,至少他有胆子跳下去。据说他吸毒成瘾。"

"斯科特·瑞德利。"爸爸说着轻轻地拍拍我后背,"你该去睡觉了。"

"马上。"我说。爸爸没有继续坚持。草地已经冷了下来,可我实在太困了,瑞德利也没能激起我的精神。"把这事告诉吉姆。"我提醒自己。

当我再次醒来时,周围一片安静。我看向房子。餐厅和厨房灯已经关了。而院子里,除了法利先生的椅子空着之外,其他人都睡着了。康拉德抓着

---

① 瑟蒙·蒙森(Thurman Lee Munson,1947-1979),在洋基队打球十二年,棒球史上第一个全明星球员。

他的纸杯。曼森直直地坐着,但打起了鼾。我静静地听着夜晚的声音,突然感觉这很像格里姆太太说的,人们在教堂里的行为。想到这,我觉得自己有些发抖。我站了起来,转向房子,准备上床睡觉。刚刚经过樱桃树,我突然听到哐当的响声。音源大概在几个院子远的地方,可能是曼森家。

是雷,还是白先生?我想着该不该叫爸爸。但我还没下定主意,大耳朵的康拉德已经站了起来。他绕着圈子挨个推醒人,示意他们安静。我返回了人群。

"你家后院。"康拉德对曼森先生耳语,一边指指那个方向。曼森先生扶了扶眼镜,有些担心地望向自己家。

库德迈尔说:"两个人守在这里,两个人绕过这片街区,堵住他的退路。"

"我去吧。"爸爸说着转向我。我以为他会叫上我,但他说的是:"去前门看着。如果见到除了我们之外的人,马上大喊。要是他冲着你过来,你就进家把门反锁。"

讨论的结果是比尔·康拉德和爸爸一起行动。我和他们一道离开后院,然后转去了前门。要是来的是雷,我会警告他,或者帮他逃走。我希望吉姆能和我一起。我的心吊到了嗓子眼,没法就这么待在门口的楼梯上,而是走到街边,紧张地左顾右盼。

我看到爸爸和康拉德站在街道我这一侧的远处,海耶斯家门口的路灯下。他们走下沥青路面,朝着曼森家过去,双双消失在黑暗中。我等待着,一边试着平复自己的呼吸,这样能听得更清楚一些。但实际上我的心脏狂跳,连站都站不稳当。后来,我穿过停着车的车道,站到了康拉德家院子的边上。我怀疑自己听到了爸爸口袋里传来的叮当响声,可我没法确定。

过了五秒钟,康拉德突然大叫:"哇!"

还没看到发生了什么事情,我先感觉到了地面的晃动。雷出现在了康拉德家阴暗的草坪上。

我听到爸爸高喊:"在那儿!"

"把手伸出来。"雷低声说道。

我刚刚照做,他就从我身边闪过,躲到了爷爷的汽车后面。又过了一秒钟,我意识到手上多了张纸片。我把它塞进口袋,看着爸爸和康拉德从我身边经过,冲上大街。我转过身,看到后面的街区里,库德迈尔和曼森先生堵到了顿登家门口。雷立刻转向,进了顿登家后院,而曼森先生——他好像才开始跑起来——紧紧跟在雷后面。等我跑过去想看个究竟,爸爸和康拉德先生已经穿过顿登家前面的草坪,去了后院。

我和库德迈尔一道奔进了雷最后消失的地方。曼森、康拉德和我爸爸站在顿登家的棚子前。我们向着那里靠近时,曼森示意噤声,然后指了指。爸爸凑到库德迈尔旁边,低声说:"他在里面"。只见大人们围成半圆,对着棚屋的门。康拉德举起了电筒,不过没有打开。曼森示意我去开门。我看了眼爸爸,他点点头。我的手开始颤抖,然而还是抓住门闩,把它拉到了一边。同一瞬间,康拉德打开了电筒。我闪到一边,不想和里面的人面对面。

等到重新抬起头,我发现手电筒的光,在棚子空空荡荡的角落之间移动。

康拉德点着了一根烟。"霍迪尼。"他说。

"我打赌他刚才在这里。"曼森说,"我听到门开关的声音了。"

"好吧。"爸爸说,"我们跟丢他了,不如继续去街上转转看。"

"有人看到他了吗?"库德迈尔说。

"看到了。"爸爸说,"他还是个小孩。"

"看到他的脸没?"

"没。"

"我倒是看到了。"曼森说,"但我以前没见过他。"

"你知道他长得像谁么?"库德迈尔说,"以前住在街区里的一个小孩。"他指了指。

"你是说,那户在我们来以前就搬走的?"曼森问。

"郝勒威一家。"爸爸说,"他们已经走了有段时间了。"

"但不可能是他啊。"康拉德说。

爸爸担忧地看了我一眼。

"没错。我都忘了。"库德迈尔说。

众人回到街上,决定就此分别,各自去街区不同角落看看。我跟着爸爸向学校走去。现在也不知道几点了,再加上在顿登家棚屋的经历,我疲惫不堪。不过爸爸什么也没说。我们穿过学校,走到了去阴沟山的野地里。

走着走着,他突然停了下来。"看那些星星。"他仰起头。

我往天空看去。我从没见过那么多的灿烂繁星。

他往北指了指,"看到那颗特别亮的了?"

虽然我不知道他到底说的哪颗,但还是点了点头。

"那颗星星的光,要一千年才到达得了这里。如果我们能对这些光进行分析研究,就可以看到一千年前发生的事。像是穿越了时间。"他说。

我想象着一颗绕恒星旋转的小行星上,有人给我留了条消息。

"反过来说,"爸爸继续道,"那边的人看到的,也是千年前的我们。"

"十个世纪。"我说。

"对。乘法不错。"他拍拍我,"咱们回家吧。"

我们在康拉德家的草地上碰到了康拉德和曼森先生。爸爸对他们说我们谁也没见到。他们说库德迈尔已经回去睡觉了。

"你们有见着人吗?"爸爸问道。

康拉德先生摇摇头,而曼森答道:"就在费姆斯路上见到了一个老头。"

"他长什么样?"

"他年纪不小了。再说了,他穿着大衣和帽子,那身打扮跑不起来的。"

"但这个点,出来散步也太晚了。"爸爸说。

"管他呢。"康拉德说,"我可要进去了。"

"我也累了。"曼森先生说。

我们朝家走去。

　　睡下前，我掏出了裤袋里的纸片，把它展平。上面写着"找出陷阱，小心窗外。"

　　我想着把这事告诉吉姆，但我太累了。很快，我就陷入了满是星辰的梦境。

第五十章　约拿和鲸

我们坐在熟食店后面巷子里翻倒的箱子上，把一盒巧克力牛奶传来传去。正如吉姆所说，爸爸坚持不再去教堂。因为参加了守夜，我困倦得要死，但是吉姆一刻不停地问这问那，所以我把昨晚上发生的事一五一十地告诉了他。雷给我的那张纸片，他也已经看过。

"在克利夫兰的时候跳窗自杀。"吉姆说着摇摇头。

"库德迈尔说那个贼看着像雷的时候，我感觉非常不对劲。"我说，"你知道什么地方不对吗？"

"怎么了？"

"他们说完郝勒威搬走以后，康拉德说'不可能是他'，听起来原因不光是搬家那么简单。后来库德迈尔也说'没错，我都忘了。'"

"你的意思是？"

"我不知道。"我说。

"不，你知道。"吉姆说，"你只是没反应过来。"

"他到底在找什么？"

"我不知道……"他撕开一块巧克力饼干的包装，又像牧师一样把它举起。掰开后，他把其中比较小的那一块给了我。"问题是，等他找到了要找的东西，他打算干嘛？"

回到家里，妈妈问我们讲道的情况。我还没来得及脸红，吉姆就面不改色心不跳地答道："约拿和鲸。"那个故事，其实是格里姆太太讲给我们听的。

"牧师说过你们能从中学到什么教训吗？"妈妈问。

"当个好人，否则上帝会吞噬你。"

第五十一章　问那个小孩

那天阳光灿烂,我坐在吉姆的椅子里远望破镇,玛丽站在我身边。

"你能再告诉我一遍那些数字吗?"我问她。

她摇摇头。

"为什么不能?"

"米奇走了。"她说。

我不清楚她的意思,于是盯着她,想看出些米奇的影子来。"他去哪儿了?"我最后问道。

"远方。"她说。

"所以?"

"他知道数字。"

"你还能算出破镇里的事吗?"

"有的时候可以。"

"但不能对着我耳朵报那些数字了?"

"我可以试。"她摇着头,看来吃不太准,"你要看?"

我站了起来,走到郝勒威家后面能看到雷的地方。坐下来以后,我把雷的泥人放我面前的桌板边缘。真正的雷总是动个不停,就算跷着二郎腿,坐在他地下营地的灯笼旁时也如此。但他的泥人模型瘦弱、僵硬,两只胳膊直直地垂在身旁。吉姆创造破镇的时候,我们其实还不认识他呢,泥人也仅仅是代表有那么一个人存在。我想,生活在破镇的世界里,站在画出来的柳树街上,一切肯定都有所不同。

玛丽开始念叨数字,它们滑进我的耳朵,就像是从漏勺里滑下的意大利粉。一串串的数字在我脑中游过,而我死死地盯着泥人雷,想知道他在寻找什么。我相信答案会突然跳出来,变成我眼前栩栩如生的场景。有那么一小会儿,我甚至觉得我并没坐在椅子上而是真的走进了破镇……但随着玛丽继续念叨,我发现自己又回到了椅子里。等她报完数字,我意识到刚才的一切,仅仅是我自己的想象。

"不太好。"玛丽摇摇头。

"别在意。"我说。

她咕哝了几个词,回到了自己的帘子后面。我继续瞪着雷,希望能获得些灵感。不过没多久,我的目光就飘开寻找起了白先生。我发现他躺在哈蒙德路的远处。板子的边缘,也就是说,他并不在附近。我继续扫视街道,看着一栋栋房子和我们的泥人邻居们,直到街区尽头的东湖学校。那个瞬间,我终于记起了克拉普布置的造月亮作业,而交作业的日子就是明天。我知道,我只能找吉姆来帮这个忙了。我站起身,打算先看看他在不在家,但正要拉绳关灯,我突然发现有人站在树林里的小湖边。

是爱迪生太太。她的头发披散在身后,细瘦的胳膊交叠于胸前。她站在湖岸上,望着闪闪发光的湖面。

"玛丽。"我喊道。

她走出帘子。

"爱迪生太太什么时候进树林的?"

"今天。"她说。

"具体时间呢,她是几点离开破镇去那儿的?"

"我不知道。"玛丽说完,转身回到了帘后。

我又看了板子一秒,接着跑上楼穿好外套,给乔治拴上了皮圈,然后出了门。一到马路上,我就转向了东湖。我跑得气喘吁吁,脑海中老是浮现出那晚上爱迪生太太坐在餐厅盯着一碗水的画面。"也许查理用某种方式告诉了她。"我想。

我内心挣扎了一番,这才决定冒险进入树林。那天阳光明媚,余下的白昼时光也多,但我总是担心玛丽失去了魔力,没有算到白先生其实已经离开了家。走到半路,我的脖子就因为回头过于频繁而变得酸痛不已。林间枯枝不时发出的咔嚓声让我心脏狂跳不停。乔治每走十英尺都会停下来撒尿,我让他一直待在我身边,免得白先生突然出现,打我一个措手不及。

到后来,我们干脆离开小路,跨过松树下低矮的灌木向湖岸走去。经过一棵长势特别惊人的橡树后,我终于瞥见了水光。靠得更近一点以后,我看到了她。爱迪生太太和我相距不过十英尺远,她背对着我,站在湖边丛生的黄色杂草中,左右是两棵松树。我敢说,她双臂交叉在胸前。和往常一样,她的头发乱糟糟的。说实话,发现她真的站在湖边发愣,我有些吃惊。看到她在破镇的位置以后,我还以为她已经投湖自尽了。

我松开皮绳,乔治沿着来时的路跑了出去,而我向着相反方向,走到爱迪生太太身旁,露出了妈妈绝对会称之为假笑的表情,"我的狗走丢了。你能帮我找到他吗?"我对她说。

她扭过头,看着我的眼睛。

"我的狗走丢了,我要找到他。你能帮帮我吗?"我说。

她花了点时间才反应过来,仿佛我刚刚把她从睡梦中唤醒。她点点头,笑了笑,跟我走了起来,尽管双手依旧叉在胸前。我穿过灌木丛,而她安静地跟在我身后,形同幽灵。到了林间小路,我等了她一会儿。乔治就在我前面没几码的地方,不过我向那里迈出一步后,他又奔逃了出去。

我和爱迪生太太并肩向前走去。

"你和查理同班。"爱迪生太太说。她的语调平静,尽管脸偏向了我这一侧,但目光依旧投向了前方。

"嗯。"

"你想他么?"她问。

我告诉她,克拉普一直留着查理的空桌,这样我们就能记住他了。

"我觉得他在湖里。"她说。

我没有回答。

"他落进了湖里。我感觉得到。"

我喉咙发干,说话时咳嗽了两嗓子。"我想他们已经检查过湖底了。"

说话间,她突然停下脚步张开双臂。我愣了一会儿才反应过来她在招呼乔治,他就待在几码外。我蹲了下来,乔治没有跑,他看看我,又看看爱迪生太太。她的双手张得更大了,一边发出"喔喔"的呼唤声。雪纳瑞终于跑了过来。爱迪生太太俯下身,一手拾起他的皮绳,一手摸着他的脑袋。

"他叫乔治。"我说。

她把皮绳交到我手里。"好狗。"她说。

我走向学校,希望她跟过来。她确实来了。快要走到阴沟山后时,她说道:"你明年要上初中。"

"但愿能上。"

走在野地里,差不多是爸爸让我看星星的那个位置,她突然抱住我,把我拉进了怀里。恐惧和其他说不清道不明的情感在我心中滋长,但我没有挣扎。我能感觉到她的肋骨,她的心跳。漫长的一分钟过去后,她终于放开手,摸摸我头顶,说:"回家吧。"

我抓着皮绳跑了起来。到了学校大门附近,我回过头,向她大声道别。我看到她正走向街道而不是返回树林。她的步速很慢,很慢。见她朝我挥手,我又向家跑去。

虽然还得给克拉普做月亮,可我回到家以后依旧缩在沙发角落,看起了下午的电影。詹姆斯·卡格尼在屏幕里跳着踢踏舞,唱着"我是个花花公子,心不在焉。"我把月亮抛到一边，躲进电视，后来就这么睡着了。妈妈把我叫醒吃晚饭的时候，天已经彻底黑了。

直到第二天，也就是星期四的早上，我才又想起月亮这回事。我是被爸爸结束工作回家关门的动静吵醒的。当时我在做梦，梦里的夜空布满星星，而奶油色的月亮对我露着大笑。联想到了马上要交的作业，克拉普顿时出现在了我的脑海里，吓得我毛发直竖，睡意全无。

我轻轻敲了敲走廊对面吉姆房间的门，没有回应。"吉姆。"我轻声喊道。依旧没有任何回应。于是我又敲了敲。这次，我总算听到了他床铺弹簧的嘎吱响，还有光脚踩在地板上的响声。他打开了房门。我看他穿着睡衣，睡眼惺忪，头发乱糟糟的。

"你要干嘛?"他说。

"我忘了给克拉普造月亮了。"

几秒钟过去了。就在我以为他站着睡着了的时候，吉姆说："今天交?"

"嗯。"

他笑着摇摇头，"所以你现在来求我帮忙了。"

"要是交不上，他会把我宰了的。"

"你会吃上一礼拜的禁闭，他要让你写上五百次'克拉普要我做月亮，我就应该做月亮'。"

"求你了!"

"现在几点了?"他问。

"爸爸刚回家。"

"好。"他说，"我晚点帮忙。"

"可那不是要花上段时间的吗? 我们应该现在就动手。"

"我说了，我会帮的。回去。"

他关上门，我听他又趴回了床上。

我坐立不安，想找点办法出来自己做月亮，可是那些点子刚出现，就又消失了。更糟糕的是，不管我思考什么，刚刚梦里的月亮始终高悬背景，让人无法忘记。我干脆洗脸刷牙，穿上衣服梳好头，在卧室里来回踱步，练习可能用得上的借口，可我其实清楚，克拉普才不吃这套。

早上八点前，我们要离家去上学。玛丽和我往东湖走去，吉姆则去巴尔齐塔家对面的街角坐大巴。那天早上他过了七点才起床，然后不紧不慢地冲了个澡。我快要疯了，可我知道催促只会适得其反。他像个老头子那样一点点咀嚼着麦片，脸上带着微笑。看他举起勺子的动作，那玩意儿好像有十磅重。到了七点三十五分，他终于把碗和勺子放进了水槽。如果我们赶紧动起来，那还有十五分钟的富余时间，可他伸伸懒腰，打了个哈欠。

"好了。"他说，"我们走。"

我跟着他下了地下室。

他打开灯，摩挲着下巴和脑袋，说："嗯……"，像极了贝蒂娃娃①的爹。接着，吉姆走到他椅子边上的小桌前，双手推开了桌面各种垃圾。那些垃圾，正是创作破镇的主要材料。

这时候地下室的门打开了。"你们俩在下头干嘛？"妈妈喊道。

"我在找圆规呢，上课要用。"他说。

"一刻钟不到了。"她说，"你们得快点儿。"

"马上的事。"他说。

看他跪下身，从桌底拉出一个盒子，我脑海里突然跳出了"稀烂的荣光"几个字，差点就要骂他了。只见他打开盒子，从里头的袋子里抓出两坨灰泥，放在桌上，然后把盒子推回原位。这些灰泥我知道，破镇的居民就是用它们捏出来的。

"克拉普的月亮，立等可取。"他说着站起来搓搓手，把两块泥巴糅到一起，不断地滚动、滚动、再滚动，就像在搓肉丸。等到它变成一个完美的球形时，吉姆正式开始了他的工作。他用拇指按出浅坑，推起小小的肿块，又用小指指甲

---

① 1930年美国纽约贲雪兄弟工作室推出的卡通形象，有多部动画电影。

在肿块上抠出环形山。完工后,他用拇指和食指夹起他的作品,那东西看起来真的像个月亮,简直难以置信。

"这一次,"他说,"克拉普肯定要另眼相待。"

"可我怎么把它带到学校又不弄坏?"

"简单。"他低下头看了一眼垃圾堆,拿起一根冰棍杆,插在月亮底部。"棒冰月,"他把那东西给我,"这个点子应该卖给索福提。"

"快点儿。"妈妈在楼上叫道。吉姆三步并做两步奔了上去,我在他身后举着月亮慢慢走上台阶,仿佛那是格里姆太太做的糖衣苹果。

妈妈已经出门,准备上车了。玛丽穿上了她的外套,在门口等我。

"那是什么?"她指着我手中的东西。

"月亮。"吉姆从我们身边经过,"很漂亮,不是吗?"他在屋外的台阶处回过头问道。

上学路上,我一手插在衣服口袋里,一手拿着冰棍杆,时不时交换左右手。有次,我不小心让那柔软的黏土撞上了路边的围栏。凹痕很小,可我觉得它直接伤在了我身上。

上学路上,许多小孩嘲笑了我的棒冰月,还炫耀他们拿烘焙的、彩绘的石膏或者塑纸机做出来的月球模型。可我还是小心翼翼地保护着那根棒冰棍子,不让泥球落到地上。在见到克拉普之前,只有这件事,我一定要做好。

进了克拉普的教室,我向大衣橱走去,突然,有人拿肘子怼了我一下。我胳膊向前伸展,尽管保持住了平衡没摔倒,然而月亮还是失手飞了出去。它划过了整整三英尺的空气,扑通一声落在地上。我回过头,想看看是谁打的我,但这时候霍奇斯·斯坦帕在衣橱里放完了东西,背对着我往后退了几步。我扑向黏土,而耳边传来了欣克利的笑声。太迟了。斯坦帕还没明白怎么回事儿,脚后跟就把我的半个月亮踩成了薄饼。接着,克拉普要我们在各自的位置上坐下。我别无选择,只能拾起那团烂泥。

每个人的桌上都摆着月亮,它们一个比一个惊艳。特别是派特·崔派迪诺的月亮,看着就跟真的一样。而我呢,只能拿着那根冰棍杆傻坐。很快,克拉普检查起了我们的作业,他沿着课桌间的过道从前往后走来,一言不发,就像工作时的警犬,专门嗅探失败者的气味。终于,他走到了我边上。他居高临下地看着我手上的那摊烂泥。我抬头望着他。

"踩到了。"我往边上瞥了一眼,看到欣克利露着笑容。

克拉普俯身用拇指和食指夹起冰棍杆,把踩得半扁的月亮从我手中提起,返回讲台边,把它丢进拉垃圾篓。它发出了咚的一声。我能感觉到其他小孩都在强忍笑意。

克拉普没说什么,只是一次点一个名,让其他学生走上讲台,介绍他们月亮的做法。只有在米切尔·埃里克松说他和他爸是怎么用橡皮泥搓出月亮雏形,又是怎么用BB弹在它表面造出真实可信的撞击坑时,他才瞟了我一眼,叹了口气。那天傍晚,放学铃声响起,我正走向衣橱,他突然把我喊住了。

直到教室里其他学生走干净,他才说:"你的月亮太失败了。明天交个真正的月亮上来。"

我点点头。

"最好别是插棍子的那种。"他补充道。

玛丽在校门口等我。我告诉她步子迈大点儿,自己也尽快向家走去,到了曼森家的草坪,我终于没忍住,直接冲进家里把书包甩到沙发上,闯进了奶奶爷爷的房间。我甚至连招呼都没打,就跟他们说我需要石膏。

"干嘛的啊?"奶奶从新的数字填色图上抬起头来。

"我得做个月亮。"

"你要用石膏造月亮?"爷爷笑了起来。

"学校作业,我今天一定得完成。"

奶奶看了爷爷一眼。"去给他搞点石膏。"

爷爷放下香烟,"遵命,殿下。"

穿好宽松的裤子和衬衫,爷爷带着我上了他那辆蓝色的黑斑羚。到了五金店,柜台后面的伙计问我们:"要买点什么?"

"问这个小子。"爷爷从口袋里掏出了一些钱。

"没必要问啦,"伙计大笑起来,"造月亮,是吧。"

爷爷递钱过去,等着对面找零。

"这礼拜我都卖掉十盒石膏了。"

交易完成,我们走出店门时,爷爷嘀咕了一声"蠢货。"我不知道他说的人是我还是那个伙计。

回家路上,爷爷把车开进了熟食店、比萨店和药店公用的停车场,然后熄了火。

"好了,"他说,"去店里买一品脱脱脂牛奶。"他递给我一美元,"我去药店拿药。几分钟就回来。"

"我能顺便买块泡泡糖吗?"

"当然了。"他说,"多买两块,给另外两个家伙带上。"

我接过钱,点点头,和他一起下车。爷爷走向药房,我去了熟食店。店里永远一股假日的味道。开店的人叫鲁迪,德国人,小个子,永远穿着白围裙。店里卖的所有东西都是他在店后面亲手烹制出来的——土豆沙拉、卷心菜沙拉、肉丸、烤火鸡、炖肉、饺子,等等等等。这些东西都放在绿色的台架上,和外界隔着一层弯曲如汽车挡风窗的玻璃。我拉开冷柜门,抓起一瓶牛奶。鲁迪问我爸妈近来如何,我告诉他"还不错",一边从收音机边的塑料桶里抓起三块巴祖卡口香糖。

"你呢,还好么?"他微笑着问。

我点点头,把两块口香糖放进口袋,拿回他找给我的零钱。出门时,他喊道,"告诉你妈,我有鱼饼了。"

我走在人行道上,让胳膊夹住牛奶,用手撕开我那块巴祖卡的包装。粉红色的小方块硬邦邦的,牙齿嚼了好几下以后,它才变得柔软起来。我一边品尝着它的滋味,一边展开了它的包装纸,那是一副小小的搞笑漫画。漫画里,戴了眼罩和棒球帽的主角，和他穿红色高领毛衣的朋友莫特，站在火箭旁。不管是笑话本身还是印在漫画下面的格言警句在我看来都毫无意义，但为了让一美分的价值得到充分的体现，我还是细细地读了一边。

看完那皱巴巴的漫画，我把它往口袋里塞，这时候有谁抓着我的手肘，在后面推我。我一开始以为是爷爷，但抬起头，我发现自己被推到了人行道边缘，向高栅栏和熟食店之间的小巷子走去。我转过头，只看到了白色的衣物面料。

我们转向了小巷。"给我把屁股动起来。"白先生说话时，唾沫星子飞溅到了我脸上。想到他随时可能拧断我的脖子，我顿时一阵惊慌，牛奶瓶失手落下。它摔碎在了沥青路面上，与此同时，白先生推得更加用力了，我清醒过来，开始挣扎，可是白先生力气很大。他抓着我的手凉极了，如同冰块。我吐掉口香糖，想要尖叫，然而他靠了过来，呼出的酸腐气息让我难以呼吸，更别说尖叫了。他把我推向墙壁，我的脑袋"咚"地撞在水泥墙面上，顿时头晕目眩，手脚无力。

突然间，白先生放开了手。我看到爷爷出现在了他身后的巷子里。"你他妈的想干嘛?"他吼道。

白先生的手抬起，像眼镜蛇一样探出，打在爷爷左肩。爷爷哼了一声，但他不愧是牙买加竞技场里出来的拳手，只见他膝盖微弯，右手握拳挥出，给了白先生的左太阳穴重重一击。白先生踉跄着退了两步，帽子歪到一边，风衣也有些凌乱。借着后退的力道，他转过身，像一只长腿蜘蛛那样沿着巷子逃了出去。他单手扶着帽子，踏在路面上的鞋子发出了啪啪的响声。转眼间，他就拐过路口，消失在了商店后面。

我开始号啕大哭，爷爷走过来抱了抱我，然后和我踩着牛奶瓶的碎玻璃渣，在"嘎吱、嘎吱"的声音中离开巷子。他把我带到车子后面，为我打开车门，然后自己进了驾驶室，插上车钥匙。"我们非逮到那个婊子养的不可。"他揉着肩膀倒车。我意识到的下一件事，是车子停在了警局门口。

我们在一间铺设木板的房间里坐下。房间角落立着一面国旗,墙上挂着尼克松总统的画像。一个警察坐在我们对面,他在纸上刷刷地记下了爷爷告诉他的话。时不时地,他会停笔问几个问题。每当他这么做的时候,都会在椅子上前后摇摆,显然兴奋得很。

"你以前见过这个人吗?"他问道。我反应过来他在对我说话。

"以前见过他吗?"爷爷也问我。

我点点头。

"哪里见的?"警察问。

"他在学校当过几天看门人。"

"鲍里斯? 东湖的?"警察问道。

"那几天鲍里斯不在,他替代了一下。"我说,"他叫洛。"

"我得从学校那儿要点讯息,然后就可以通缉他了。"警察似乎无视了我的存在,对着爷爷说道。

"我知道他住在哪儿。"我说。

这下警察看我了。"真的? 哪儿?"

"商店街过去。"

"你现在能带我过去吗?"

我点点头。

爷爷和我坐上警车后座,那个警察开车。我们停在了白先生房子外面。"还有另一辆车在路上。麻烦告诉他们,我已经进去了。"他抽出枪,举直,检查了一番。"待在车里。"他看着后视镜对我们说。接着,他打开车门,绕去了房子后面。

"迪克·崔西①啊。"爷爷点起一支烟,"你怎么知道那家伙住哪儿的?"

我正在想被锁进车库冰柜会是什么感受。"有个同学住在附近,他跟我说的。"

---

① 美国侦探漫画《至尊神探》主角。

爷爷挪了下屁股,思考着我说的话。"你还好么?"

我点点头,没说话。

"好吧,但我肩膀被他打过的地方疼得要死,肯定是打到了穴位或者什么地方。"

又一辆黑白两色相间的警车开来,它停在了我们旁边。爷爷下车告诉他们,前头那个警察已经进去了。他们也抽出枪,向着房子走去。我竖起耳朵,听有没有枪声和临死前的惨叫,但天空始终蔚蓝而平静,只有房屋周围树木的新叶,在微风中发着沙沙的响。

"我不知道自己为什么会去那条巷子里找你。"爷爷说,"再晚几分钟,你就要被他绑走了。"

"深渊。"我说。

"这狗不会放过蛛丝马迹。"

几分钟以后,警察们回来了。开这辆车过来的警官把他的枪插回了皮套。"他已经跑了,看样子逃以前还先回来整理了一番。我们很可能错过了机会。我们会和学校联系,要小孩子们当心,还会在报纸上出告示。就算他逃去别的州,我们最后也会逮到他的。"

回到警局,我告诉了他们白先生的汽车长什么样,但我没有把其他事情捅出去。爷爷给家里打了电话,告诉奶奶发生了什么事。等我走进家门,妈妈已经在那儿等我了。一看到她,我又控制不住地哭了起来。她把我揽进怀里。"没事了。"她说,"没事了。"

第五十二章　这个季节的这个时候

然后,暗影之年滚滚向前。我们不再想白先生逃离小镇,而警察追在他屁股后面的事。我们也放弃了破镇,任它在尘埃中沉睡。吉姆用他生日和节假日省下来的钱买了把旧吉他;玛丽放弃计算赛马,而是把时间更多地用在了她的新朋友艾米丽身上。艾米丽是真人,她住库斯伯特路,又高又瘦,大鼻子,头发长得能盖住脸。她和玛丽常常一起在连翘树后面抽卷烟,唱她们最喜欢的歌《这个季节的这个时候》。

只有看到爷爷揉他被白先生打过的肩膀,我才会想起自己曾险遭不测。有天下午他对我说:"那家伙给我留了印。"也是那次事情以后,我再也没独自去过什么地方。我把许多空闲时间用在写了我自创版本的《皮尔诺·希尔的最后旅途》上。还有,我始终没有做月亮给克拉普。妈妈给克莱瑞先生打了电话,说我这个学年剩下的日子要得到放松,而且得顺利升学。克莱瑞先生没有争辩。

那个学年最后一天的最后一堂课,距离下课铃响还有十五分钟时,克拉普离开他的椅子,走到了教室前排中央。当时,我们正在享用派特·崔派迪诺妈妈送来的纸杯蛋糕——撒了糖霜——和苏打水,班级里暖烘烘的,大家都在闲聊消磨时间。

"好吧,这美好的一年就这么过去了。"我猜他说这些话,只是为了吸引大家的注意力。"希望大家有所得,也希望大家会喜欢初中。"他对着后墙说道,然后望了一圈教室,回到了桌子后面。后来铃声响起,学校里爆发出一阵欢呼。我慢慢地收拾起自己的东西。比起急着离开东湖去享受暑假,我更愿意在安静下来的走廊里,最后一次慢慢地走过。

离开教室前,我向克拉普道别。他抬头看了我一眼,挥挥手上的铅笔,继续伏案写起了东西。进入走廊时,他往后翘起翘椅子。就这样,他慢慢化作了我过去的一部分。走廊里安静得就像我、吉姆和雷经过的那一夜。我闻到了图书馆、午餐时的热狗和炒豆子,以及,当然了,那些红色东西的气味。我的成绩虽然远远算不上好,可它至少表明我从时间浪费工厂里毕业了。穿过敞开的教学楼前门,夏天扑面而来:温暖的风、碧蓝的天,还有不知哪里传来的修剪草坪声。玛丽在等着我。我们回家的速度,从来没那么慢过。

那天晚上,我在地下室里找篮球,听到哈克马老师和克拉普一样,在她的最后一节课上陈词。"你们都做得很好。"她说,"米奇,尤其是你。莎莉,你要去暑期班补课,但别哭。"她用尺子轻轻拍了拍桌面,"米奇要走了,让我们给他一些掌声。"啪啪啪的声音传来,"我要退休了。"她继续说道,"再也见不到你们了。"最后那句话听起来是玛丽,而不是哈克马说的。我回过头继续找篮球,发现它在一张小桌子下面。准备走上楼梯时,又传来了别的动静。那是一声欢快的"耶!",听调子是米奇的。我估计,他们的学校终于放假了。

假期第一周的晚上,爸爸难得地有了空,在后院架起了烧烤架。烤肉很多,还有汉堡包、热狗和鲁迪卖的土豆沙拉。爷爷奶奶在内,我们一家子围着野餐桌坐下,把吃的放在垫了油纸的纸盘上大快朵颐。天彻底黑下来以后,我们几个小孩在灰木炭上烤起了蘑菇,那些菌类一旦切开,就会露出里面闪亮的金色。大人们坐在桌旁喝酒、抽烟、聊天。周围的几户人家逐渐熄灯,而晶体管收音机里放着赫尔曼的隐士们①的《这里有一种安静》。

---

① 英国摇滚乐团,成立于1964年,曲风温和。

第五十三章　这很酷

有天晚上,妈妈没喝酒。第二天,她依旧没喝酒。接着是第三天。新生活规律的支配下,她晚餐过后就早早地上了床。少了酒精的刺激,她看起来比过去苍老、憔悴。第四天晚上,她似乎恢复了一些生气,晚餐时有说有笑。她没有提到百慕大,可能她的怨气已经跑去了那地方。她拿来自己的吉他,教了吉姆一些品丝跟爬格子的知识。从那刻起,夏天突然轻盈得像是一场梦。非要我说的话,那些日子既简短又漫长。我们在东湖打篮球,去邻居家的泳池游泳,读《弗瑞中士和他的咆哮突击队》①,还为了用蛋黄酱罐子抓萤火虫,在外面待到很晚。我一直和树林保持着距离,大部分时候,也忘了查理。

愉快的光阴持续了一月之久,时至今日,我都怀疑那是不是一个幻觉。后来一天晚上,妈妈下班回家时带了半加仑泰勒奶油雪利酒。看到厨房台子上摆的酒瓶,吉姆嘀咕了一声,"噢,别。"窗外照进来的残阳中,酒液仿佛变成了闪着光的红琥珀。和吉姆一样,我也感到一阵心悸。等晚餐准备完,天已经全黑了,不过我们几个小家伙都没有发半句牢骚。因为在就餐前,妈妈已经喝了好几杯。她抽着烟,半眯着眼睛。

"怎么这么安静?"她终于尖着嗓子说。

我盯着自己的汤。

---

① 美国漫画,弗瑞中士就是后来的神盾局局长,尼克·弗瑞。

"看着我。"她说。我抬起头，发现吉姆和玛丽也照做了。"你们咋回事？"

我摇摇头，而吉姆说："没事。"我正准备低头继续看汤，妈妈背后的窗外突然闪过了什么东西。

玛丽从她的椅子上跳了起来，不过妈妈醉得太厉害，完全没发觉。看到雷的脸出现在窗口，我不敢相信我居然没叫出声。雷笑着在妈妈脑后伸出手指，让它们看起来像是恶魔的角。吉姆控制不住，笑了起来。妈妈瞪了他一眼："你在笑话我？"

"没呢，"他解释道，"我突然想起了学校里的一个家伙，他可以把整只手塞进嘴。你知道那人吗？"他对我说。

"嗯。"我点点头，但实际上我从来不知道学校里还有这么一号。

雷向我们使了个眼色，指着地下，然后扭过头。几秒钟后，我听到后门台阶边地下室窗户那里，传来了非常轻微的动静。等到妈妈闭上眼睛，吉姆看我一眼，露出了微笑。玛丽抓着汤勺的那只手伸出粉色的小拇指，也往地下指了指。

晚饭过后，我们帮着收拾了碗筷，然后妈妈在沙发上躺倒，呼呼大睡。我们返回各自房间，等了段时间。那天晚上塞给我纸片后，我一直没听说过雷的动静，更别说见到他了。也不知道为什么，我从来没想过到底怎么回事。他就好像和白先生一起消失了似的。

关上各自房门十分钟后，吉姆轻呼了我的名字。我踮着脚出门，发现他和玛丽等在地下室门口。看到妈妈还在沙发上睡大觉，我不由自主地想起了她给吉姆上的吉他课。我们踏着嘎吱作响的木楼梯，慢慢走进地下室。一扇打开的天窗，挂在地下室屋顶的钩子上。破镇的太阳放着光，雷坐在吉姆的椅子上，望着那些纸板屋。他转过身，对我们露出微笑。

"这很酷。"他对板子点点头。

我们向他介绍了玛丽。他们彼此握手，玛丽对着他微笑。吉姆告诉雷，这些建筑是按照真实存在的镇子来摆的，雷绕着这些模型，上下左右地看。

"他拿垃圾做的。"我说。

"对。"吉姆笑了起来。

雷拿起哈灵顿夫人，把泥人转了个面，嘿嘿直乐。小心翼翼地摆回原位后，他转身对我们说："那个白色的家伙昨天晚上一直在你们家外面。"

"可是警察说他已经逃走了。"我说。

"你们报警了？"他问。

我告诉了他发生在商店区边上小巷里的事，包括爷爷及时相救和后来的报警。"他们在追查他。"我说。

他在椅子上坐下，直视我们俩。"我告诉你们，他昨晚就停在这条街上。我一直盯着他，确保他没干出什么坏事来。"

"你有计划了？"吉姆问。

雷点点头。"我搞到了些好东西。明天晚上，你们（他指了指我和吉姆）溜出来，把他带去学校。我打赌他最近一直在附近。看起来，他在跟踪你们家的哪个人。我会在学校等你们。把他带过去以后，你们绕到楼后面去。我会准备好梯子，你们爬上楼去屋顶。等白先生到了，我们就在屋顶骂他。他肯定也会找到那梯子爬上楼，那时候，我们把他勾到天井附近。等他走到屋顶边缘，我就冲过去，把他踹到下面。"

"那样他就困住了。"

"对。他要么等着第二天被人抓，要么就因为砸窗被警察逮住，反正我们能永远地摆脱他了。"他站了起来，"你们搞不搞？"他向着天窗走去。

我摇摇头，准备回绝，但吉姆说了声"搞"。

"好。"雷说，"我在那儿等你们。"他跳起来双手扒住窗框，接着拉起身体，像蛇一样滑到了窗子外面。我们静静地等了一会儿，然后吉姆把凳子拉到窗下，他爬了上去，将窗户从天花板的挂钩上放下，又推着它关上。

"白先生真的在外面吗？"我问。

吉姆把凳子搬回破镇边坐下。他拿起那辆在哈蒙德路上抛了几个月的白色汽车,吹掉上面的灰,又用拇指擦了擦。"这个呢?"他转向玛丽。

"我说不上来。"她回答。突然间,她似乎变得比我更加年长了一些,就好像一夜之间成熟了似的。我从她的身上,看不到半点米奇的影子了。

后来,我们一直没出门去看那辆白汽车是不是真停在路边。第二天,吉姆没有提半个跟雷有关的字。我也打定主意不去提醒他。当下午变成晚上,我开始好奇他打算怎么做,可黑夜降临后,他缩在沙发上看着电视睡着了。妈妈让我把他叫醒去床上睡觉,那时他一脸的茫然,可我知道,他在骗自己忘记那回事。那天晚上,我一直没去看前窗外的黑暗,在上楼睡觉时还确保门已经锁上了。

接下来几天,我们拼了命似地疯玩,程度比妈妈画乞力马扎罗时更甚。一个星期过去了,我终于渐渐淡忘了雷。尽管如此,到了晚上,我还是会竖起耳朵注意吉姆的动静,可我听到的只有寂静。我始终没提醒吉姆,因为一想到得晚上出去,我自己也怕得要死。我内心的一小部分总是期待着在窗口看到一张人脸,为了甩掉那些念头,我更加剧烈地跑步、游泳,写故事时也越发专注,只有这样,我才能安然入眠。

第五十四章　最后的机会

雷造访我们家一周后的那天晚上,我在楼下关着声音看起了冰冷剧场①。那天爷爷奶奶带着我们去了海岸,我们在海里游了很久,不过后来爷爷肩膀又疼了起来,于是我们作罢回家。我有点晒伤,又疲惫不已,看电视的时候眼皮直打架。我听到吉姆在楼上拨弄着吉他,电视里,吃人脑的外星人正在入侵地球。

突然间,厨房的电话响了起来,铃声一阵接一阵,逼得我跳下躺椅过去接。我以为是爸爸,他大概会说些加班什么的,可我说过"你好"以后,听筒里传来的,是沉重的呼吸声。

"你好?"我又问了一遍。

呼吸声更沉重了。然后,对面说道:"最后的机会。"

"你是?"

"你知道的。"他说。

我僵住了,等着听着他接下来要说什么。然而呼吸声消失了,只剩下挂断的长音。

我搁下电话,而吉姆走进了厨房。"谁啊?"他问。

"不知道。"我说,"可能是白先生。"

---

① 宾夕法尼亚匹兹堡电视台的恐怖/科幻电视电影频道,首播于1963,停播于1984。

"他说什么了?"

"最后的机会。"

"最后的机会?他指的什么?"

我耸耸肩。"我刚刚猜那人是白先生,但仔细想想,也许是雷。我不知道。打电话的可能是任何人。"

吉姆走进客厅,锁好门。他走到前窗,拨开窗帘往外看。

"他在?"我问。

"我没看见。"

我们一道看起了电视,直到爸爸停车走下车道,才像听见发令枪响一般赶在他开门前窜上楼梯,钻进了各自的床铺。爸爸回家,能让人安心地睡觉,可那个声音一直在我脑中重复。说话的人一会儿是雷,一会儿又变成白先生——他的脸就在我面前,而我背贴着墙壁。后面那个可怕的意象渗入了我的梦境,害得我的肌肉紧绷,大腿抽搐。

从噩梦中醒来的时候,乔治在对我发脾气。因为我踢了他。

第五十五章 厉 害

我被那个电话吓住了,连着几天没出家门。后来,吉姆听说苏利文家那里的树林被砍掉了一部分,说是要造房子了。

"蚱蜢都被惊得飞了起来,多得铺天盖地。"

"谁告诉你的?"我问。

"托尼·卡尔法诺。我在糖果店外面碰到了他。"

"他回来了?"

"我问过他学校闹事以后发生了些什么,他跟我说他上了法庭,那些人问了他一百万次他为什么要这么做。他还说他现在每周都得去看医生。"

"他真疯了?"

吉姆耸耸肩。"怎么样,去看看蚱蜢不?"

"我不知道该不该去。"我说。

"现在是大白天。"

"上次白先生抓我也是在大白天。"

他说可以骑自行车来回,而且不必待很久以后,我终于同意了。

要去那里,得先穿过学校。半路上,我们朝克里斯·哈克特和他兄弟挥了挥手。太阳很大,他们的身影在热浪下如同海市蜃楼。后来,我们经过了一排排木屋,它们都有些年头,前廊和立柱很高。吉姆骑在我前面,他用最快的速度踩着脚踏板,拐过了好多道弯。我开始怀疑他是不是真的认得路时,他停在了一个街角,等着我追上去。看他气喘吁吁的样子,大概比我还累。

"我们应该到了才对。"吉姆说。

"他跟你怎么说的?"

"我照着他说的路骑过来的。他可能骗了我。"

"说了他疯了。"

吉姆沉默了一会儿,摇着头说:"那家伙永远不会骗人。我打算再找找。你先回家?"

他知道我害怕,不敢独自回去。"再多待一小会儿吧。"我说。

他继续前进,速度比之前要慢得多。我跟在他后面,骑过三条长长的、彼此缠绕的街。左拐两次,又转回右边以后,我们看到了房子后面的树林。

"在那儿。"吉姆说。我抬起头,看到街道尽头,最后一栋房子后面的树林,像是被上帝撕走了一块。那块地方的小山坡有差不多四到七英尺高,山坡上覆满了灰尘一样的东西。那片灰尘传出了低沉的嗡鸣,其间夹杂着叽叽喳喳的虫鸣和啪啪的翅膀扇动声。

吉姆支起自行车撑脚,走向山坡,我继续推车向前。"看看这地方。"说话间,一只三英寸长得灰色蚱蜢落在了他T恤上。他笑着把那虫子掸落。"来吧。"他爬上最近的小坡,消失在坡顶。我停下自行车,追了上去。快要上坡前,我回望了一眼背后的街道。那里空空荡荡。

爬到坡顶,算是进了虫群。它们轰着我的身体,擦着我的皮肤,撞着我的脑袋,不过我毫发无伤。它们就像是一场活的暴风雪。追到第二个小坡的顶上,我看到吉姆已经爬上了另一个高处。他举着一块长木板,对着虫云不断挥打。去他那里得先走下小小的凹谷,谷底堆了些板条,一看就知道是打算拿来装篱笆的。我拿起其中一根,大拇指被板子上的刺给扎了一下。不过我没空去管小伤口,而是朝着吉姆的方向冲了过去。又爬过三个坡,我总算接近了他。见我姗姗来迟,他哈哈大笑。"厉害"。说着,他挥舞了两下木板条。我在虫群中摸索着,终于到了他身边。

我们一道与虫群搏斗起来,感觉就像电影里杰森带着他那班人跟骷髅大战似的。每挥出一下,木板条上都会传来十多下噼啪声。死去的、受伤的蚱蜢,带着残破的翅膀、碎裂的身躯落到地上,继续蠕动、爬行。第三轮攻击到一半,刚才连骑带爬那么久的疲劳感终于涌了上来。我想再次挥击,可根本没那个力气。于是我丢下木板,弯腰休息。

"咱们走吧。"吉姆也丢掉了武器。他连蹦带跳地下了坡,在底下等我。"真热啊,我喘不过气来了要。"他说。我太累了,除了点头什么也做不了。等到咱们回到自行车边上,虫群变得比刚才更加壮大,甚至有点儿恐怖。我想我要是半路昏过去了,可能会被它们吃掉。

骑上自行车,我们离开了那里,路上没有回头。我踩四下脚踏板滑行一阵,踩四下脚踏板滑行一阵,就这样慢慢地到了东湖。我们从北门进了学校,沿着边界围栏一路骑行。学校后面的场地里长着一棵巨大的枫树,它的枝叶那么茂密,为下面提供了好大一块树荫。

连撑脚都懒得支,我们直接把车抛在了地上。吉姆走进那片树荫,在地上躺平。能避开阳光的直射,真是幸福。现在我知道那些忘记关灯的晚上,破镇里的居民受到的是怎样的煎熬了。我在吉姆旁边躺下,望向上方。那些五角形的树叶被阳光染成了红色,它们组成的层层迷宫之后,露着一小片蔚蓝的天空。

"那些蚱蜢如何?"他说,"我觉得真是蠢透了。"

"那里到底是怎么回事?"我问。

他嘿嘿地笑了起来。

"你对卡尔法诺的评价没错。"我说。

"跟你说了的。还记得吧,你说卡尔法诺是个神经病以后?"

"嗯。"

"我怀疑那家伙脑袋里的东西跟我们刚刚见到的差不多,全是乱糟糟的泥巴和到处跳的蚱蜢。"

"那罗杰斯先生呢?"我问。

"蚱蜢太多,吃光了他的脑子。"

"克拉普呢?"

"克拉普拉的屎就是蚱蜢。"

"我们认识的神经病还真是多。"我说。

吉姆翻了个身,我扭过头,看到他叼着一片草叶。"妈妈压力大了也会不正常。"

我点点头。

"他们都有点疯。"吉姆说。

"那我们呢?"

他沉默了一会儿,开始说别的:"你猜我怎么想的?"

"啊?"

"我怀疑白先生的目标不是玛丽。他在跟踪妈妈。"

"为什么?"

"因为她很虚弱。"

我的视线转回了那一小片三角形的天空和晃动的叶子。

吉姆没解释他为什么会有这样的念头。过了段时间,他突然说:"我要教乔治跳舞。"

"怎么教?"

"把吃的拿到他头上,勾他用后腿站起来。我在电视上看到过。一开始你得准备好多吃的,然后量一点点减少,到最后完全不用给,只要一声口哨,他们就会开始跳舞。"

"说到电视,我看过一个节目。有个小孩只有十岁,不过他得了种怪病,看起来跟九十岁老头似的。怎么说,长得像小矮妖①。"

---

　　① 爱尔兰传说中的人形生物,个矮小,穿绿衣,长胡子。

"这么有意思?"吉姆说。

后来,我们骑自行车回了家。我那天下午趴在沙发里睡得很沉,流了好多口水。

第五十六章　刺

吃过晚饭,妈妈嘟囔了一番她的陈词滥调,然后说要帮我挑出手里的刺。她让玛丽去拿缝针,把我叫到客厅挨着她在桌前坐好。到那个时候,我已经后悔把拇指受伤的事情告诉她了。妈妈戴上老花镜,它滑到了鼻尖。她双手抓起我的右手,掌心朝上。我的拇指根有条半英寸长的红线,在它的末端,木刺透过皮肤,露出隐约的黑色。

"这刺很厉害。"她说。

玛丽带来了针。

"要不要上绷带?"吉姆问。

妈妈让他闭嘴。她拿起针,点着火柴,让焰舌来回舔舐那根小小的金属,直到它变成橙色。为了把温暖降下来,她像甩温度计那样甩了甩缝针。

她扯着我的手腕,把我的手掌拉得更过去了些。看她捏着针的手颤抖着落下,我深吸一口气,闭上了眼睛。还好,只是微微的刺痛。针尖扎了我那块皮肤好多下,到后来,只剩下了麻木。过了一会儿,真正的疼痛透过麻木隐隐传了出来。我倒抽了一口凉气。

她停下动作,对玛丽说:"镊子"。

玛丽跑去浴室,很快便回来了。我睁开一只眼,见妈妈正屏住呼吸,拿着镊子寻找木刺的位置。她似乎很快就找到了,因为她伸手过去,同时呼出了一口气。我又紧紧闭上了眼睛,不想知道她接下来要怎么做,不过在那钝痛的中央,有什么东西在滑动。我睁开双眼,看到她夹出一根长长的灰色的木刺,举到了灯光下。

"仔细看看,"她开玩笑似的拍了我一下,"看看它多大。"

"厉害。"吉姆说。

话音刚落,门打开了。站在门口的是奶奶。"格特,我们得带你爸爸去医院。"她对妈妈说。

"他胳膊又不对付了?"

"疼得厉害,他面色发白,浑身虚汗。"

"我穿下衣服。"妈妈说。奶奶回房间去做准备了,妈妈打算站起身,但动作有些不稳,靠指尖在桌面撑了一下。

"你能开车吗?"吉姆问。

"当然。"她挺直腰。

奶奶带着爷爷回来了。他右手抓着左肩的二头肌,疲惫而憔悴。我们几个小孩都没有说话。妈妈走到爷爷另一边,扶着他慢慢走下正门台阶。我们仨跟在后面。

走向汽车的半路上,爷爷突然佝偻起来,他们赶忙架住了他。钻进车里,妈妈去了驾驶室,她透过车窗看着我们,说:"我不知道什么时候才回来。你爸也要半夜才回家,吉姆,你管下家。我会尽快打电话告诉你们要多长时间。我们先走了。"

车子倒出街道,我看着它的尾灯在黑暗的道路上逐渐远去直至消失。我转向家门,吉姆和玛丽已经先进去了。

他们坐在沙发两端,乔治挤在他们之间。我进门时,吉姆看了我一眼:"现在,我管家。我要你们都去睡觉。"

玛丽盘腿坐着,视线一刻也没离开电视机。"想太多。"

吉姆笑了。

"那是啥?"我在妈妈的摇椅里坐倒,指着电视机。

"难以置信,"吉姆说,"又是蚱蜢。这一只好像是距离原子弹爆炸太近,变得特别大。"

我们一起看了电影。吉姆错了。那不是蚱蜢,那是只螳螂。电影结束后,吉姆去厨房拿了些饼干,给我们每人分了两块。玛丽切换电视频道,找到了一部战争片。我看到一辆翻倒的坦克下露着半条胳膊。电影放到一半,有个士兵把手榴弹丢进了满是德国佬的散兵坑,把他们炸了个稀巴烂。差不多那个时候我想起了爷爷。不知道妈妈有没把车开到医院。

"你觉得怎么样了?"我问吉姆。

"坎代亚斯上校刚炸了一窝德国佬。"他说。

"我说的爷爷。"

"我不知道。"他说。

"妈妈看起来也不太好。"

"他们的车子可能才刚刚过海湾。"吉姆说。

"不。他们还没有。"玛丽说。

十分钟以后,电视上插播起了阿贾克斯牌清洁剂的广告。那清洁剂像白色的龙卷风一样席卷过厨房地板,把一切都擦得干干净净。清洁剂和白色龙卷风动画的组合让我猛地想起了白先生。吉姆和我心有灵犀地对望了一眼,他从沙发上跳起来关掉电视。我依旧坐在摇椅上。玛丽看看我,又看看吉姆。

"去前门。"吉姆穿过厨房,锁上了后门。

"白先生?"玛丽问。

我点点头。吉姆回到客厅,他侧着脑袋,似乎在侧耳倾听什么东西。我到前门边的窗口往外望,看那辆白车在不在。

"不在。"我说。

"白先生今天来破镇了。"玛丽说。

"我以为你已经搞不来那个了。"吉姆说。

"我下午在地下室,看到了他的白汽车,然后数字突然就跳出来了。"她解释道。

我们奔进地下室,吉姆点亮了太阳。那辆白色汽车就停在我们家门口。"你怎么不早说?"吉姆问玛丽。

"我以为大家都忘记这件事了。"玛丽说。

"你在开玩笑?"吉姆要我去地下室另一边爷爷的工作台那里取来电筒和斧子。"我去带上乔治。"他说。

装上项圈还被带进地下室,让乔治困惑不已,吉姆放开了绳子让他自由行动。雪瑞纳这边闻闻那儿嗅嗅。"他会撒尿的。"玛丽说。她话音刚落,屋子里的灯突然熄灭了。

"把电筒给我。"吉姆悄声道,"就知道他会熄掉灯。我打赌电话线也被切了。"

"他已经来了?"我说。

"这样,"吉姆打开电筒,"等他沿着楼梯往下走,我们就学雷从后面的天窗出去。"他搬起破镇边的椅子,挨着后墙摆下,然后爬了上去。"照着上面。"他把电筒递给了我。

我照做了。他把窗户固定在了天花板的钩子上。那个小小的窗口之外,就是黑夜。他轻轻走下椅子,让玛丽站上去。"你就待在那里,等我让你走了,你马上拉自己上去。"他接过电筒指着我,"你帮她一把。"他说,"然后你也爬上去。"

"好的。"虽然这么说,但我不确定自己能不能做到。

玛丽在椅子上踮起脚尖,双手扒在窗框底。"我能行。"她说。

"叫你走的时候,速度快点。"他说,"进了院子,马上跑去学校,不用等。我们会追上来的。"

我们在黑暗中默默地等待。楼上的电话响了。吉姆说别去接,那是陷阱,骗我们上楼的。他的手电对着地下室楼梯,另一只手握着斧子。

想到行动起来悄无声息的白先生,我就不住地打颤。也不知道怎么想的,我对吉姆说:"我们应该去拿圣事盒,在他面前打开,就像用十字架对付德古拉。"

"别想太多。"吉姆说。

就在这时,乔治发出了低吼。他绕着圈,爪子在水泥地上发出"嗒嗒"的响声。安静了半分钟以后,他又呼噜噜了起来。

"他来了。"玛丽说。吉姆关掉了电筒。黑暗之中传来有谁拨弄前门门把的声音。

不知道过了多久,前门终于嘎吱打开了。我突然后悔了起来:要是早把从发现查理开始的那些事全都告诉爸爸,那该多好。我害怕得流下了眼泪。这时候,吉姆点亮了手电。光柱刺破黑暗,照亮了一只苍白的手,它正扶在地下室楼梯的栏杆上不断往下滑。白先生安静极了,我看着他一步步走下楼梯。乔治开始吠叫。

"走,玛丽。"吉姆说。

我伸手去扶她的腿。等我拢住玛丽双脚,抬着她往外爬时,她已经半个身子探进了院子。接着,我回过头,看到了电筒灯光下来人煞白的脸和帽子。白先生朝着我们过来了。

"上啊,乔治!"吉姆喊道。雪纳瑞向前冲去。虽然看不见,但听声音,他咬到了白先生的鞋子和脚脖子。

"快走。"吉姆嗓音发颤。

我爬到椅子上扒拉住窗框,跳了起起来,结果脑袋撞上了天花板。可我忍住痛,低下头穿过了窗口。玛丽站在外面,她扯着我的胳膊,帮我往外爬。在我完全收腿爬出之前,乔治发出了一嗓子尖叫,接着是金属撞击水泥的声音。吉姆扔出了斧头。

"给我回来。"白先生的声音冰冷、平静。

我牵着玛丽的手,向外狂奔。我们出了后院,从奶奶房间外的含羞草丛旁上了马路,向东湖逃去。我能感觉到肾上腺素在体内游走,能听到心脏的轰鸣。我一边跑,一边听后面的动静,还时不时地回头看吉姆来没。一直到曼吉尼家门口,我才停下脚步,准备转身。

不过这时候,吉姆的声音传了过来:"别停下!"知道他没事,我松了一口气。我们一道向前跑去。到了格里姆太太家附近,他终于追上我们,跑到了前头,而身后,车头灯的灯光正不断逼近。

我更加拼命地朝向跑去。我听得见白车发动机的嗡鸣,还有它轮胎碾过砾石的咔啦声。穿过校门,我们冲向了场地另一端的教学楼。

"快点!"有人在远处喊道。不是吉姆。

抬起头,我看到雷的身影出现在了屋顶上,他正朝这里招着双手。那一刻。尽管心跳如擂鼓,气都喘不过来,我还是感到了好奇。雷是怎么知道我们来了学校的?从幼儿园边上跑过,我们要往教学楼后面绕,这时我回头望了一眼,看到白先生把车停在了环形车道上,正从车里出来。

教学楼后面,挨着墙壁,直达屋顶的梯子在月光下投下了它的影子。雷站在上面,低声地催促:"快。"

吉姆让玛丽先上,接着是我。我一直有些恐高,但那次我根本没有害怕的念头,我想的不过是这跟爬爷爷的伸缩梯差不多。雷在顶上拉着我们,帮我们爬上最后几码。

"整个夏天,我一直在等你。"等吉姆也到了屋顶,他这么对我兄弟说道。

"我们出不去。"吉姆说。

我们仨趴在墙头,看着白先生慢慢绕到楼后面。见他到了近处,雷捡起一块碎石朝他扔去。

"好了,这下他看到我们了。"雷说,"快各就各位。"

我们离开墙沿。"你们去体育馆那边。"他说道,"如果我把他弄下了天井,我们只要爬梯子离开就行,可要是事情出了差错,我们就只能爬上体育馆了。上去的梯子在墙的阴影里。"

"那我们现在干嘛?"吉姆问道。

"等他爬上屋顶,你们就上蹿下跳,大喊大叫,分散他的注意力。我呢,会蹲在天井边等。"他指了指,"他想抓你们,得经过天井口,那时候我踹他下去。"

上次在地下室里解释这个计划的时候,一切听起来都很完美,可现在,我觉得它荒谬极了。"白先生有魔力。"我说。

"闭嘴。"吉姆说。他带着我们到了指定的地点。我们望着爬上教学楼的梯子,默默等待。

"看。"玛丽说。先是帽子,再是脸,白先生出现了。黑夜之中,他苍白得像是历经千年的星光。他小心地往上爬,一边扭头过来盯着我们,转动脖子的动作让我想起禽类。

我知道我们应该发出声音来吸引他的注意力。我试着吹口哨——没吹成。"嘿。"我想嚷嚷,可发出来的声音还不如悄悄话。

"这里,你这偷偷摸摸的狗杂种!"吉姆喊道。连玛丽也叫了声"喂"。

白先生双手插进口袋,向着我们迈出了一步。就像雷说的,他想到体育馆墙边来抓我们,得从距离天井几步之遥的地方走过。我们挥着手,不让他留意到如同一团阴影般蹲伏的雷。只见白先生又踏出了两大步,到了天井近旁。说时迟那时快,雷弹跳而起,向他冲去。白先生没有扭头,他似乎完全没有发现甚至听见雷,而是又朝前走了一步。老天在上,雷飞身而起,穿过了他。不是从他身旁经过,而是真真切切地穿过了他的身子。我惊呆了。雷像一道阴影,虽然没能撼动白先生,但不知怎么地,他似乎虚弱了半分,甚至停下了脚步。这一切都发生在电光火石之间,但它们在我眼中有如慢镜头,我不曾错过任何细节。嗯,只除了吉姆的行动。他冲了过去。

接下来发生的一切,在我看来,就好像是电影。只见白先生摇了摇脑袋,仿佛在恢复神智,他直起身,准备再往前迈步。然而这时候吉姆杀到,给了他下盘重重地一击。白先生挥着手,踉踉跄跄地到了屋顶边沿,他的风衣随之舞动,而帽子落入了天井。他挣扎着恢复平衡,与此同时探出一只手,摸到了吉姆的衬衫袖口。吉姆哼了一声，将他推开。白先生向后翻倒，可他在下落时，竟然伸手抓住吉姆脚踝，把他也扯向了屋顶边缘。我看到白风衣袖管里伸出的苍白大手，紧紧地抓着吉姆的脚。

玛丽比我的反应更快，而我直到听见吉姆尖叫才行动起来。我和玛丽同时抵达屋顶边，此时，吉姆正在挣扎中被一寸寸地拉向天井。我们对着那苍白的手和胳膊又踢又踩，最后，我跳了起来，双脚踩在白先生手上。我听到了咔嚓的一声，跟着是高声尖叫。终于，那冰钳似的手松开，吉姆收回他的脚。

我们没注意到白先生的指尖还扒拉着墙沿，但玛丽注意到了。她走过去，狠狠地踩了一脚。这一次，楼下传来了坠地的一声"砰"，接着是白先生的喘息。走到墙边，我们看到他仰面躺在地上，风衣朝两边敞开，像是背后的翅膀。他的帽子，就落在脑袋边。见到我们，他瞪圆了眼睛。吉姆倾过身，对他吐了口唾沫，玛丽做了同样的事情。白先生一动不动，也不叫唤。

吉姆推推我。"该走了。"他说。

吉姆打头，玛丽中间，我殿后，我们仨爬下梯子。到了地面上，我问："雷呢？"

玛丽摇摇头。

"不知道。"吉姆说，"已经走了吧。"

我还没问"他是个鬼吗？"吉姆就说："我们得快点回家报警。"他快步绕到教学楼正面。"天井能困住他一会儿，但他很狡猾。"他回过头对我们说。

穿过学校正门时，我问身后的玛丽，她有没有看到雷穿过了白先生的身体。想到那一幕，我就有些头晕。

她安静了片刻，这才点点头。"对，穿过了他。"

回到家，我们发现前门被锁上了。肯定是白先生进来后干的。吉姆去后院，钻进了地下室天窗，而我们在正门口等他。等他来开门，家里的灯已经亮了。不用说，吉姆肯定换了保险丝。门还没完全打开，我就看到乔治绕着他的腿打转，雪纳瑞似乎没有受伤。妈妈跟爸爸都还没回家。我们去了厨房，吉姆拿起电话拨了号码。他等着对方接听，而我和玛丽屏着呼吸，站在他身后。

"有人闯进了东湖小学，去查下天井。"他粗着喉咙说。等到挂断电话，我们都哈哈大笑。我笑到眼泪都流了出来。吉姆和玛丽也一样。

玛丽从冰箱里拿出维尔威塔奶酪，切下一大块丢给乔治。不等那橙色的块状物落地，乔治就凌空一跃接了过去。

事情总算结束了。我之所以知道，是因为先前萦绕不去的恐惧，就像妈妈身上的那股能量一样泄光了，就像漏了气的皮球。几分钟以后，松树路上响起了警笛。我们走到前窗，见两辆闪着警灯的警车驶过。我知道邻居们肯定会离开家走向学校，就像托尼·卡尔法诺打碎学校窗户那晚一样，但我们放下窗帘，打开了电视。谁也没说一句话。

后来，奶奶和妈妈终于回了家。他们说爷爷中风了，得在医院待上段时间。当时已经很晚了，不过妈妈还是给她和奶奶各倒了一杯红酒。她向我们道谢，说我们等了这么久没睡。我们什么也没告诉她。

直到爸爸回家，我始终保持着清醒。我听到客厅里传来了他们叽叽咕咕的声音。乔治跳上了我的床。那天晚上，我做了一个梦。梦见查理、雷、巴尔齐塔和其他的鬼魂，都溜出了破镇。

第五十七章　轰　隆

　　第二天早上,警察打来电话,要爸爸妈妈周六带我去趟警局,辨认一些嫌犯的照片。他们说,他们抓住了一个可能就是那天在商店区袭击我的家伙。妈妈把电话内容转告了我,问我愿不愿意去。我点了点头。

　　周六早上的警局,安静得像是克拉普在时的图书馆。接待我们的警察还是爷爷跟我见过的那个,他把我们引进了上次的房间,就是那个铺设木板,挂着尼克松肖像,角落有国旗的房间。我看到桌上摆着一溜黑白相片,相片中全是嫌犯的胸像,他们的眼睛直直地望着镜头。

　　"在那些相片前坐下吧。"警察对我说。

　　我照做了。爸爸拉过另一把椅子,在我身边坐下,揽着我肩膀。实际上,从我们下车到再上车的全程,他一直搭着我肩膀。

　　"指给我看。"警察说。

　　我扫视着那些脸庞,还没细看,眼角的余光就找到了答案:那张脸,比其他人更加苍白。我伸出手指,点着白先生的前额。我看了看爸爸,他露出了微笑。

　　"没错,就是他。"警察说,"戈弗雷·达内尔。因为涉嫌谋杀,在俄亥俄、新泽西、宾夕法尼亚、特拉华还有天知道什么地方遭到了通缉。"

　　"他要去法院作证么?"爸爸指着我。

"暂时不用。"警察说,"达内尔可能会被先引渡去另外一个州。他是个变态,杀人只是为了,我猜,娱乐。死在他手下的大多数是小孩,不过有时候,他也会朝那些没法自卫的成年人下手。这人不上电椅才怪了。到现在为止,谁也不知道他到底杀了多少人。"

也没人知道他在这里都做了些什么。我牢牢地闭着嘴,没有说出查理和巴尔齐塔的事。等我们离开警局,爸爸带我去了巴比伦,我们在汉堡王买了些吃的。我以前从没来过这家店。接着,我们去了阿盖尔公园,在瀑布边上吃各自的汉堡。"你今天做得很好。"他说。

我点点头。

"你觉得这汉堡味道怎么样?"他问,"感觉就是个洋葱三明治,里头挤了点蛋黄酱。"

我同意他的说法,虽然我很喜欢这个味道。

几天后的一个晚上,等到爸爸都回家上床休息以后,一声突如其来的巨响把我从睡梦中惊醒。楼下一阵喧哗,我跑下去看到底怎么回事。声音是从奶奶那边发出来的,我穿过门,走到她的小卧室里。爸爸已经在那里了。他穿着工作裤和鞋子,但没穿衣服。妈妈裹着睡衣,而奶奶坐在她床上。吉姆也在那里,他伸出小拇指,碰了碰梳妆台上方墙面上多出来的洞。不过,所有人的目光都望着另一个方向。壁橱的滑门那里,还有另一个洞。

"我就知道是枪声。"爸爸说。他和奶奶一道笑了起来。

"那枪太旧了。"奶奶说。

"要是你不往里面塞子弹,"妈妈说,"就不会出这种事。"

直到他们开始谈论起爷爷在医院的近况,我才注意到那个装着圣水的水晶圣母瓶,已经化作了梳妆台上的一堆碎片。子弹打中了它。梳妆台顶多了滩浅蓝色的水,墙上也有水渍。奶奶开始哭起来的时候,我离开了那里。玛丽和我在大厅擦身而过,她朝我挥了挥手。我穿过餐厅进了厨房,打开后门走到外面。刚刚走进院子抬头望天,我就在空气里闻到了一丝秋的凉意。那声枪响,如同幕布降下,或者时代广场上的庆祝活动,结束了一个时代。

暗影之年就这样结束了。它像我拇指上那根被挑出的刺,过去之后,留下了一片空白。

第五十八章　寻常之年

接下来，我们走进了一个寻常的年份。在这样的年月里，光明、黑暗柔和地交织在一起，不太好分辨出谁是谁。有好多事情，我百思不得其解。白先生令人毛骨悚然，可他是个大活人，然而雷呢？我不知道问了吉姆多少次，他就是不肯说半点和雷有关的事情。"让我一个人待着。"他会这么说，然后关上自己的房门。除了上课时间，他一直待在房间里弹吉他、打盹。我们再也没有一起出去玩。他的个子越长越慢，体重倒是增加了不少。有天下午，我找到了那张他在棚屋前让玛丽给我们拍的照片，把它从他关着的房门底下塞了进去。我以为吉姆那天出去了，可他其实就待在自己屋子里。那天晚上准备睡觉的时候，我看到那张照片被推到了他房门外面。我捡起照片，发现吉姆在照片后面用红笔写了大大的"嘘"。

玛丽彻底失去了魔力，好像一夜之间变成了正常人。我说不出变化到底是什么时候发生的，或者是不是她自己的决定。新学年开始两个礼拜以后，她被调离了X班，去了克拉普的班级。克拉普现在教起了五年级的学生。有时候，她会和我坐在连翘树后面聊过去的事情。有一次我问她，她为什么认为白先生读了皮尔诺·希尔的故事书，她说："他可能想搞明白小孩子们的想法。"后来我又问了她一次那些书之间有什么关系，可是她转移话题，聊起了克拉普。

我知道吉姆和玛丽的意思都是要我忘了那些事。我抗拒了他们一段时间,不过开学前一天的晚上,我找出那本写满了各种调查资料的笔记簿,用油纸包了三层,又拿风筝线横竖捆了几道,然后离开房间,悄悄地下了楼。我经过了沙发上昏迷不醒的妈妈,经过了厨房柜台上的酒瓶,走进黑夜。那天蟋蟀唱着歌,树木在微风中沙沙作响,月亮高悬天空,星星数之不尽。我绕到庭院桌后,过了樱桃树,一直来到棚子边的大橡树脚下。我蹲了下来,在外露的树根间刨了个洞,把笔记本深深地埋了进去。接着,我擦了擦手,尽全力把它忘到了脑后。第二天,新的初中生涯开始了。

接下来的日子里,妈妈依旧酗酒,爸爸继续工作,不过爷爷终于从医院回来了,但他现在讲话时只有半边嘴巴能动。奶奶每天都会扶着他走路,帮他抬腿迈步,让他捏橡胶弹力球。"她这是要把我折腾死。"爷爷说。万圣节前一个阴冷、潮湿的早上,他去世了。下葬前,我们在克兰西为他举行了家庭形式的告别会。遵照遗嘱,他没穿上衣,就这么向下趴在棺材里。又过了一个礼拜,我们得知戈弗雷·达内尔在监狱里上吊自杀了。

几年的光阴匆匆流过。吉姆和我走上了各自的路,玛丽结了婚,有了小孩。这些事情要细说的话,实在是太多了。一个夏末的晚上,我回了趟家,和妈妈爸爸坐在院子的桌旁,陪他们抽烟喝酒。闲聊间,他们谈起了邻居——谁搬走了,谁又在他们刚来时就住在柳树街。住在这片的人不算多,所以他们记得清搬过来和搬走的每户人家。这就像他们在描述自己的纪念堂一般。说着说着,他们提到了郝勒威一家。

"他们家男人可真是个怪物。"妈妈说。

"总喜欢时不时抽出腰带揍人。"爸爸说。

"不光打他老婆,连他家小孩都打。"妈妈弹了弹烟灰。

"真是个懦夫。"爸爸评价道。

"蕾丝特乔太太跟我说,搬到费城以后,他们家的大男孩被杀了。打那以后,他变了。皈依上帝了。"

"皈依了。"爸爸刚刚还挂在脸上的笑容消退。

"'大男孩被杀了'是什么意思?"我问。

"被谋杀了。"妈妈解释道,"他们在费城南城的一条小巷子里找到了那个男孩。他脖子被扭断了。那件事情就发生在他们搬过去几个礼拜以后。我想他们一直没找出到底是谁干的好事。一开始所有人都怀疑是一个老头,不过谋杀案发生时,他还在工作,不在现场。"

我突然感到了强烈的空虚感。和吉姆第一次走进白先生家的车库,看到那些洁碧先生清洗液的时候,我也有过完全一样的感觉。我心中暗暗记下此事,打算通过电话告诉玛丽。不过,我始终没有那么做。

那年夏末,我在报纸上读到一条新闻,说一个小孩在林间小湖里钓鱼的时候,见到了查理的遗骸。警察对比牙齿记录,确认了死者的身份,怀疑他是达内尔的受害者。不过,既然达内尔已经死了,他们也没法下定论,而且案子里还有些疑点,包括为什么先前在湖里打捞的时候没见着失踪的查理。当然了,我知道真相。雷告诉过我们,白先生等警察在湖里捞过以后才去弃的尸。我挺想说出真相,可是我该怎么解释这些消息是从一个鬼魂那里打探到的呢?

读到那则消息几天后,我在邮箱里找到了一封信。信件由红墨水写成,没有回信地址。我以为这又是哪家慈善机构的募捐信,差点把它丢进垃圾箱。好在我没有理它,任它在客厅桌又躺了段时间。直到一天晚上,我在自己公寓的小厨房里独自喝酒时,想起还有信件没看,才把它从桌上拿了起来。我放下烟,拆开信封。里面什么也没有,除了一张四方形的小卡片。我才看了那卡片一眼,就在惊慌失措间把它丢回了桌面。卡面上,索福提的眼睛直直地望着我。那晚终于阖上眼睛以后,我梦见自己回到了破镇,窥视着每一扇窗户,寻找着丢失的东西。